海外小説 永遠の本棚

トランペット

ウォルター・デ・ラ・メア

和爾桃子＝訳

白水uブックス

THE TRUMPET
and Other Stories
by
Walter de la Mare

トランペット＊目次

失　踪　7
トランペット　65
豚　119
ミス・ミラー　147
お好み三昧——風流小景　175
アリスの代母さま　225
姫　君　265
訳者あとがき　287

トランペット

挿絵　エドワード・ゴーリー

失踪

Missing

ロンドンの猛暑週間の最終日——新聞流に言うと「炎暑の峠」を迎えた熱波の時だった。空気も消し飛ぶほどに照り返す——板ガラスや白い石材や煮えたアスファルトに、大小の喧騒や煙や悪臭がひっきりなしにゆらめき立ち——市街は大きなかまどに入れた無数の曲がりくねる道や袋小路の迷路と化して、囚われの虫に等しい人々をごうごう燃えさかる地下迷宮で殉難するキリスト教徒と同じ目に遭わせていた。そんな劫火をかけらでも胸に宿すのは、地獄の王サタンでなくては無理というものだ！

わたしは買い物に、というより、水着や虫除けや休日に最適な「スリラー小説」を探してデパートやら大型店舗をさんざんはしごしたあげくに結局は空振り——心の平安以外はほぼ金で売り買いできるご時世だというのに。骨折り損のくたびれ儲けで忍耐力ばかり試された店行脚《あんぎゃ》を「いち抜けた」ところだった。

なにしろ、こう暑くては昼食どころではない。ふらふらと脇道にそれ、こんな客足のとだえた土曜の午後にまだ踏みとどまっていた古書店にしけこみ、別にほしくもないし絶対読みそうにない精神分析の本を九ペンスで買うと、目についた喫茶店にひとまず退避した。

店内はカウンターの大型湯沸かしがあっても一、二度は涼しかったが、大理石のテーブルは人肌のぬるさを帯び、おまけに眠くなるほど静かだ。カウンター脇のワゴンにはブロック氷が鎮座し、店の時計の白い文字盤は三時十五分をさしていた。客はまばらで、正午の人波は引いている。引きこまれそうな睡魔が店内にのしかかり――ハエどもはウェイトレスたちにならって手をこまねき、ウェイトレスたちもハエどもにならって手持ち無沙汰であった。

なけなしの気力体力を振り絞って注文をすませ、力尽きて席にへたりこむ。店内のハエどもをまねて、ぼやけた目を迷走させ、たまたま席が近かった、いかにも軟派なおひとりさまに落ち着いた。これだけ華のない人はちょっと思いつかない。それなりの服装なのにまったく目を惹かないのだ。チェルシーあたりの霊能者でも、この人はオーラを捨てたか家に置いてきたと言わざるをえまい。ところがわたしは目にしたとたんに、重症の無気力状態から空き瓶の古コルクのようにやすやすと引っこ抜かれたのだった。

男はわたしから見て左のおよそ正面あたりにいた。開け放したドアからのきつい直射日光と、クリーム色のブラインドに柔らかく濾《こ》された窓からの光のおかげで、髪やボタンまでくっきりして見える。店内になだれこんだ光がその男に照準を定め、「位置決め」し、構図を調整し――来年度の美術アカデミー出展用に、技巧の粋を凝らした油彩肖像画ばりに仕上げていた。それに比べれば、ヒースの荒野をそぞろ歩く座元兼俳優に当てた舞台照明《ライムライト》などは児戯に等しい。

どうやら「生粋《きっすい》のロンドンっ子」ではなさそうだ——一時の見損じではない。かといって、はっきり田舎臭くもなく中途半端だった。身なりは流行の最先端——やりすぎなほど——霜降りツイードのモノトーンスーツ、ハイカット仕立てのベストからはバタフライカラーのシャツ襟《えり》と、純金の服喪リングで留めた黒ネクタイの三角の結び目がのぞく。耳だけはちょっと流行遅れだろうか。ごま塩まじりの黒髪をなでつけたラッキョウ頭のかなり上にぴたっとついている。

すっきりした鼻に大きな鼻の穴。ある種の思い切りがいいらしく、場合によっては勢いで突っ走りかねない。ならば片隅に埋もれる人でもなさそうなのに、食べ終えた皿の菓子くずに放心した目が、四角四面の無骨なちょびヒゲの長い鼻に近すぎる。少なくともわたしの見立てではそうだ。だが、表情豊かな太い眉には貫禄がある——政治家や投資家によくある特徴だ。ともあれ両目の間隔が狭すぎて顔がいささか狐じみている。ただし、いくらなんでも狐が凶悪な害獣とは聞いたためしがない。悪知恵でガチョウを獲って食うのがせいぜいか——などと考える間も、相客氏はもっぱらオズボーン・ビスケットを賞味なさっていた。

なにしろ暑かった。よどんだ空気はからからに乾ききり、この暑さだ——東洋の国々ならいざ知らず——おいそれと格好をつけてはいられないし、そんな場合ではなかろう。わたしはこの人を眺め続けてなんとなく憶測を巡らせた。ああした外見の細かい特徴は人柄にそぐわないか、それとも似合いすぎだろうか。たとえばあの耳やネクタイとか、ちょびヒゲをたくわえた鼻の穴とか、せせこましく寄った目の光り具合はどうだろう。しかも、がっちり梱包した宛名なしの小包でも胸の内に抱えたような表情なのはどういうわけだ？　そのうちに見飽きてきたが、どうしてもその男の姿から——手からも——目を離せない。やけに節くれだった毛むくじゃらの強い手は黒光りした大理石テーブルの下に潜伏中で、膝の上でひまを持て余していた。その膝を下支えするのは、白い靴下にピカピカの厚底ブーツをはいた（内股気味の）両足だ。

同じ人間相手にそんな解剖など、はしたないにも程があるという意見には賛成だが、キーツだってブローン嬢をそうやって解剖したのだ、しかも恋愛中に。そこへいくと、この見知らぬ男とは断じてひと目惚れでも恋仲でもなかったのだし。

そうと知ってか知らずか、あちらもしだいに間合いを詰めてきている。除々に存在感を増している。だったらこれほど露骨な目を向けられていながら、ずっと気づかないでいるのも不自然だ。神経のどれかが衰えてでもいるのだろうか。むしろ主要神経の一部までやられていそうな顔つきだが。男がこちらを盗み見た——とたんに、わたしのお茶を運ぶウェイトレスがあらわれ——男のよどんだ藍色の目に驚きめいたものが浮かび——現実に引き戻されたふうだった。

それっきり何事もなく、空っぽの皿の乾いたビスケットくずを眺めた時と同じ無表情に固まっている。どうやら不意をつかれたり驚いたりすると、習い性でむやみに身構えてしまうらしい。

それでいて見られていると気づくや、迷わず行動に出た。帽子と、金彩入り角《つの》製の柄の傘と、くたびれた革の大鞄をやおら脇の椅子から取り、席を立って猫顔負けの正確な足どりで音もなく近づくと、わたしのテーブルのさしむかいに腰をおろしたのだ。こちらはお茶を注ぎつづけていた。

「お邪魔して誠にすまんがねえ」と切り出した声はバスだが、歌ならテノールまで出そうだ。

「キングス・クロスへ行くバスは何番か教えてもらえませんか？　ロンドンのこのへんはさっぱりでねえ」

わたしはウェイトレスを呼んだ。「キングス・クロス行きのバスは何番？」

「バスですかあ、こっからキングス・クロスね？」

「そう、キングス・クロスだ」と、わたし。

「あたしじゃ絶対わかんないから」ウェイトレスが、「カウンターに訊いてきます」と、エナメル靴に絹ストッキングの脚をちょこまかとさばいて引っこんだ。

「カウンターならわかるでしょうよ」と、わたしが安心させてやる。今のやりとりを見ながら、男が片方ないし両方にさも不安そうに唇を噛んでいたからだ。

「ロンドンはさっぱりでねえ、こっちはいつも来るとこじゃないし。珍しいんですよ。バスってほんと便利だよねえ」

「いつもは来ない？　珍しいんですか？」と、わたしが返す。「来ればいいじゃないですか」ずいぶん適当な詮索だ。（ジョンソン博士はそもそも詮索しないのが紳士だというが）それでもやはり強引に誘導されれば、自然にそう訊いてしまうだろう。

わたしに向けた両の目がさらに寄り、内なる何かをじっと注視するふうだった。やぶにらみともいささか異なり、飼い主が「取ってこい！」と号令する直前の猟犬の目つきに近い。

「まあねえ、見ての通り」と相手が言う。「おれは田舎にいて、どうにも——人恋しくてしょうがない時だけロンドンに出てくる。田舎とこっちじゃ大違いだね。こんなに家ばっかりでさ、知らない顔だらけ。自分を忘れてしまうよねえ」

言われて、人もまばらな店内をざっと目でなぞる。どうやら雲がかかったらしく、まどろむ路上の照り返しが赤銅色にくすんでいる。白い文字盤の置き時計が時を刻むのさえ響く静けさ。ここまでそつなく近づきになっておいて、最後の言葉にこだわるのもあんまりお品がよろしくない。それで、ただ相手を見るだけにとどめた。なんとなくだが、この男がいつもの場所に戻って人当たりのいい顔を脱げば、下の素顔はどんなだろうという気がしたので。

「あっちにささやかな地所があってねえ」と続けて、「けど、付き合いらしい付き合いがなくて寂しいもんだよ、今は特に。それでもたかだか数時間も出てくれれば別天地だ。きっと驚くよ、ロンドンがどんだけ気さくか。つまりは人さ。親身なんだよねえ」

その「親身」の声に、いななきとしか呼べない昂《たかぶ》りがかすかにある。帰りの切符を紛失したツ

イてない旅人の小芝居をごり押しする気か？　さてはいいカモだと目星をつけられたか！

「人に何を言われようが気にならんけど」男はテーブルに片手を置いた。「人のそばはやっぱいいよねえ」それとなく見れば中指に太い指環、懐中時計の鎖には——絹糸か髪の毛を編んだものらしいが——編み目留めの小さな金環がいくつも整然とあしらわれている。相変わらず射抜くように目を据え、ワインのコルク抜きみたいに視線をぎりぎりねじこんでくるものだから、こちらは思わず肩越しにさっきのウェイトレスを探してしまった。ところが頼みの綱の彼女ときたら、レジを預かる女性を相手に何やら口論中だ。

「ロンドンから遠いんですか？」わたしは腹をくくって尋ねた。

「七十マイルってとこかな」渡りに船とばかりに、それまでの喉のつかえを飲みくだした。「家賃のわりには時代のついたいい家でさあ、ゆとりがあってほどほどに広いんだよね。しいて言うなら近所に何にもないのが玉に瑕《きず》かな——声が届く範囲には。それに、おれたち——おれは水不足で困ってんだよねえ。今は特に」

出すにことかいていったいなんでそんな話題を、このうだるような午後に出してくるのか理解に苦しむ。おかげで嫌でも思い描いてしまったではないか、なだらかな畑が熱帯じみた陽ざしに白茶けて枯れた中に、変わり果てた庭もろとも置き去りにされた黄色いレンガの古い家を。惨状と言うもおろかだが、本音では捨てがたい趣もなくはない。一方、行きずりの話し相手はうまく話をそらしたと思ってガードがゆるんだらしく、おかげでじっくり観察を続けられた。まあ、はっきり言って好感度は高くない。妙にハリボテっぽいご面相だ。人間の抜け殻というか、むしろヤドカリのような——やつの背にぶらさがったばかりに、せっかくの霜降りツイードのスーツもしけた古着に見える。

「言うまでもなく」また話しだして、「目下はひとり身だしさあ」——いきなりこちらへ向いて——「もうねえ、身にしみる一方ですよ」

「お寂しいんですか」わたしはそれとなく相槌を打った。

あちらはふと思考が止まったように、ぽかんとした。「ああ」と答えて、あの寄り眼をぼんやりと据え、「そう、ひとりはね。去る者日々になんとやらで、自分以外のだれかれがだんだん遠ざかるにつれ、寂しくなる一方ですわな。でも、そんな覚えは誰しもあるんじゃないかねえ。つまり、ひとり身の孤独ね。それこそロンドンだってさあ……」

わたしはお茶のおかわりを淹《い》れる手間にかまけて、とくに話を続ける気分ではなかった。でも、相手はせっかく捕まえた聞き手を簡単に放してはくれないらしい。

「けさの朝刊にもあったよねえ、そんな記事が」さっきの席の脇に置いてきたデイリー・メールに目をくれて続けた。「おれよりいくつか年上のやつが——『死体で発見』されたんだと。死んだんだよ。けっこうなお屋敷に一人住まい、どうやらストーク・ニューイントンあたりかな

――実際に知ってる家じゃないが。死ぬまで何年もそこに住み、あれ用の――いや、その、派出婦ひとり置かずにさ。あの界隈にもまだそんなのがいたんだねえ、おもては窓から見りゃいい、隣家の気配だってどうせ聞こえるってね。うちらのほうみたく隣の家どころか納屋ひとつ手近にない場所じゃあ、おれに言わせりゃどんだけ長く住んでもいわゆる『自然』――鳥とか――に親しむってことはないね。この寂しさもいずれは和らぐんじゃないかねえ、けど、こうなってまだ数ヶ月だから。妹に死なれたんだよ」

どうやらこの栓抜きの化け物の気がすむまで、ふたたび自由の身にはなれそうもない。ならば道はただひとつ、なるべくさっさとすませるに限る。そうは言っても同情するふりはなかなか大変だし、兄がこれでは死んだ妹と言われても、ぱっと思いつくのは冴えない黒ずくめのおばさんのぼやけたイメージだ。それもまんざら的外れな想像でもなかったことが後に判明した。

「そんな親しい人を失うのは」わたしはぼそぼそと洩らした。「痛手ですよね」

どうやらわたしの言葉はこれっぽっちも響かなかったらしく、「でね、三人暮らしもしてたんだよ。前は。新聞には載らなかった――少なくともロンドンの新聞ではちょっと触れただけ、ってことだが」そこで唇をなめ、「もしかしてあんた、その記事を覚えてないかい。ミス・ダットンというんだがねえ、『失踪』したんだよ?」

愚問もいいところですな、だって正真正銘のセレブが起こした訴訟事件でも、人名がすらすら出てくる記憶力の持ち主がはたしてどれだけいるか。ミス・ダットン失踪の全詳報なんて、どうせ中央紙が紙面の穴埋めに地方紙から転載した記事に限られるだろうし、そんなものはよほど金と暇のありあまった物好きでないと目もくれまい。わたしはお茶のかたわら、なるべく抜かりなく瀬踏みした。「ミス――ダットン？　さほど珍しい名でもないなあ。お知り合い？」

「お知り合い！」こだまで返すと膝に手をそろえて背筋を伸ばし、正面切ってわたしの目を睨《にら》みすえた。「正味二年かそこら、ひとつ屋根の下で過ごしたよ。置いてかれたのはおれたちで、消えたのはうちからだ。近郷近在で大騒ぎしたよ、田舎の語りぐさになってねえ。審問があってさ、それっきり迷宮入りだ」

「それはいつごろ？」

「そろそろ一年かな。ああそうだ、昨日でまる一年だねえ」

「審問から数えてかな、それともミス・ダットンの失踪から？」

「審問からだよう」ふてくされた声になる。察しが悪くて困っちまうとでも言いたげだ。「あとのやつのほうは――そのひと月以上前になるかねえ」

今の問答から話の筋を拾うのはかなりの労力だが、なんだかそそられる前振りだ。どうせ目下は手持ち無沙汰なんだ。通りを見た限りでは、寒暖計の水銀はまだまだ上昇中だろう。日盛りのかまどの中へ出て行くなど、考えただけでご免こうむる。相手も同じ気持ちらしい、ただの話し声がにわかに活気づき、まあ例えば手近な「活動写真館」——そこなら暗いから、せめてその人の姿を見ずにすむのだが――ばりの名調子になった。

「こちらで察してあげるべきだったね」わたしはつとめて淡々と切り出した。「君みたいな暮らしなら近郷近在の騒ぎは大して堪《こた》えなくても、謎そのものの影響のほうが甚大だよね。もちろんご兄妹そろってさぞショックだっただろう」

「そうなんだよ」相手はにわかに勢いづいて、「けど、その辺がねえ、あんたらロンドンの人にはどうも伝わらんらしいねえ。いろんな新聞やなんかがあんのにさ、たいがいは大して話題にならずじまいだろ。そこが田舎と違うよ。これは絶対だがねえ、かりにあんたがヨークシャーのど真ん中に住んでたとして、そこで外聞をはばかるまずい具合になったとするよな。すぐわかるよ、近郷近在の噂になってる、なんなら数マイル四方に広がってるって。どんどん伝わるんだ――西アフリカの原住民が太鼓の音で知らせるみたいにさ。ショックなんてもんじゃないよ！　おれの感じじゃ今日びのやつらは同情をおもてに出さないし、人並みの感情を――苦境の人間に寄せようともしないねえ。少なくとも田舎じゃあね。どうだい、あんた」と、立て板に水でさらに、「自分の失踪話が広まっても誰も心配してくれなかったら、それこそ踏んだり蹴ったりだと思わないかい？」

「どうものみこめないな」わたしは答えた。「ご友人の行方不明を近郷近在が大騒ぎしたと、さっき君の口から聞いたはずだが」

「ああ、言ったよ。だがねえ、女が消えた原因ほど彼女自身のことを考えていないんだ」

そのまましばらくお見合いになったが、目ぼしい追加情報は引き出せなかった。「でも」あえて踏みこんだわたしが、「そんなの、彼女が向かったはずの場所にもよるだろう?」

「さあて、そこが皆目不明でなあ。なんの手がかりも見つからん。わかってないねえ、あんた」

——と、目の中の暗さをぬぐうように両手で顔をなでおろし——「わかってないよ。彼女が消えてからはねえ、もしかしたら現実じゃなかったのかって思いそうな時がちょいちょいあって。いたにはいたが現実の女じゃなかったって。この気持ちをわかってもらえるかねえ。姿を見せてくれりゃまた現実に戻ってくるってね。これまで考えもしなかったよ、そんなこと」

「心理学者なら一家言ありそうだ」

「なんだよ、それ?」相手が食いつく。

「ああ、心の作用をちゃんと説明できると言い切る人たちさ。つまるところ、ぼくらはそのティーポットが現実かどうか——つまりはその実体が何なのかは厳密にはわからず、見かけでしか判別できない。だから、ティーポットが純然たる幻だと思う人が出ても別におかしくないよ」

男はティーポットを睨みつけた。「ミス・ダットンは実年齢よりだいぶ若作りでねえ。さっきの『現実じゃない』は、ただの言葉の綾《あや》さね。おれの手帳に新聞の顔写真がはさんであるよ。あれなら現実にいたとわかってもらえるだろ。いわゆる『じゃじゃ馬』でねえ、あれほどのは前代未聞だった。おれとはすごくうまが合って――だから当然忘れられないさ。うちにやってきたのも自分ひとりで決めて――たまたま出会っただけなのに。実をいうと、出会いはスカーバラだった。それまではホテルや下宿屋を転々としたあげく、家庭のぬくもりが恋しくなったんだねえ」

こんなふうに反省と悲嘆を吐露しながら――語り口に見落としようのない「情」をこめて――伸びきった黒ゴム留めの古びた革手帳を、やや秘密めかしてめくっていく。そうして、ぼろぼろの新聞の切り抜きをティーポットのそばに並べた。

「そいつを見りゃ、ミス・ダットンがどんなかわかるだろ？　顔も見分けられるよねえ」と目を上げて、「つまりだ、もし万が一にも、このクソ暑い街に彼女がいたら――もしあんたが出くわしたら、あああれだとわかるだろ？　おれなら一発だよ」

最後のが皮肉か、自慢か、八つ当たりか、はたまた事実を述べたままでかは判じかねるが、そんななりゆきでわたしはミス・ダットンをじっくり眺めた。どうやら金髪で、相客が打ち明けた通りの若作りだ。ふくよかな体格で顔も鼻も丸っこく、つぶらな青い目にちりちりの髪、それに（数年前にすたれたが、最近また流行になった）長いイヤリングをしている。

そのイヤリングが不思議な安定感を与えていた。軽業師のシャルル・ブロンダンがナイヤガラ渓谷を綱渡りで越えた時に手にした平衡棒を思わせる形だ。ぼやけた写真のミス・ダットンは、ある種の傍若無人な明るさと、写真家が狙ってもめったに成功しない「魅力」を発散していた。のちの暗い運命の予兆はなさそうだ。百歩譲って、かりに気のいいうぬぼれ屋を自認する平凡な顔の人相に、この先「消える」――失踪するほうの意味で――兆候をごくわずかでも認めたという人がいたら、わたしは誰であれ異議を唱えよう。別な言い方をすれば、失踪すれば友人知人にひどく惜しまれそうだ。ただし下宿やホテルは深い友人づきあいより、通りいっぺんの顔つなぎに適した場所ではあるが。

切り抜きの持ち主はわたしに劣らぬ興味を寄せ、ぼやけた快活な顔を逆さからなめるように見ていた。そうしながらも妙に愚鈍な表情になり、傷心めかした裏に小ずるさをのぞかせる。

その切り抜きを大理石のテーブル越しに押し戻してやると、相手はていねいに回収して手帳にしまった。「それでだねえ」そうしながらもとりとめなく続けて、「かりにあんたなら、その顔をどう思うね――いわゆる色眼鏡抜きで、何の気なしにたまたま見たらさ――その、新聞で?」

この質問は含みが多く、意外と答えにくい。知り合ったばかりのこの男は、ぜひともほしい言葉を先回りして待ち受けているらしい。こちらとしては意見らしい意見もないのに。

「やりにくいけどね、新聞の写真から判断するのは」やっとこれだけ言うと、「ああした代物はカリカチュアの似顔絵にも及ばないのが通り相場だろう。だけど、こう言ってよければずいぶん温厚で女らしく――世話好きな人だったとお見受けするよ。だからよほどの事情があって――覚悟の決行ならば別として、失踪はまずないね」その刹那《せつな》、たがいの視線がぶつかり合った。「この件は最初から最後までさぞご心痛で、君も生きた心地がしなかったでしょう。もちろん、ミス……なんだっけ、おたくの妹さんも」

「おれの名かい」ぎょっとするほどめまぐるしく表情を変えながら目をつぶっていたが、唐突にぼそりと言い返した。「ブリートだ」

「じゃあ、ミス・ブリートか」と応じながら、ついさっき手帳をしまったスーツのポケットに目をくれて思案した。なんだってこいつは、こんな嘘くさい偽名なんかわざわざ用意しておいたのか。

「今の『温厚』っての」すかさず、「みんな言ってたよ。たった一人の身内の男まで――自称伯父だがねえ、当の彼女は絶対そう呼ばなかったし、それ以外の呼び名もなかった。まあ言っちゃなんだが、あんたが言いそうな女の幸せってやつからはずっと縁遠くてさ。けど、おれの世話になって――うちで暮らした――ここ二年はミス・ダットンの人生でいちばん幸せだったと世間も認めんわけにはいかんわな。本物の家庭ってもんを味わわせてやったんだから。専用の部屋をいくつかあてがい、ちっとは調度もくれてやり――写真とか小箱とか、自分だけのやつをねえ。家賃のわりに結構広いから――田舎なんでね、五十年以上前に建て増した新棟もあったし。そりゃあ昔風ではあるけどねえ――暖炉はあるが風呂はなし、台所はだだっ広くて――ブッシェル単位で石炭を食う——そんな具合に——すこぶる不便なかわりに安上がりなんだよ。うちの妹だってさあ、家事を仕切る能はなくたって、あれより人畜無害で優しいやつはいなかったね。優しくしてくれる人みんなにうんと懐《なつ》いてさあ。そうじゃないやつからは逃げる——ひたすら逃げ隠れるんだよ。わけをいちおう言っとくと、妹は可哀想に——おつむがちっと弱くてさあ——小さい頃からそんなふうで。だからおれが重荷を引き受けてずっと面倒見てやってた。だけど、そのうちに」と、だるそうに片手で顔をなでおろし、「ミス・ダットンがずいぶん甲斐甲斐しく妹を世話して、おれの肩の荷をずいぶん軽くしてくれた。世話好きと、さっき言われた通りの女だったねえ」

だんだん立ち入った話になってきて、聞くほうも困ってしまう。それでも——まあ人間だから——そんな話ほどよけいに耳をそばだてる。折しも腹にずしんと響く雷鳴が街路を脅かし、開け放しの入口の前を一頭立ての荷馬車ががらがらと通り過ぎた。田舎住まいの相客の耳にはそんな音がまるで入ってこないらしい。

「あんたはさあ、ご婦人同伴のしかるべき社交場にはうといだろ」いきなりそう決めつけて上目遣いにじろりと睨んできた——矢先にわれらがウェイトレスのお出ましだ。

「十八《じっぱー》でしたよ」鉛筆を唇にあて、わたしと相客の顔をなんとなく見る。

「じっぱー」男が不審そうに復唱し、「なんだそりゃ？　ああ、バスの番号かい。そんな言い方じゃわからんよ。ご苦労さん」伝票を持ってのんびり遠ざかるウェイトレスに、「コーヒーのおかわりを頼む」あんたも同じのかいという顔を向けられて、わたしは首を振った。「じゃあ一杯だ、おねえさん。ゆっくりでいい」

ウェイトレスは奥へ引っこんだ。

「どうやらじきにお湿りかねえ」わたしに負けずに雨を待ちわびていたと言わんばかりに、「今しがたも言いかけたけど、あんたは言っちゃなんだが、ご婦人同伴のちゃんとした店にうといだろ。そこへいくとミス・ダットンは世間を知ってた。見聞も広くてねえ——海外経験もある——花のパリーやらモンテカルロやらほうぼう行ってたんだよ。戦前のドイツもね。フランス語もあんたぐらいすらすら読めるから、そこへ出してある『メヌー』なんざ朝飯前だ。表紙に絵のついたペーパーバックとかそんなんも読んでたし」ふと見れば、そいつ流の「高尚な文学」に親しむにはそれしかないとでも教えさとす顔になっている。

「ちょいちょい思ってたよ、あんな寂しい一軒家で友だちもないおれら兄妹のどこがよかったんだろうって。まあもちろん、彼女さえよければいつでも好きな友だちを呼んでおしゃべりすりゃいいんだけど。自分で言ってたよ、友だちは毛並みのいい人ばかりだって。でさ、うちへ来たのも自分から進んでなんだよ。あんな妹の世話を焼いてなんやかんや話しかけてくれるだろ、そいつがまた最高に気の利いた楽しい話ばっかりなんだぜ。ずっとそうだった。まるで妹とまともに話せるみたいにしてくれて、妹は妹でごきげんで窓辺の席におさまり、さもさも全部わかると言いたげにうなずくんだ。実際はどうだかな、案外通じてたかもしれん。だってよう、うまく言葉にできなくても頭には入ってたかもしれんじゃないか。今回ロンドンに出てきたお目当てはそれもあるんだよ。見掛け倒しでも何でも、とにかく話のできそうなやつを探したくてさ」

わたしはうなずいた。

「こいつははっきり言えるがね、来て数週間足らずで、おれらとは生まれた時から一緒みたいになじんでたよ。とにかく気さくではきはきしてて、一事が万事その調子だ。元から自分ちみたいにどこもかしこも気がねなく使うし。契約その他も全部すんなりいった。なんなら今でも言うしその時も言ったが、銭金その他の条件は一切もめなかったよ。ヨーロッパ巡りをするほどの女が、あれしきの金で醜態さらすもんかねえ。低く抑えたのは認めるけど、わかるだろ、そん時ゃそれで合意したんだ。

そしたら一緒に暮らして一年ちょっとで賃上げを申し入れてきたよ。けど、おれは断った。『だめだ。合意は合意だろ、エドナ』——そのころにはおたがい『エドナ』『ウィリアム』と呼び合ってた、妹もだ。妹には至れり尽くせりしてくれた。はるばるバースから専門医を呼んだり——そいつがやる気のなさ丸わかりの医者でねえ、内輪にあれこれ立ち入るわりに何もせんのだわ。ああいうのは手遅れになっちゃだめだねえ。でね、さっきも言ったように、れっきとした契約だからこっちが一方的に決めたわけじゃあない。ミス・ダットンは快適さにこだわる上質派でねえ。なんでも手際がいいのが好きだった、まあ誰だってそうか。こじゃれた下宿屋やホテルとか——そんな流儀に慣れてたからねえ。だから、おれだってせいぜい気張って家をきれいにしてやった」

ゆきずりの相客はここでいちだんと不景気な顔になった。ただでは順風満帆といかず、時には少々のあらにも目をつぶらざるを得ない不運な人みたいだ。やたらとカップをかきまぜていたが、いったんスプーンを置いてコーヒーを飲んだ。

「今も言おうとしたが」ちょびヒゲをぬぐいながら続けて、「すべて申し分なく回ってたんだよ——ゼンマイ仕掛けみたいにさ、そこへ使用人のごたごたが持ち上がった。ほら、あんたなら豪邸って言いそうにでかい家だから。それまでは申し分ない女中がひとりいたんだよねえ——ちっとがさつだが働き者の。船員の女房というか、女房を降りたというか。亭主にゃ港ごとに違う女がいるんでね。住みこみで置いてもらえてありがたい、ここなら亭主にゃ見つかりっこない、無期限の固定給って決まりでも喜んで働かせていただきますとさ。あの寸刻みの昇給制ってやつだと、しまいにはもれなく不満がオチじゃないかねえ。まあ、仕事じゃ暴君なみにわがままな女だったよ。

それ以外にも地元から通いのお手伝いがひとり——見事にとりえのないやつでさあ、貧民の出で——気がきかないったら！　でもまあ、それなりにやってたよ、数ヶ月後にミス・ダットンが来るまでは。ただねえ、口が二つと三つじゃ何かにつけ勝手が違うわな。しかもミス・ダットンはお上品好みとくる。お魚を少々か、たまには目先を変えてスープを。トースト立てや、上等な専用ケース入りのデカンタセットや、ナフキンなどのテーブルセッティングもお忘れなく——なんてね。ただしどれもこれも——楔《くさび》がめりこむように少しずつじわじわやってって、とうとう『ごり押し』と感じさせずに通しちまった。

ただなさあ」しばらく泳いでいた目をわたしに戻して、「はばかりながら女中への物言いがねえ、おれでもたまにギリギリするほどひどかった。まあ、レディではあったよ——息ができんほどムカつく相手をそう認めるのはなかなか骨だけども。あれがレディ流の人使いなんだろうさ——大陸のホテルならね。生き馬の目を抜くこすっからい連中ぞろいの大邸宅なら、うってつけの手だろうよ。けど、うちはそんなご大家《たいけ》じゃない。たとえ天使を家政婦にして相性のいい名コックをそろえたって、使う側がそんなじゃ長続きするかよ。

ただなあ、ミス・ダットンはあんな妹にもずっと尽くしてくれた。邪険にも小ばかにもせず——それまでずうっと陰日向なくやってきた。おれなら辛抱が切れたね。だってよう、ちーんと膝に手をそろえて置物になるばかりで、世間並みの話にゃ阿呆面こくわ、とんちんかんでもたまの相槌ぐらいが関の山だわってやつをずっと相手してみな、どうにかなるぜ。大変なんてもんじゃないよ。ただし、だからって女中の件は見過ごせん。ミス・ダットンの側から格下に合わせるのは無理だ、どだい住む世界が違うんだから。『これやっといて』『なんでサボるの』――そいつを一気にたたみかけるんだぜ。いちおう火消しはしたんだがねえ、どんどん裏目に出ちまって。その調子で何週間も何週間も何ヶ月もだろ。おかげで、こっちはやせ細って影法師になりそうだったよ。

ある日、その女中が――ブリジットってんだ――アイルランド系な――本気で頭にきていわゆるガチで殴り合ったらしい。おれはちょうど出かけてた。あとで一部始終を聞いたら、片頬につき――三発はぶん殴ったと。そんで、ひとが町まで車を出して戻ってきてみりゃ、地雷おばちゃんは荷物まとめて農場用の馬車をかっぱらってそれっきりトンズラだぜ。いやはや、大損なんてもんじゃないよ。

想像つくだろうけど、いくらおれでもむかっ腹が立ってねえ、ミス・ダットンに言ってやった。『エドナ、言わしてもらうがここまでやるか？　ありえんぞ。はばかりながらエドナ、あの女はおれにでもあの調子だったんだ。口が悪いのはあんたが来る何年も前からで、もういいかげん慣れたたよ。そんなのと仲よくつきあう――使うこつは――ブレない低姿勢で手綱だけはしっかり握っとくんだ。腹立ちまぎれで結局は損をするなんざ下策にもほどがある。相手は女だぞ、しかもアイルランド人の。そんなやつらの出方ぐらい読めそうなもんじゃないか』

腹が立ったのは正味だが、なにもそこまできつく当たらんでもよかったかねえ。けど、そのころには気心が知れてたから。だってさあ、仲いい同士でしんから腹を割って話もできないんじゃ、なんか距離感が違ってないか？　だろ。しかも、そのころにはなんでも打ち明け合う二人だったからさ。投資や何かにアドバイスしてやったり、そんな時にゃ立ち入りすぎんように重々気をつけてたが。向こうから切り出さなきゃ絶対関わらなかった。取り調べでもそんな事情をすっかり明かしたよ。けどなあ、男同士ここだけの話、外面はレディぶってたって、裏じゃ、おれにもしものことがあっても妹が路頭に迷わんだけのもんはあるはずだと皮算用する女だったなんてさ、こっちが知るかだよ、な？

ところがあいつら、蛭《ひる》なみにしつこくそこにこだわりやがって。まあ、ひどかったねえ！　審問の話だよ、あれを審問と呼べるんなら、どこまで神経がまともじゃないのか本気でわからん。それと……」

だが、そこへまたしても雷鳴（まあまあ大きめの）がずしんと長広舌をぶった切った。あちらは言いさして固まっている。ところで、ブリート氏ほど盛大にあごを動かして話す人は見たことがない。さぞやくたびれるだろう。わたしの表情を疑問と読み違えたらしく、大理石のテーブルに手をついて乗り出すと、毛深い中指をこちらへ向けた。

「さっき『路頭に迷う』とは言ったけどねえ」と釈明する。「ミス・ダットンみたいに猫かぶりの女を家に入れたところで、妹が無一文にかっぱがれる気遣いはなかったさ。おれにだって自前の金ぐらいある。わざわざ、く」――「詳しく」と言いかけて踏みとどまる。「話すいわれはないが」中途半端に黙りこみ、やがて「じきにちっとばかし雷雨になりそうだ。なら、すぐ出るよりか、ここで雨宿りしてくわ。これがひとりきりの家じゃ、よけいやかましかったろうけど」「そんなには荒れないんじゃないかな」わたしが気休めを言う。「かえって空気が澄むよ」

相手は目をみはり、たかが自然現象にそんな効果があるのかと驚いたらしい。

「そういえば女中《ロスト・ユア・メイド》がいなくなったという話だけど」わたしが声を張ると、とたんにきつい目を投げられた。「むろん」と、あわてて言いつくろう。「立ち入った話を無理にとは言わないけど」

「なあに、いやいや」ホッとした男は言い終わるのを待たずに、「今のを『首《ロスト・マイ・ヘッド》がなくなった』と空耳したんでねえ。一向にかまわんよ。これまでとは大違いだよう――そりゃあもう、そんなふうに細かく丁寧にこの一件を見直してもらえるなんてさあ、しかも親身に。面白ずくのゴシップや悪評寄りでない人に聞いてもらえるなんて。世間てのはせちがらいよう、何言っても何ひとつ納得してくれやしねえんだ、これっぽっちも。だから生きた心地がしなくてねえ、週末から次の週末までにお次はどこをほじくり返されるやらってさあ」

こちらは話せば話すほど嫌でたまらなくなり、取りつくろうのがしだいに難しくなってきた。いくらなんでも自己憐憫を垂れ流すやつに好意など持ちようがない。さいわい陽ざしが陰ってきて、その席はもう黄昏と大差なかった。店内がこうも暗くては、天気が持ち直すまでしばらくかかるだろう。ひとまずそこで雨上がりを待つことにした。相客自体は知り合いでもなし、ご一緒したくもなんともなく、話す内容も新聞の煽り記事どまりで、ジグザグに進む語り口がわずかに一興といえば一興だろうか。早い話が蟹のこんな定義を彷彿とさせるやつだ。「蟹とは後ずさりに動く赤い小動物である」

「実はねえ」と続けて、「あの件じゃ——女中の話な——ミス・ダットンとちゃんと話したんだ。だからおれは納得してる。あとあと根に持たれんように腹を割って、思うことをきちっと一通りは言ったからな。あっちはあっちで、おれにえらい迷惑かけたのをわかってくれた。けどなあ、ここからはおれ個人の意見だけど、女と話すなら一般論はやめとくに越したこたない。そうすりゃ女一般がどうこうじゃなく個人の話に絞りこめる。ものの考え方が男と変わらなくなり、女を隠れみのにせずに筋の通った話ができる。けど、そこまでだね。はっきり言って、おれなら女相手に押し問答なんかしないよ、早々になだめて切り上げる。しょせんは流れ雲と同じだからな。ぶっちゃけ、あっちもたいがい気まずかったんじゃないかねえ、自分のふるまいを考えたら。あれこれ考えあわせりゃ破格の好待遇で置いてもらってるうちで、レディどころかとんだ役立たずのあばずれっぷりをさらしちまって。

はばかりながら、女中二人分ぐらいの家事ならおれひとりで余裕だよ。皿洗いだろ、配膳だろ、ちまちました小物の片づけだろ。そうそう、それに町まで買い出しに出てさ、缶詰スープやら桃缶やら彼女の好きそうなものをなんなりと買ってきてやった。自分で車を動かせるように運転も教えてやった、ギアチェンジで今にも車ごとやられそうな音をたててたけどな。そしたら赤の絹糸束ひとつを買いにガソリンを一ガロン使っちまう。いやほんと、たかが粉末シャンプーやら専門店のお茶のためにほいほい車を出して何マイルもよう――生みたて卵じゃうまく泡立たんから、それだけは店売りのを使うけどな。おかげで界隈《かいわい》じゃそれなりに顔が売れてた。なにしろ鄙《ひな》にはまれな垢《あか》ぬけっぷりだろ、スカーフ巻いて自動車用のヴェールをかけてさ。それでもおれは止めなかった。反対する筋合いじゃないわな、とりわけ日常のこまごました買い物もちょくちょく引き受けてくれるんなら。あの女も最後あたりはことさら地道な節約が身についてたけども。

何より参ったのは妹に何となくバレちまってねえ、うちが大変だって。いやつまり、そうなる徴候がいろいろとな。理由はさっぱりだが、何でかバレちまうんだよ。やることなすことそうやって片っ端から裏目に出てみろ、ほとほとやんなるぞ。けど妹はあんなだろ、わざとじゃないから叱ればよけい泥沼さ。それでもしばらくは仲よくやってた、あの時までは」――また口を開けて固まり――「あの時はミス・ダットンの浅知恵で何もかもおじゃんにされるとこだった。でさあ、さっき見せた切り抜きだけど、彼女いくつに見えた？　まあ言っちまえば、あんないかにもな金髪だけどさ？」

ずいぶんと心ないことを訊く。失踪中の原因が実際にそれならますます心ないが、口に出してそう言うわけにはいかない。

「幸せな人は実年齢より若く見えるから」などとお茶を濁《にご》しておいた。

そしたらぽかんと口を開け、こんな憂さだらけの世の中だぞ、おれにあんたの腕ほど長い白ヒゲが生えんのが不思議でかなわんのにという顔をする。

「幸せ?」

「ああ、そうだよ」

「うーん、まさか尻軽姉ちゃんとは言わんだろうけど、なあ、あんたの本音はそっちだろ? お気楽なはしゃぎ屋、たまに羽目も外すみたいな。でももう姉ちゃんじゃないわな、若くはないんだから」

わたしは飲み終えた茶わんを押しやり、まっこうから相手を見すえた。だが、向こうもひるまない。せっかく非モテ男に不慣れな情緒方面をご指南する楽しいひと時なのに、と居直った感じだ。

「まあねえ、若くないのはおれも同じだが。男のメンツにかけて言わしてもらうと、あの晩は彼女にこう言われたんだよ——台所で家事のさなかに彼女もたまたま夕めし用の『卓上花』だかを活けてた。高尚な花のたしなみがあってな——そこでこう訊かれたわけよ。なんでそんな仕打ちをするの、ろくに返事もしてくれないで――まさに青天の霹靂《へきれき》だよねえ」

その言い分を裏づけるように、頭上で激しい雷がとどろいた。周囲のグラスや割れ物が小さくカタカタと返事する。家々の屋根を揺るがす残響が消えるまで、ふたりとも黙って耳をすました。もっとも、相客は耳よりも口から音を取りこんだほうが早そうだったが。いささか顔色をなくしている。

「だからさあ、そう言われたんだよう。今度はおれが図星でうろたえる番だ。またぞろやり合ったんだがね、なあに、ティーカップの中の嵐みたいなもんだ」場所柄にふさわしい自分のたとえに喜んだりせず、かえって的を射すぎて驚きどころか衝撃らしかった。それでも、がむしゃらに先を続ける。

「そこでおれになだめられてまた落ち着くと、彼女はずらずらと手持ちの札を並べだした。年回りやらのたわごとは一切抜き！　ド直球だよ。うすうすは勘づいてたが案の定でな、渡る世間にゃ友だちなんかないも同然だと言うんだ。あの自称伯父さんの大佐とやらの話はおくびにも出さなかった――出しゃばりの古狸め！　まあはっきりとね、身寄りもないし知るべも乏しい、言うなりゃ天涯孤独の身の上だと。それから――いろいろ悩んでるとね。女の体面てもんがあるからな、こいつは彼女の顔見知りには絶対洩らさなかった。けど、こう言ってよけりゃ見ず知らずのお人が相手なら話は別でねえ。彼女が――あの台所で――エプロンして家事をやってたおれに

——言うには——まあ早い話が一緒になりたいと。前からおれを好きだったとくるからさ、こっちも満更じゃなかった」その顔に自慢の色はなく、あるのはひたすら驚きだけだ。洗いざらい言えば許されるとでも思っているらしく、こちらの反応を待ちかまえている。

「つまりは彼女にプロポーズされたんだね」やたら気取った口調でさえぎって即座に後悔したが、後の祭りであった。カウンターにも話がちらほら聞こえていたらしく、あのウェイトレスなどはずっと鉛筆を噛んでこちらを凝視していた。世間にはびこるこの暑さと、くだらない茶番の組み合わせが、なぜか耐えがたいほど神経に障る。この男のうぬぼれぶりたるや、もうもうありえない。

わたしはあのウェイトレスを手招きした。「さっき、キングス・クロス行きのバスは十八番と言ったね？」

「はい、十八《じっぱー》です」が返事だ。

「ならお手数だが、そちらにアイスクリームをひとつ頼む」

唖然としたブリート氏が呆れ顔をしている。まっ赤になり、「ま、まさか」とへどもどして、「おれが言ったとかじゃないだろ。そんなの、絶対言ってないぞ」

とっさにそうしたのは他でもない、ここまで退屈させ疲弊させられたことへの自分なりの抗議だ。こっちはやつのせいで恥ずかしくて居たたまれないのだ。あやふやな話をどこまで厚かましく引き延ばす気だ？　ウェイトレスは奥へ引っこんだ。

「ここの席は暑くてのぼせるから」わたしがとりなす。「この陽気だ、話すだけでくたびれるよ」

「ああ」声を落として、「そりゃそうだが。あんたは食わんの？」

「せっかくだけど遠慮するよ。アイスは食べられないんだ。胃弱でね――情けない話さ……さっきの話だけど、ミス・ダットンにプロポーズされたのは台所だったっけ」

間が空いた。やっこさんはすっかり毒気を抜かれて小さなガラス器のアイスクリームを眺めている。熱帯出身の探検家に北国の雪を初めて見せたら、こうもあろうかという態度だ。「傷ついた」表情を浮かべ、一言でもまたきつくやりこめられたら、子供のように手放しで泣いてしまいそうだった。

「わざわざ繰り返すまでもなかろうよ」ようやく気の抜けた声を出す。さっきの威勢のよさはどこへやらだ。「まあな、他意はなかったんだろ。それまでも妙な風向きだと思わないわけじゃなかった、ウィリー、こうなの、ウィリー、ああなのとやけにすり寄ってくるんでねえ。おれ、学校でビリーと呼ばれた以外はずっとウィリアムで通してたんだ。なのに彼女はいつも思いつめた顔で意味深にウィリーだろ。そしたらああだ、ほんとに驚いたよ。

　したり顔でこっちの言葉尻をいちいちとらえてさあ、もう何をどう言えっての。ある意味おれも彼女に気はあった。本音と建前の裏表はあったけど」そこで顔をそむけたが、目立たない裏の気持ちを浮き彫りにするためではなかったようだ。「よく考えさせてくれと頼んだよ、どんな紳士にも通用する物言いで。『よく考えさせてくれ、エドナ。おれの気持ちを尊重してくれよ』するとな、おれの腕にすがって見つめるんだ。神様はご存じだが、その思いをなんとか押しとどめようとはした。こっちが折れてやったんだよ、良かれと思って。なのに、お返しはまさかまさかだった。ずいぶん不本意な結婚生活だったよ。そうと知ってりゃ――結婚しなきゃ――おれもここまで老けこまずにすんだのに。結婚当初からあんだけ好き勝手されたらそりゃあ面白くないよ。でもまあ、それでやっと、おたがい少しは本音が見えたかねえ。そしたらどうなった？　なあ……機会をとらえてわざわざあんな回りくどい手を使って。おれとしたことが、もっと早くに気づけなかったのか？」

高い位置に付いた耳をそばだて、さっきのぎらつく猟犬の目でわたしを探り見る。まるで自分の内輪の秘事にどう関わる気かをしっかり見極めようとしているみたいだ。

「みんながね、おれは尻に敷かれてたって。おおむね円満だったがあいつは露骨な愛人向きで、女房業は二の次だった。けど、よほどのおつむでもなきゃパッパと伝わらんことを、ギスギスした物言いであの妹に言うようになって――この結婚は失敗だったかなあと思うようになってねえ。もうはっきりわかってたけど、用心したって防げるとは限らんよねえ。あやまちは正すより犯すほうが楽なもんだ。とうに引き返せなくなって……」

「そのアイスが本当にいらなければ、ウェイトレスに声をかけて下げさせるのは簡単だよ」と、わたしがうけあったのは、うつろな目を泳がせる相手を夢想の世界から引き戻すためだった。それともあれは、わたしの背後の鏡に映った雨浸しの路上に気を取られていただけだろうか。

「じゃ、せっかくだから」と、相手はスプーンをとった。

「それでミス・ダットンはとうとう出て行ったわけだ。行くあてについては何も？」

「ないよ」言い切った。「一言も。これっぽっちも。説明できなきゃ無理してまでするか？　しないだろ。今更だよ、石壁相手に押し問答のほうがまだましだ。その時分はもう暑かった。ほら、去年の水不足さ。旱魃《かんばつ》ほどじゃないが――うちのほうは特にひどかった。どこもかしこもマッチ箱みたいにカラッカラで、粘土質の土地は干上がって割れる、草むらは枯れかけて鳥もいなくなる。木までしおれて、オークは見るまに半分がた虫に食われちまった。そんなこんなで手の打ちようがなく――暑くなきゃなあ、まだしも何とかなったかな――そんな時に限ってまたぞろ突っかかってくるんだぜ。審問じゃあ吐かなかったが、あんただから話すよ。いちおう仲直りもした。向こうがどうしてもって言うから頭を下げてね。ひでえよな、亭主をバカにしやがって。いざ結婚してみりゃ、この調子で延々といじめられるなんて予想もしなかったよ。まあ、それであいつも矛を収めたんだが、さっきのいかにもお気楽な写真の女がだよ、その気になりゃどんだけ派手に泣きわめくかなんて想像もつくまい。おれもさ。とてもじゃないが付き合いきれん。

ほんとは、あいつらしくもないんだよ。けども持ち前の恋愛体質ってやつでさあ。しかも、わざと間を置いて強調し、「独占欲が強い。誰かと分け合うのは我慢ならんとくる。わかるだろうけど、あん時ゃ人手不足もいいとこだった。そこへ泣きっ面に蜂で、おれが缶詰を開けるはずみに切った親指が化膿しちまってさ。それでもあいつは奥さまぶって、おれをあごでこき使うんだ。ことごとに亭主をないがしろにするんだよねえ。しかもだ、おれは言い合いが嫌で――やりあわないようにしてた。なのに何が嬉しくて亭主をああも踏みつけにしたのか、一生かけてもわかりっこないわ。一緒になって一週間足らずでそれだぜ。妹がいるとこで、聞こえよがしに面と向かってひとを腐しやがって！

でもさ、そのころにはこっちも少しは勝手がわかってきたからねえ。相手に合わせて分別をかなぐり捨てればたっぷりやり返せただろうけど、おれは何も言わなかった。そりゃもう、たっぷりとね。窓辺に片足立ちして凝《こ》りをほぐしがてら――あん時ゃ客間だったねえ――カラッカラの芝生と枯れた菜園に天から降り注ぐ活火山の溶岩みたいなおてんとさまを目の当たりにして、これじゃたいていの人間がキレるわと思ったよ。けど、言いたいことは頭ん中だけにして無言で踏んばり――あの女には勝手にぎゃあぎゃあ言わせといた。

まあ例えばだが、その数週間前にあいつが自分の投資益を倍に盛って言いふらしたのはどうしてだ？　やれモンテカルロではとか、アメリカ人のレディがどうのってヨタ話はどれもこれも何だったんだよ、ブローニュのさあ、パンションとか言えばさもご大層に聞こえるけど、ひらたく言や下宿屋ふぜいだろ。いやいや」と、こちらにその気がないのに先回りして、「まあ認めてやるけど稼ぐ力はあったし、犬猫収容ホームやらベルギー廃船貿易やらの屑銘柄はおいといて、全財産を妹に遺してくれた——今の話よりだいぶ前にねえ。ちゃんと書面にしたよ、そうするのはおれのつとめで、万事ぬかりなく手続きしといた。かといってあいつが心変わりしないとか、次への道ならしってやつをしないとは言い切れんだろ？　わざわざおれをたぶらかしてまで何がしたかったんだ？　あの時も考えたし、今もよけいに——あの地獄の一部始終を思えば。ろくでもない目に遭わされたよ、ほんと。婦唱夫随の立ち位置が不動になる前はことにひどくやられた。いくら何でもあれは……」

　雨音がにぎやかになり——話し手の文法が怪しいせいもあるだろうか——不明瞭なつぶやきをとらえにくくなっていた。いつしかこちらも、あらぬほうへ気がそれている。今この時も、幅十八インチはあろうかという超小型ナイヤガラ瀑布が花崗岩の雨樋をなだれ落ち、湯気もうもうたるアスファルトの往来の只中に豪雨のしぶきの水煙をあげている。そのさまにすっかり心を奪われた。暑さ負けした目にはヤシの林のように涼やかな滝の音や流れの催眠術にしばし引きこまれる。しばらくして味けない現実に立ち返り、ふと気づけば相手はこちらの無防備をいいことにじろじろ見ていた。

「おお、本降りだねえ」などとわざとらしく調子を合わせ、肩越しに親指をくいとやって、おもてをさした。「あの雨だよ。焼け石に水だがな」何やら思案しながら、狭い肩に載った頭を真後ろにねじってすぐ戻す。われわれ噂話屋は社長の急な呼びだしを受けた社員のように、当面の話題にあたふた向かった。

「さてと、ついさっき読んでもらったあの新聞記事じゃ、ミス・ダットンは七月三日の昼過ぎにクロウステアーズを出てからは目撃されてない。と、そうなってるよな——新聞では。けど、ありゃあ嘘だよ。後からそう判明してさ、活字だからって事実じゃないってこった。違うのは——立証済みだ。ただ、まずはそうなった経緯をきちっと話しておくべきかな。とかく記憶ってのはごっちゃになるからねえ」まるで記憶そのものを消したいみたいに、だるそうな手つきで顔をなでおろした。「だがね——他はともかく——自分の頭さえすっきり片づいてりゃ安心は安心だよな。じつはおれたち、その一日か二日前には完全に終わってたんだ。さっき話したささいな夫婦喧嘩のあと、またいつもの凪《なぎ》が戻ってきた。彼女の側からすりゃ、実際はおれに落ち度なんかほぼない。でもまあ、ヒステリックな女だからねえ。なにもあんなに無用に騒ぎたてて、ギャンギャンやるまでもなかったんだ。あいつの虫の居どころや感情以上の根拠なんかなかったんだから。おれはそういう目立ちたがりじゃないし、うちの家族にもそんなのはいなかった。そもそもおやじはおっかない学校の先生みたいで、『そんなざまで傷つくのは、当のおまえよりも親のおれだ』が口癖だった。まじめな話、おれは十歳まで、おふくろがおやじに口答えしたのを聞いたことない。まあな、わきまえてたんだろ。おれがしじゅうお仕置きでおやじにこっぴどく叩かれると、おふくろは涙ながらに見てたけど、手は出さなかった。よけいまずくなるだけだとわかってたのさ。で、おれが十二の時に死んじまった。

うーん、あらためて考えてみると――ミス・ダットンにゃずいぶん見くびられたかねえ。もとが自堕落な女でね。朝食はベッド、夜は寝室スリッパ、洗いものはお湯で。もっと言えば根っからの贅沢好きだったんだよ。普段の心がけにも出るよねえ、そういうの。金回りが倍になれば三倍使って贅沢したがる。専属小間使いにイヴニングドレス、お茶会用のドレス、サロンの生演奏会――まあそんな調子さ。おれがさっぱり取り合わないのも、よけいイラつくもとだったんじゃねえの。なんか思いついたら一拍置くような女か？――ないない！――嘘かどうかも見境なく垂れ流しだ。手の早さもやっぱり前後の見境なし。数ヶ月前なんか、どっさり活けた花を花瓶ごと投げつけやがった。スノードロップだったたっけな」

その顔がにわかに険しくなり、何かをひょいと思い出したらしい。

「おれは別に」大まじめに保証する。「そ――その後のなりゆきを考えりゃ、いろいろされたけど、あいつを恨むとか根に持ったりはしてないよ。ただなあ、おれが追いこまれたのは、人間の限度を超えたって声も出そうな極限状態だった、そこはほんとだ。で、たぶんその通りだろう。けど、おれの言い分は」声がわななく。「『過ぎたことはすんだこと』だよ。もう今後は口にも出さん。とどのつまりミス・ダットンは俗に言う渡り鳥だった。最後に派手な喧嘩をやらかし、二人の仲を完全に終わらせた。おれへの侮辱をてんこ盛りにしてな。妹もその場にいたよ、みすぼらしい黒い着古しのなりで、顔をおおって指のすきまから盗み見ながら鈍い動物そっくりに隅っこで震えあがってねえ。あの女に同席させられたんだよ。

おれもなあ、ほとほとお手上げだった。あの女中トラブルだろ、しかも、とびきり性悪で理不尽な記者《ブンヤ》どもが北から南からネタ取りにくるんだぜ。いやもうさんざんな目に遭った。審問でもあいつらがあれこれほじくり出してきた。ほんと困ったもんだ。そこだけは手慣れた連中だからねえ、衆をたのんでかかってこられたら何をされるか。いいかい、公式の審問じゃないんだぜ。警察にも頭ごなしに根掘り葉掘りされたが、あいつらに比べりゃまだしも紳士だった。けどなあ、こういう話はどっかから洩れるだろ。三文記者の口に戸は立てられんし、万事休す以外の地獄は一通り味わわされたよ」

「万事休す、というと？」

ちろりと動く目は内心をのぞかせない。「だからさあ」束の間の迷いを強引に言いつくろう。「おれの心の傷だよ。その話をしてるんだって。いまだにあいつの声がするんだぜ。全部終わっ

てまっさきにこみ上げたのは、もうとにかく解放感だった。最初の数週間は別として、ずっと円満だった夫婦でもない。だったらこんな泥仕合は早めに撤収したほうがよっぽどいいだろ。そりゃあ、勝手に予定変更されてこっちは大迷惑だったよ。後始末をおれに丸投げして出てくのはもう一週間先のはずだったんだから。

未払いの請求書をためこんでさあ——上等のバター、オリーヴ、ワイン、海亀スープ風の高級コンソメ缶——おれのツケであれもこれも贅沢三昧してやがった。まあ所詮は添い遂げられるタマじゃなかったとしみじみしたねえ。あんた思ったことないかい。いろいろ考えあわせりゃ、女なんてひとかけらの良識も——人並みの慎重さはもちろん——ないんだ。寝てる犬をわざわざ起こさなくたっていいだろ？」

そこでわたしの反応を待っている。

「伯父さんの大佐は、一件について何と？」

「ああ、あいつか」と、ずいぶん小馬鹿にしたように、「義勇隊のな！　おれからいずれ、さしで男同士の話をしてやるつもりだった」

「彼女は二、三日も待てなかったんだね？」

「七月三日だ」さっきの日付をまたも持ち出し、「その日にあれやこれやをまとめて片づけ——その時分にはな、水なんて半マイル先にある干上がりかけた池からバケツで汲んで、おてんとさまに焼かれた畑をつっきって運んでこなきゃ一滴もありつけなかったんだよ。全部やったけどな、おれひとりで。そっから残った午前中の家事を片づけ、台所で腹ふさぎ程度の昼めしをやりながら次の段取りを考えてたら、咳払いがあって――あいつの部屋のドアが開いて、階段で足音を立ててさあ――「スリッパの」と、オークションの競売人がやるように、ことさら勿体《もったい》をつけて人さし指を立て、全身全霊かけてその一幕を明確この上ない言葉で正確無比に伝えようとした。「おれは思ったね。『あいつだ! またぞろドンパチ始めやがるぞ!』って。わかってたから。『受けて立つのか?……じゃあ――おれが?』」と、水を飲む猫みたいにそっと頭を振りながらも、こちらに向けた目は空店舗のショーウインドウみたいにどんより曇っている。「いやいや、おれは尻に帆かけて逃げたよ。『君子危うきになんとやらだ。ここは逃げとけ、なるべく遠ざかるんだ』おれなりにせいぜい前の晩のことは忘れて、これからにしっかり向き合おうって。だから――外へ出たんだ。

昼下がりで、今のこれぐらい蒸し蒸ししてた。畑地をうろついて何マイル行こうが、人っ子ひとりいない。行き先を訊かれたって、わかるのはそんぐらいだ。人が見当たらないんじゃ見分けも何もねえだろ。しかも気もそぞろでさ、何かに気づくどころじゃねえよ。ウインストック中の道という道を歩き倒してさあ――細道に生垣、穀物畑にカブ畑――もうひたすら歩きに歩いた。家には夕方七時ぐらいまで寄りつきもしなかったねえ。夕めしの時分だ。おれは皿を出して――

燠火《おきび》をかきたてた。ひとの気配はなく、妹もいなかった――そこにはな。ただし妹はいつも寝室の窓辺にいたから、そっちを見に行ったら案の定いたよ、膝に手をそろえてな。家中しんとして――教会と変わらなかったねえ。

おれのほうは台所でちょっとばたついてね。彼女を呼べば？　いやあ、それは！　用事はしこたまあったよ――いつものように。夕飯の支度やら何やら。その朝、通いのお手伝いに十一時ごろ早引けされちまって……歯痛だとさ、そう言ってた。だからって用事は減らん。卵とジャガイモをゆでるんなら、おれでもまあまあ人並みにやれる。だが、できたての料理――ちゃんとした食事となると――まあとにかく、その晩はあったかい料理抜きですませた。そのへんで七時半を回ってたかな、おかしいぞという気がしてねえ。ちょっくら車を見に、裏へ出てみるかと――旧型のフォードでね――何週間もろくに手入れしてなかったし。そんで車小屋へ行ってみれば、知らない猫が魚の骨かなんかを食ってる。小屋の中をのぞいたら、きれいに消えてた」

「それはフォードが？」

「そう、フォードが。影も形もないんだよ。いやもう凍りついてねえ、一日か二日ぐらい前には界隈にジプシーがいたもんで。あわてて家へ駆けこみ、階段の下から二階へ大声で、『エドナ！　エドナ！　いるか？　フォードがない！』返事はなかった。まあねえ、もう動転しちまって。客間をのぞくと――ティーポットとカップの盆は出てたが、もう飲み終えたやつでね。何事もなかったみたいに陽が当たってる。お次は婦人用私室《ブドワール》とか呼んでた、あいつ専用の小さな居間を見に行った。何ごともなし。それから二階へあがって彼女の寝室をノックし、『ミス・ダットン、フォードを知らないか？　見当たらないんだ』と言って、部屋の中を見た。どうも納得いかないんだが、あとから姿を見たって話があるんだから、乗ってったのはあいつ以外にいないだろう。けどなあ――これだけは言わせてもらうが、こっちだって何か言う前にいちいち考えたりするかよ。ほかでもない、おれが自分でそう言ったと言ってんだろうが。

まあ、とにかく部屋の中を見た。手近にしまっておいた車が自分ちでなくなりゃ、誰だってそうするさ！　いやはや、ひどいなんてもんじゃなかった。おれは几帳面で、整理整頓にずいぶんやかましいんでね。前にもそのざまを見かけてイラッとした。あんだけ身なりに凝るわりに、いわゆる身の回りの始末はなってないとくる。それにしたってあれはないよ。抽斗《ひきだし》は開けっぱなし、そこらじゅう脱ぎ散らかした服やらスリッパやらバッグやらビーズ細工やら箱類やら安物のアクセサリーで足の踏み場もない。なのにあいつはどこにもいない。探したさ――くまなく。ほんとだよ、ないんだ――影も形も。消えうせた。それっきり――ただの一度もあいつを見かけてない」

雨は上がり、唐突に始まって終わった嵐のはかない残響めいた溜息をながながと男が洩らし、店内くまなく届かせたかに思えた。ふたたび薄日がさして路上をなぞっていく。

「なら留守中に賊が入ったかと、とっさに思ったわけかな?」

しっかりと目を合わせたまま、「ああ」と応じる。「そう思ったよ――初めは」

「だけどつい二、三分前、ミス・ダットンの目撃証言があると自分で言ったはずだが?」

男がうなずく。「そうだよ」自分はありえないほど正気でございといわんばかりだ。「だから別人のはずないし、事実そうじゃなかった。その夕方、おれのフォードを運転する彼女を目撃したやつがいる。それも一人じゃないぜ。行きつけの肉屋がたまたま店頭に出てたんだ、そいつとは別に親しくもない。ちょうど土曜日で、四ペンスや六ペンス均一の特売肉を切り分けて並べるところへ車が通りかかったんだと。車のナンバーも見てる。狭い路地裏でもまだまだ明るかったし、直前に店の時計を巻いたから七時ごろだと言ってた。確かに彼女だったし速度もかなり出してた。いつもと少々違ったって、見とがめるやつなんかいるか? そういう話だろ。ないよなあ、まっさらなピンみたいにピカピカなとこをあてがわれて居心地よく二、三年暮らしておいて、あんな飛び出し方するなんてねえ」

「彼女にどこかおかしな点でも?」

「ああ、あの男の目は節穴と変わらんよ。これぞと思う上客に取り入るのは達者なもんだが。顔の見分けはろくにつかなかったとさ。おれの車で、しかも昼間と変わらん明るさだったのにねえ」

「でも、確かに」わたしはつとめてさりげなく、「人間を追うのは難しいだろうけど、車の処分はおいそれとはいかない。そっちは見つからなかったのかい？」

男は笑み崩れ、むっつりした地顔をよくもここまでというほど気さくに一変させた。

「おお、いいとこつくねえ」と同意する。「車は見つかった——月曜の朝だったねえ。ほんとは日曜に女連れの若いのが見つけてたんだが、花を摘むとかして——いったん車を置いただけだと思ったらしいねえ。鉄道駅の二百ヤード先にあるモミ林でね、町から一マイルかそこら離れたあたりに乗り捨ててあった」

「おそらくは鄙《ひな》びた小さな駅だろう？　だったら駅のポーターが婦人客を見かけていないか？」

「鄙びた——ああ、まあね。けど、その日は市が立つわ、牧師館でガーデンパーティがあるわでねえ、駅のホームはごった返してたよ」

「そのホームが町の玄関口なんだ？」

「そうそう」とのたまう。「おかげで足どりが紛れちまってさ」

ちょうどそこへまっ赤な「十八番」バスが通過し、ウェイトレスの一人がそれに気づいた。バスはすぐ見えなくなった。

「その日の午前中だけど、彼女あてに手紙が来てさあ——消印はシカゴだった」今度はやけになれなれしい声で熱心にたたみかける。「郵便配達員に言われたんだよ、外国からですよって。

原因はどうもそいつじゃないかとにらんでるんだ。だけどなあ、それはさておき、あの時も今もおれは愚痴なんか言わんけど、あいつのやりようには、もう――」ただし全部は言わず、あとは不器用なスプーンさばきで、冷めた砂糖入りコーヒーに落ちたハエを助けだしてやろうとした。そうっと息を吹きかけて不幸な虫を誘導しながら。

「そのころには通報済みだろうね？」

「通報？」と訊き返す。「なんでまた？」

いきなりの冷たい口調に少々とまどった。「それじゃ、ミス・ダットンの不在を誰にも知らせなかったのか？」

「じゃあ、お伺いしましょうかねえ。ミス・ダットンの意図は何かなんて、おれにわかるわけないだろ？　こちとらミス・ダットンの番人じゃあるまいし。あの女は自由気まま放題で、自分の好きな時に出入りしてたんだから。何を考えてたかなんてわかるもんか。まあ、ちっとぐらいはね、あれこれ考えると、車を借りてったのは気安い仲だったからかと思ったよ。そりゃな、前はメモぐらい置いてったのになあと、ちょっとモヤっとしたことはしたさ――台所のテーブルにピン止めして――『愛をこめて　エドナ』――とかね。順風満帆で楽しかったころの話だけど。それで、おれはまず裏道のコテージまで出かけて尋ねてみることにした。そしたら洗濯場に娘を残して家中が出払っちまってる。で、娘が言うには車やミス・ダットンは見ても聞いてもいないけど、そういえばクラクションの音は確かに聞いたねと。『うちの車のクラクションか？』とは尋ねたよ。けど、ああいう小娘はどうもいまいちピリッとしなくてね。血の巡りが悪いというか。まあなんだ、子供っけが抜けきれてないんだろ」

「で、妹さんは実際にどこにいた？」

すると、またもや目のつけどころに感心したように見てくる。

「そこはね、わかってる――妹を見つけて訊くのが順序ってもんだろ。おれは妹の部屋へ行き、ドアを開けて言ったセリフが今も耳に残ってるよ。『ちらっとでもエドナを見かけなかったか、マリア？』

部屋はずいぶんひっそりして――蒸し暑いから誰もいないのかと一瞬思った。やがて見えた――見つけたよ、そこにいた――いちばん奥の暗い片隅にうずくまってた。それまで両手で隠していた白い顔がこっちへ向く。『エドナは、マリア？』また尋ねた。すると妹はかぶりを振った。奥の窓辺に座ったっきりでな。なにしろ暗くてろくに見えんのだよ。まだわかってない顔だけどな、妹相手に正面切ってものを尋ねたり、にわかな質問をぶつけたりすりゃ大混乱間違いなしだよ。頭に話が入ってこないらしくてさ。どうもなあ、あいつら、そんなふうにさんざん妹に当たったらしいんだよ。ほれ、あの捜査本部長とか名乗ってたやつ。まあ何度も何度も何度もねちねちと。

お祭しだろうがもう飯どころじゃないよなあ、八時、九時と時間はたつわ――あの女からは音沙汰もない。とうとう待っても無駄だと見切りをつけはしたが、いちおう念のために二マイルばかし離れた農場へも足を運んでみた――そこもわずかに街道外れではあるが、町へ行くなら絶対通ったはずだから。そこんちとは、いまだにかなりの付き合いがあってねえ。九時半ぐらいだったか、もう一家みんな寝ちまっててさ。あそこんちの犬がよう、満月の晩じゃあるまいし、見たことないやつが来やがったとばかりに大騒ぎするんだよ。それで砂利をひとつかみ拾い、古なじみの農場主が寝てる窓に当ててやったら、まあ何だかんだで気のいいやつだからさ。特に見たもんはねえな、何もなかったぜ、と、こうだ。

『さて、なあ』おれはあいつに言ったのさ、一言一句そのまんまだよ。『あの女の身に何があったかをどうでも確かめんことには』農場主はおれほど心配そうでもなく――朝になりゃ見つかるさと。『あの手の女は、いちばんうまい汁のありかを心得てるからねえ』それでいったん引き上げて寝たはいいが、気が気じゃない。もうねえ、おちおちしてられん。そしたら明け方三時か四時ごろかな、家の中で物音がしたんだよ」

「彼女が帰ってきたと思った?」

「はあ?」

「いや、だからね、彼女が帰ってきたと思った?」

「ああ、そりゃもう。その通りだよ。それで寝室を出て、階段の手すり越しに下をのぞいたんだ。その時分はうっすら月がさしこんで、しっくい壁やリノリウム張りの床に当たるんでね。そしたら妹だった、着古しのスカートにナイトガウンをはおってねえ。シーツみたいにまっ白な顔でガタガタ震えてたよ。

『どこ行ってたんだ、マリア』おれはなるべく優しい声で尋ねた。不思議とねえ、すんなり伝わった。だからすぐ答えてくれてねえ。きちんと伝わってるなって時はよくあったがね、あいつはいわゆるごゆっくりで、人並みに受け答えできないだけなんだよ。

で、もごもご言うには、『あの人をずっと探してた』

『探してたって、誰を?』ちゃんと話が通じるかどうか、念のためにな。

『あの人よ』

『エドナを?』そう言ったよ。『なんでこんなとんでもない時間に、エドナを探したりする?』

ちょっと手厳しく言っちまった。

すると、おれを見ながら涙をこぼすんだよ。

『ちょっと待て、マリア、なぜ泣くことがある?』

『ああ、ああ、ああ。あの人、いっちゃった。もう二度と帰ってこない』

おれは妹の肩を抱えるようにして階段口まで連れていき、『そら、落ち着け』と言ってやった。

『そんなにガタガタ震えてないで』妹が冷たいリノリウムの床にはだしでいるのも忘れて、『いっちゃった」って何だ？　そんなふうに考えるんじゃない。案外そのうち元気に戻ってくるかもわからんぞ？』そいつがあの時、おれの口から出たまんまだよ。

妹は、『わああああ。ウィリアム、あんたのほうが知ってるくせに――もう言いたくない。いっちゃった。あたしにどんだけ優しくしてくれたか忘れられないのに、そう言ってあげられなかった！』

『優しい、ときたか！』と、おれ。『優しいだと！　まあ、虫の居どころがよけりゃな。だが、おまえだって、あの日あんだけ言われてもまだそう言い切れるか？』

だがね、それ以上は聞き出せなかった。妹は縮こまって嗚咽《おえつ》するばかりでな。またも錯乱しちまって髪が目にかぶさるほど振り乱し、顔をそむけて身をかばってね、すぼめた肩を押さえてやっても震えが止まらん――まあ、女だからねえ。妹の部屋へ連れてって、せいぜいなだめてやった。けど、あとから妹の部屋の外で耳をすますと、中で夜っぴて泣いたりしゃべったりしてたよ。

まあ見ての通り、今じゃおれもそれなりに立ち直ってる。にしてもさ、あのひと晩は参ったねえ。でだ、今のを捜査本部長やらお付きの警部の前で繰り返してやったらさ、言うにことかいて信じられんだと。『丁寧なお尋ね』だとさ！　あの鼻にガーンと一発食らわしてやりたかったよ。もっとも、捜査本部長にぎゃあぎゃあ責め立てられて、あの時の妹にゃ『丁寧な』と『お尋ね』

の二つがどうしても結びつかなかったんだ。しまいにゃ警部までがたまりかねて、この方の妹さんへのおっしゃりようが過ぎやしませんか、とにかく何があったにせよ、この妹さんが加担できたはずはないですよ、だと」

見知らぬ男はとりとめない話をまたも中断し、半溶けのアイスクリームを二さじ三さじ続けて口に入れた。通り雨のあとも熱をはらんだ空気は大して冷えず、むしろさらに重くよどんでいる。どうやらウェイトレスに見捨てられたらしく、わたしは壁の「チップ無用」の貼り紙を少々恨めしく盗み見た。

「水不足はその後いつまで？」しばらくして問うてみた。

「水不足？」と、相手。「へーえ、そうきたかい！　いやあ、その晩に解消したよ。八時間足らずで一インチ以上は降ったかねえ」

「ともあれ、君の不安をなだめる足しにはなっただろう」

「何の話かわからんねえ」向こうが言い返す。

「警察にはその後に通報した？」

「したよ、日曜に」こぎれいな霜降りジャケットのポケットから色絹のハンカチを出し、派手に鼻をちーんとやる。こんな一見ありふれた人間から、音高く鼻をかむなんてささいな特徴を実際に予測できるなんて不思議なものだ。いま不思議と言ったのは、人体の各部位や性格全体が、積極的な結託を思わせるほど密につながっているのをさしている。まあとにかく、ガラスと大理石の店内に、騒々しい音が雄鶏の声さながら響きわたった。

「でさ、ここからが大事だ。おれの見た目じゃまさかだろうよ、この世でいちばんほしいものを全部壊され毒されちまった男だなんてなあ。ただの通りすがりに打ち明ける話じゃなかったかもしれん。けどさ、所詮は一時の気休めなんだよ。これでもう洗いざらい話しちまった。ここへは都会の喧騒に自分を忘れたくて来たんだ——今はびっくりするほど静かだけど。もうそろそろ帰らんと——帰ったところで大して寝られやしないんだが。夜中に大声あげて目を覚ますからなあ。けど、何より嫌なのは空っぽになっちまったことだね、全部だめになって。望みはもうひとつもない。強いられずに死ねるんなら、とうに自分でけりをつけてたろうよ。砂漠は見たことないが、そこにいたらどんな感じかは今ならわかる気がする。たまに頭の働きが止まっちゃってねえ、知らん間に着替えてたりするんだ。こう言っちゃなんだが外面からは想像もつかんだろ。けどなあ、うわべに隠れた生の姿を偽らずに生きだしたら、たいていの人間はどうなるね？　おれはそそのかされ、さんざん追い回され、じきに閉じこめられて日々やきもきしながら過ごすんだろうな、どんな知らせがくるやらと——と、と、友だちから。おまけに妹までいっちまって」

「妹さんも『失踪』じゃなかろうね？」今にして思えば、ひどいことを尋ねたものだ。正当化できる点など、われながらひとつも見当たらない。相手の顔は燃え尽きた舟になり、その言葉の一撃たるや、見るも無残であった。浅黒い頬が灰色に変わり、大理石のテーブルでわなわなと手を震わせる。

「失踪だと？」大声で、「死んだんだよ。それで満足か？」

元を正せば自分の落ち度だが、わたしはそこでぶち切れた。

「何が言いたい？」ドスの利いた声で詰め寄る。「どういうつもりだ、そんな口をきくとは？　こっちは土曜の午後のあらかたをつぶして聞き役をつとめてやったんだぞ、なんなら君の地元の新聞で読めるような話なのに？　そもそも一から十まで聞いたところで、あんな話が何の役に立つのか教えてもらいたいね。もうたくさんだ、君の話も――君という人も」

「初めはそう言わなかったじゃねえかよ」なんとか立とうと苦労しながら猛然とやり返す。「さんざんおれに水を向けといてさあ」

「水を向けただだと、よくもぬけぬけと！　どんな料簡だ、図々しいのもいいかげんにしろ。繰り返すが、もうたくさんだ。ひとの親切心をそんなにねじ曲げるなら、忠告してやるから今後の悩みは自分の胸ひとつにしまっとけ。過ぎたことはすんだこと、今さら変えようがない。あとはせいぜい主のお慈悲でも願うんだな」

卑怯なぶつけようだった、暑さのせいもあったということにしたい。東洋あたりの泥んこ村で野ざらしの骨や砂をあぶる烈日が、レンガとモルタルでできたロンドン全域にさんさんと降り注いで息を詰まらせ、人間らしさをもはぎとってしまう悪臭をはびこらせたせいだと。

男は椅子に倒れこみ、卓上のアイスクリームを押しのけて両手に顔を埋めた。しゃっくりじみた動作で両肩を揺らしながら。その時点で、店内に他の客がいなくて不幸中の幸いだった。ただしカウンターにはウェイトレスたちがたむろしている。寄ってたかってしばらく見物していたに違いない。女支配人も中にいて、高いカラーと鼻眼鏡ごしに、憤慨した雌鶏そこのけに睨んでいた。どうやら、われわれは揉めて――「ひと騒動」起こしかけたらしい。わたしの心の目に幻のプラカードが突きつけられた。「飲食店での乱闘」

わたしも腰をおろし、さっきバスの通過に目ざとく気づいたウェイトレスを、断平たる手つきで呼び寄せた。

「お勘定を頼む――この人のも一緒に」それから、バカみたいについぽろりと、「いやあ、暑いねえ」

ウェイトレスはしばらく無言で鉛筆をなめて計算をすませると、ザラ紙の伝票を指でつまんでよこした。それから耳につくコックニー訛《なま》りではきはきと述べた。今日はとびきり暑かったって人もいますね。閉店時間を過ぎましたんでお勘定はレジでどうぞ。

相客も少しは自制心を回復し、おぼつかない手で厚手のフェルト帽を取った。そよぎもしなかったあの無表情が、わずかな時間で信じがたいほど変わっていた。なけなしの空元気《からげんき》も、迷いなく冷たい猟犬じみた目つきも、きちんとした印象まで雲散霧消している。十歳ぐらい老けこみ――敗残に打ちひしがれた姿だ。帽子を持たないほうの手を伝票にのばした。あからさまに必死な――意固地でなければ――表情にそぐわない動作だ。「お気に障るんじゃなきゃ、自分のぶんは自分で払わしてもらいます」

「気にしないでくれたまえ」そっけなくあしらう。「こっちが頼んだアイスだ。不意打ちで頼んだからには、それこそ謝らなくちゃいけないね」

男は笑おうとしたが、冬時雨の切れ目に顔を出す夕日のようにわびしい笑みだった。

「こてんぱんにやられたねえ、それに尽きる。言っとくがね、いろんな新聞であの手の記事を読んだところで、いちばんの動機が本当は何かなんてあんたにゃわからんよ。わかりっこないだろうね。けどまあ、おれのツケはおれなりに払っていけばいいさ」

返事に詰まる。痛烈な反撃だ――まるで漆黒を背に翼を広げた墨色のシルエットの鷲が――夢想世界を突き進むはずみに、勢い余って顕在意識にちょっとはみ出てしまったような。「まあね」ぼそりとわたしが、「日にち薬が効くといいけど。似たような目に遭えば、自分ならどんな気持ちがするかはお察しするよ。ぼくが君なら……」ところが相手を見たとたん、出かかった言葉はありがたいことに口から出る前に消えてしまった。「ぼくが君なら」――いい気なもんだ！　よくもまあ、そんな想像も及ばないほどの落差なのに。

男は帽子を見て、どろどろに溶けたアイスを見た。心配そうにテーブルを探り見る——冴えない黒大理石の表面にはヒエログリフがびっしり刻まれている。ようやく目を上げ——元の無表情なビー玉だ——わたしに当てた。右手から左手に帽子を持ち替え、まだじっと見ながら右手を遠慮がちにテーブルの上に出した。そこで目をそらして手を引っこめる。

わたしは気づかなかったふりをした。「次の十八番バスは五分後だよ」と、声をかけて、「バス停はこの通りの数ヤード先じゃないかな」

そうは言っても、ほどよく糊《のり》のきいた帽子の若いウェイトレスたちが鵜の目鷹の目でいる只中に、たとえ束の間であっても、どうかお手柔らかにと置き去りにはできない。「同じ方向だけど、送ろうか?」

「暑いからねえ」と言われた。「お気持ちだけで。あんたにはもうさんざん……」

わたしは息を呑み、血管にわだかまる嫌悪感にあらためて全力で抗った。まるで他ならぬ自分の血にお酢が数滴混じったみたいだ。嫌悪感と無情は人間をどこまで怪物に変えるのか! 関係者全員の心の裏の裏までさらけ出されれば、ささやかなこの記録はどんな見え方をするのだろうか。

どうもさっきから右腕全体になんとなく力が入らない。それでもやっとのことで手を差し出した。するとあちらも——出した拍子に大きな緑の石がはまったカフスボタンが手首にのぞく。おたがい握手した——本能的嫌悪で曇らせた自己を内に抱えていながら、ただの触れ合いがどれほど意思疎通に役立つのやらだが。

ところがこんな通りいっぺんの友好表明でさえ、面食らうほどすさまじい効果をあげた。不意の雪解けによる貫通穴から崩落する氷山もかくやだ。この男は激情か薬物に心身をやられて気力をなくした人に酷似しており、胸糞悪いったらない。見るほうがとまどい、恥ずかしさや情けなさを味わわされる。くるりと背を向けたわたしはレジで勘定をすませ、そのまま店を出て、あとはロンドンに後腐れなく隠してもらった。

トランペット

The Trumpet

「周知のように、ブルータスはシーザーを守る天使であった……」＊1
「するとカインは答えた。『……わたしは弟の番人でしょうか』」＊2

折からの満月が光の束を突きこむ窓をまだ模索中とあって、小さな教会は暗く静かだった。内外に気配はなく、頑強な静寂にほころびはない——わずかにチキチキとすだく虫そっくりな聖具室の時計と、いただきの鐘楼で巻き上がるぜんまいの音ぐらいか。かそけき月光をそちこちで冷たくはじく艶やかな石肌——大理石でできた頭や翼の先端やかかげた指先、それに聖書台についた青銅の鷲の爪と嘴《くちばし》、古びた蠟《ろう》細工の花飾りを巻いた、祭壇用の金メッキの純銀燭台一対など。ひそやかな夜の壁に囲われた教会は人を寄せつけず、生きものも訪れないらしい——例外があるとすればあまりにも儚《はかな》くて、生の痕跡すら残せない日陰の生きものぐらいだろうか。

そのたたずまいは強硬症の顔面さながら、みじんも内奥をうかがわせない。だが——突飛な発想ではあるが——目に見えない存在が何世紀も不断の見張りを続ければ悟ったかもしれない。歳月のまにまに変貌し、重力の掟のままに朽ちゆくその教会にも、ある種の停滞した生命か生気の持ち合わせぐらいはあると。もっともその徴候はみじんも表に出さないし、この世ならぬ監視人のほうも、まだその場にいてもご同様に気配を消しおおせているが。

運命の水瓶からゆっくりしたたる水滴のように、時は刻一刻と落ちてゆき、夜中にさしかかり、一番鶏もそう遠くない頃合い、内陣の分厚い石壁の外で雨に濡れた砂利をそろりと踏む音がした。フクロウの絶叫で立ち止まり、じきにまた進みだす。手探りで鍵をさしこむ音に続いて――それと気づかれないほどゆっくり――いやが上にも慎重に、聖具室の厚い垂れ幕を開けにかかる。すると、小型ランタンの厚い半球レンズから細い光の円錐が投げかけられ――堂内に満ちた儚い月明かりに混じって――ほうぼう探るように前後に揺れて何か探しているらしかった。

今度はランタンの主があらわれた――小さな男の子だ。豊かな金髪はぐしゃぐしゃに乱れて血の気のない額にかぶさり、わずかに歯をのぞかせ、落ち着きなく目をぎょろつかせている。黒っぽいコートの衿《えり》を耳の上まで立てているが、衿元にのぞく縞パジャマの上着の裾はいつものフランネルの半ズボンにたくしこまれている。たっぷりしたコートはくるぶし丈で、靴下と泥んこのゴム長だけが下からのぞいていた。現在ただ今は頬に血の気がなく、青い目は開ききった瞳孔のせいで黒く見える。がたがた震えているのは寒さもだが不安や胸騒ぎのためで、歯が鳴らないように必死でこらえている。そんな有様でも入念な警戒だけは怠らず、入口から首だけ出してちっぽけなランタンで暗い堂内を探ろうとし、背後の厚い垂れ幕をそろりと波打たせると足音を消して一歩、二歩と踏み出した。鍵はポケットにしっかりしまってあるのに、もしかすると教会には自分だけではないという期待と恐れが相半ばするらしい。

人間の頭が通れる空間なら肩も通れるという。とりわけ子供はそうだろう。さっきは聖具室の菱型《ひしがた》小窓が開いているのが見えた。生身の人間とも違う存在感をそなえた彫像類も、心の目で位置がわかる程度におなじみだ。南門前で月光を浴びる黒いイチイの陰で、小さなフクロウがまたしても時ならぬ叫びをあげ、電気ショックでも受けたように少年をびくりとさせた。二度ほど口をぱくぱくさせた末に、ざらついた低い声をなんとか絞り出し、「ディック、そこか？……ディック、いるんだろ？」

こんな怯《おび》え声で挑発されても、周囲の彫像はまぶたをそよがせもしない。舞い降りる鷹――大きく広げた翼は、閉じた大判聖書を支えている――の羽は一枚たりと揺らがない。説教壇は相変わらず空っぽだが、月光やランタンの光をどれほど集めて、高い羽目板仕切りの古びた信徒席の列を見渡しても、席陰にひそむはずの何かや誰かをあぶり出すには足りない。闖入者《ちんにゅう》はどうやら入った時と同じにそっと出て行くつもりらしかったが、そこへ怪物の寝言めいた轟音が頭上でごろごろ鳴り、続いて時計が三十分の区切りを知らせた。高らかな金属音がおさまると、少年はその横槍にかえって励まされたようにポケットから大きな石を出した――太古の祖先ならば垂涎の品だったはずの燧石《すいせき》――荒削りなダンベル形で、古いブラインドから取った太い引き紐を中ほどに結んであった。素朴なこの武器は、いざという時のために長らくしまっておいたものだ。後ろの棚にいったんそうっと置くと、石に続くかっこうで信徒席へすべりこんだ。

ランタンを手放さずに、色あせてぺしゃんこの赤い座席クッションに腰をおろす。そこは権力者の一角である教区委員の席だ。これだけ暗くても目が慣れてきて、闇にひそむ猫なみにオルガン席から張出し席までの周囲をあっさり目で探れるが、それでもまっさらなランタンをいちおう開けて、油を吸った燈心の黒く焦げた部分をなるべく上手に爪で摘み取った。その拍子に金物を熱した煙の刺激臭にくしゃみを誘われ、ガラスぶたをかちゃりと閉ざして手で灯を隠した上で周囲にまた神経をとがらせる。「あのズル野郎め」ぼそりと言い捨てて足もとの礼拝クッションに膝をつき、暗がりで十字を切りがてら後ろを気にしつつ早口で何度も何度も祈りを唱えてそそくさと座り直し、いつもなら父親の肥満体がしっくり収まった説教壇をちらりと見上げた。

祈ったおかげと、どたんばで冒険におじけづいたらしい相棒への憤懣《ふんまん》でだいぶこわばりがほぐれてきた。なんならコートにくるまってこの信徒席の片隅に寝そべり、亀さんよろしく首だけちょっと出して、昇りゆく明月鑑賞としゃれこむのもいいじゃないか。

冴えた晩秋の満月が内陣南の高みの透明な四角窓を燦然《さんぜん》と照らしだし、まばゆい白銀に変えかけていた。思いがけず内緒の約束をきちんと守ってくれたお月さまに見とれて、しばし我を忘れる。だが、窓敷居を越えてのぞきこんだ月が、向かいの凝った装飾の墓碑にたどりついて金メッキの天使像を照らすより早く、聖具室入口のほうから盗人らしいすり足がかすかに少年の耳に届き、とっさに信徒席に隠れる。と、すり足が止まり、ドアがきしんで音を立てた。信徒席に伏せた少年のまだあどけない顔が、たちまち懸念と悪意をたたえた笑みにさざ波だつ。さあて、これからディックのやつに思い知らせてやるぞ。

しんとした堂内に、おう、おう、おう！　と苦しむ声が――地獄の亡者の嘆きを思わせる声が、少年の唇から出てきて薄暗い天井へと吸いこまれてゆく。おう、おう、おう！　やがて黙ると――静かになった。それでも反応はない。またしてもがたがた震えだし、笑みが消えた。今度こそ待ち合わせた相棒の足音だったはずだ。でも――違ったらどうしよう！　飛び起きてちゃちなランタンを向けたとたん、ぎらりと光をはね返したのはふたつの目だった。小人じみた背格好で身じろぎもせず、あちこち傷んだ黒い仮面――十一月五日のガイ・フォークス祭のお古――の穴から睨みつけている。

ろくに恐ろしいと思う間もなく、悪ふざけをしかけられたとすぐ悟る。それでもほんのしばらくは呼吸を忘れて茫然と立ちつくし、恐怖と怒りに震えた。なのに、ディックのやつはそれまで隠れていた垂れ幕の陰からひょっこり湧いて出るや、笑わずにいられるかとばかりに体を二つ折りにして転げ回っている。

「このバカ野郎！」フィリップは小声で怒りをぶつけた。「何がしたいんだ？　黙れ、黙れったら！　おまえは笑えるかもしれないけど、ぼくは違うぞ。ひとを何時間も待たせやがって、もう帰るからな。バカ笑いはよせってば、聞こえないのか？　かりにも教会の中だぞ、わからないか？」

仮面の下から出てきたのは、とんがり鼻のまじめくさった小さな顔だった——笑いはどこにもない。「始めたのはどこのどいつだよ？」ディックは渋い面で問い詰めながら、ボール紙の仮面を無理やりポケットにねじこんだ。「おまえだろ、おう、おう、おうって。だったらおれだって……さっきは教会の中だなんて思い出しもしなかったくせに」

「もう思い出したよ。それに、そろそろ時間だろ。こっちは首の骨を折りそうな思いまでして窓から抜け出したのに、こんなに遅れるってどういうことだよ？」

あと数インチでプラムケーキに手が届かなかった小ネズミのように、ディックは相棒にしょげてみせた。「ごめん、フィリップ。悪気はなかったんだ、ほんとだよ。ちょっとふざけただけじゃないか」と、さも申し訳なさそうに脇を向いたとたん、一瞬後にはもめごともケンカもきれいさっぱり置き去りにして、未知の場所にひょっこり出てきた夜行性小動物そっくりのしぐさや目配りで周囲を探りにかかった。

「なあ、フィリップ」とささやく。「ああして月がさしこむと、ちょっと——気味悪くないか？さっき夢を見てさ、それで起きたんだ。それでもこれより早くは出られなかった。階下のランプで親父が本を読んでたんだ。ところでおれ、外の木立でずっと待ってたんだぞ。なんで自分だけ入るんだよ？〝出る〟んなら門のそばだろ。うちのおふくろが、おまえんとこのおふくろさんにそう聞いたって。いやもう、こうして入ってきただけでもよかったじゃないか、なあ？」

せっかちな小鳥のさえずりのように、わずかな間に矢継ぎ早に言葉が飛び出す。こざっぱりした黒髪の頭によく光る小さな目、顔回りを短くした刈り上げ髪、撫で肩気味で――話しぶりといい、動きといい、くるくる変わる表情といい、いちいち小鳥じみている――なによりそっくりなのは、用心深く敏捷で人馴れしないが向こうっ気の強い魂が、あれだけ小ぶりでもろい頭蓋に納まっているところだ。

そんな相棒にじっと見入るフィリップはもう普段通りで動悸もおさまっていたが、曲がりなりにも落ち着いたのは内心のごく一部で、不満はいまだくすぶっていた。

「そりゃあ入るよ。誰かに見つかりかねないのに外をうろついてどうする？　ここでもたいがい寒くてかび臭いんだぞ。忘れたらしいけど、ぼくは胸が丈夫じゃないから夜は出歩いちゃいけないんだ。もうもう待ちくたびれちゃって両足が石みたいだ。ついさっきのあれ、聞こえた？　フクロウかな――でなきゃ何だろう？」

ようやくディックは勇気を奮い起こして座席の反対端から入り、相棒と並んで平たい赤いクッションに腰をおろした。

「すっげえ！」ディックは声を上げ、あの燧石に目で食いついた。「それ、何に使うんだ？　そんなので頭をゴツンとやられても困るんだけどな！」と、愛嬌たっぷりの上目遣いで色白の相棒をうかがう。「ほんとに来るとは思わなかったよ、フィリップ。でも」ほっと息をついて、「よかったあ」

「行くって言ったろ」フィリップが小声で恩きせがましく言い返した。「別に大したもんじゃないよ」と、あごで石をさす。「あれなら夜はいつも持ち歩いてる。何があってもおかしくない……んだろ?」

こざっぱりした小さな頭が勢いよくうなずく。「だな」

「だったら、なんでぼくが来ないと思った?」

「いやあ、そうは思ってない」ご機嫌取りの薄笑いが刹那《せつな》にディックの顔をかすめた。「おれほどあっさりは出してもらえないだろ。だからだよ」

「その石は」フィリップが言い切る。「厄除けだよ。魔力があるんだ」

「そうなのか、フィリップ?……それ、どうした?」と、ランタンのたわんだ針金の把手を持つ手の乾いた血痕に目をとめた。

「ああ、それか」高飛車に答える。「どうもしないよ、ロープでこすれてさ。ばかに痛くて、寝室の窓敷居から芝生へ降りる途中で落っこちそうになった。派手な音はしたけど誰にも気づかれなかったよ、すぐ先を回りこめば開けっぱなしの窓があったのに。ほら、空を見上げてすぐ目につくあの窓さ。お母さまはいつでも開けて寝るから——年中ずっと。体にいいってロンドンのお

医者に勧められたんだ。けど、おまえんちの親父さんが本なんか読むかなあ。みんなが寝静まってからなんて！　そもそも字が読めるなんて知らなかったよ」

「そりゃあ読めるさ、でなきゃそう言うもんか。聖書だったよ。かりに一字も読めなくたって、そんなのおれにわかるわけないだろ？」

「まあとにかく、絶対に聖書じゃないね。うちのお父さまだって読みやしない――夕方の祈りがすんだらね。親父さんに見つかったらひどくぶたれる？」

ディックはかぶりを振った。「ぜんぜん大丈夫。体罰なんかおふくろがさせやしないさ、何があろうと。親父はだらだら説教かまして、末はろくなもんじゃないって言うぐらいだ。前にね」と、いまだに耳を疑うように一語ずつかみしめながら、「一度、親父がさ、地獄の申し子のくそガキって言ったんだ。おふくろはかんかんになったよ。けど、親父は絶対ぶったりしない、指一本だってあげるもんか。おふくろなんか昨日、でっかい古着の包みを持って帰ってくれたんだぜ。黒絹のジャケットやら靴下やら羽飾りの帽子やなんかが超大きな包みにいろいろ入ってたんだ。それにこれも――ほら！」

と、ジャケットのボタンを外して、下に着た緑の絹の古い部屋着を引っぱり出してみせた。

「おい、それ、ぼくのだぞ！　何年も着たやつだ」と、フィリップは返してくれと言ったものかなと迷うように未練がましい目をした。「でも、もういらないかな、小さすぎて着られないから。ずうっと昔のクリスマスにお祖母さまがくださったんだよ。すごいお金持ちで金に糸目はつけないって――ぼくへのプレゼントは。それ、本物のスピタルフィールズ（ロンドン東部の地名。十八世紀に高級織物工房が集まっていた）もののシルクサテンだぜ、もうどこにも売ってないよ。そんなにねじこんだら生地がぐしゃぐしゃになって傷むぞ」間近でのぞきこむ。「その下は？　七面鳥みたいに着ぶくれてるなあ」

言われたディックは指で探ってすぐやめ、一瞬だけバツが悪そうにした。「こっちもやっぱりおれの服だよ」と弁解する。

「つまりね」この相棒は絶えず見ていないと何するかわからないとばかりに、フィリップはディックから目を離さずに、「ぼくとしては、きみのおふくろさんはそんな高級品をもらえてほんとにツイてたねって――お古のおさがりでも高級品は高級品だよ。うちの古着はたいてい慈善市行きなんだ。絶対に」ここで不意に言葉に詰まり、「絶対に、こんなところをおまえのほんとの親父さんに見つかったら、こっぴどくぶたれるぞ」

しなやかですばしこい体が隣でいきなり固まり、座席の下でぶらぶらしていた長い脚が動きを止めた。

「しないよ、そんなこと」ディックが蚊の鳴くような声で応じる。

「なんで？」

「第一ありえないよ。もう縁が切れたのはわかってる、おれは捨てられたんだ。この夏の晩にいっしょに兎狩りに出かけたっきりさ、誰にも内緒でね。暖かくて静かな闇夜——今夜とは似ても似つかない夜で、森から月が顔を出すころに家に帰された。それっきりだよ。だって」その言葉を口から出したくなさそうにややあごを引いて、「死んじゃったんだから」

「死んだ！　えっ、なにそれ！　そんなばかな！　違う違う、嘘言うな、死んでないよ。だってその人、つい数週間前の新聞に出てたって言うじゃないか。おまえのでたらめさ。おまえのほんとの親父さんがどうなったかは知ってるし、今の話はバチ当たりな嘘っぱちだよ。もっと言うと、今の親父さんが非国教徒じゃなければ、別の父親なんかいらなかったんじゃないか——つまり、見せられない父親はさ。おふくろさんだって、それなら他の女なみに平凡な人生を送れたろうよ、村に住み続けるのはたぶん無理だったろうけど。だけど、おまえの親父さんは非国教徒で、今の話じゃ夜遅くまで聖書を読みふけってるんだろ、だったらなんでおまえをうちの聖歌隊で歌わせとくかな。ぼくに言わせりゃ裏表のある行ないだよ。お父さまに聞いてみてやろうか、ぼくが非国教徒の教会に通ってもいいですかって。表向きいい人ぶってるだけさ、読むのが聖書だろうが何だろうが」

この道義上微妙な疑問をディックはわざわざ確かめもせず、「絶対違う、そんなんじゃない」とすごい剣幕で言い返した。「親父はいつだっていいやつだ、おまえの親父さんに負けないぞ。非国教徒なら宗旨替えしないでっておふくろに言われて、そうしてるだけだ。おふくろに裏表なんかない。そんなことを言いやがったら承知しないぞ」

「言わないよ。おふくろさんに裏表なんて、どこにもないじゃないか。いい人だ。だからぼくがそうしたいと言えば、おまえと仲よくしても誰ひとり止めやしない。おふくろさんにはずいぶん世話してもらった——こまめに手をかけて。ミセス・フラーは裏じゃ手を抜き放題だけど、おふくろさんは違ったよ」

「そっちのおふくろさんだって——おまえのいない時にな。たまに話しかけるぐらいはしてくれたし。おまえと仲よくなれてよかった、フィリップ。こないだなんか厚切りケーキと、うちのおふくろにはワインを出してくれて、おれもそこから一口飲ませてもらった。おふくろの誕生日だったんだ。おれはいずれ船乗りになって海へ出る。そう聞いておふくろは泣き通しだったみたい、目が赤かったから。そしたらそっちのおふくろさんに、泣いても仕方ないでしょって——おれは日に日におふくろ似に育ってくし、一人前になれば親孝行してもらえるわよって。絶対そうするよ、見てな！」

「ワイン！　お母さまが？　だけどほら、いつでもみんなに親切だから——わけへだてなく。ひとの内情にいちいち立ち入らないんだ。だから誰からも好かれてる。でも新聞記事を読んだお父さまから、もっと慎重にしなさいとたしなめられてたよ。お父さまの立場も少しは考えてくれって。村の衆に変に勘繰られたくないって。月並みでくだらん醜聞だねと、眼鏡で新聞を軽く叩いてたよ、顔は赤黒かったけど」ここでフィリップは、ふらちな臭いを嗅ぎつけた犬のように、はたと黙りこんだ。「けどさ、おまえの話が嘘じゃなくて、かりにおまえのほんとの親父さんが実際に死んでたら、今夜来るのはそいつだぞ。そうなれば、おまえの顔はさぞかし見ものだろうな」

ディックの脚がまたもや対の振り子みたいに前後に揺れはじめた。「いいや、絶対そうはならない、前にも言ったろ。これからじきに死ぬ——来年——はずの人だよ、幽霊になって来るのは。あのイチイの木をくぐって出てくるときの形相、まっ白でさぞおっかないんじゃないかなあ、フィリップ……。たぶん、あの木の根っこはいくつもの棺に届いてるんだろうな。そろそろ外を見に行かないか？　おもては昼ひなかみたいに明るいよ、小鳥でも跳ね回ってそうだ」

「幽霊！」せせら笑うように応じる。「いいじゃないか！　おまえったら怖いんだろう、ぼくは違う。幽霊なもんか、ばかばかしい。その人たちがまだ生きてるんならなれるわけないだろ？　それに、そんなものがいて、おふくろさんがしてくれた話がかけねなしの実話にせよ、おまえが自分で言っただろう、教会に入ってくるって。だったら誰が来てもここから動かずに、隠れてのぞき見してれば見つかりっこない——幽霊にものが見えればの話だけど。じゃあ、あっちのドアの近くがいいだろう。あのドアが開けてあったらきっと幽霊もびっくりだよ。けど、本物の幽霊ならドアなんかお構いなしだもの、あんなケチな入口を使うもんか」

一拍置いて耳をすまし、もっと大胆になって続けた。「だからって、おまえの話を一言でも真に受けたわけじゃないぞ——あんなたわごと。そんなんじゃない、ぼくは……」と、口ごもってそっぽを向く。「ただのおふざけだし、おまえがどうしてもって言うから。本音じゃ、ひとりが怖いから来てほしかったんだろ。まあ見てろよ、じきに度胸を試してやる。ところで来年に村で誰かが死ぬなんて、どうやってわかる——ハリスンのおばあさん以外に？　あのおばあさんは、ぼくが物心ついたころからずっと死にそうだけど。嗅ぎ煙草を吸うくせにベッドから一歩も出られないんだよ。もう人間の出し殻で、幽霊も何も残っちゃいないさ。来るわけないよ」その発言の途中で、震えながらの大あくびがやぶからぼうに出た。体の冷えとともに、恐ろしい決定的瞬間がひたひたと迫りくるのをそこで改めて自覚する。「時計が鳴る前だっけ、それとも後だっけ？」

ディックはもったいをつけて自信たっぷりに答えた。「鐘の最後のひと打ちが響いた瞬間だよ。幽霊はその時に教会へ入る。真夜中だからね。その時からすべての幽霊が歩きだし、墓から出てくるやつもいる。けど」——見込み薄だなあと悲しそうなため息で——「まあ、まずないね。天国に行くような人たちはそんなのごめんだろうし、そうじゃない人たちは悪魔が行かせてくれないよ。少なくともおれはそう思う」

「おまえだけだろ！　そんなにいいかげんで」怒ったフィリップが言い返した。「幽霊の話なんかしてさ、おまけに信じてるんだから。その幽霊とやらを見てみたいよ。もしかしてガリガリかい——飢え死にしかけた小鳥みたいに。おまえなら現世に戻ってきたりする？」

ディックは尻の下に両手を敷いて前のめりに上体を倒し、黒い短髪を中国磁器の首振り人形より激しく振って、「さあ、どうだろう。けど夜歩きは好きだよ。おれにとっちゃ——うん、いいことずくめだよね……幽霊に匂いがわかれば」小声でまた淡々と話しだして、「ふたりともすぐ嗅ぎつけられちゃうぞ。見なよ、その煙を」

ふたりでしばらく静かに座って、ひとすじの細い黒煙がランタンから月光の中を昇ってゆくのを目で追った。そして黙って——ふたりのさえずりが止まるが早いか、底知れぬ沈黙がすぐさま教会を占拠した——耳をすました。五感を張りつめ、どんなかすかなささやきも聞き逃がすまいとして。だがその夜は風もなく、ぞくりとする月の光が大地を静かに凍てつかせていた。たとえ天国で栄えある諸聖人が集まって地上の万聖節を盛大に祝っていようと、その歓声はここで身をこわばらせた小さな人間たちのちっぽけな耳には届かない。

「かりに」とうとうディックがたまりかねたように、靄《もや》がかった天井の暗がりをにらんで、「かりにだぞ、あと少しでも月の光が入ったら壁がはじけて飛んじゃう。月は本当にいいなあ、あの光、最高だよ……。ちょっとのぞいてくる」

と、フィリップにつかまれた腕を痙攣じみた動きでもぎ離し、すばしこく信徒席を抜け出して聖具室の垂れ幕の奥に消えた。

フィリップは不安そうに信徒席でもぞもぞし、ディックを追いかけるかどうかを決めかねていた。それでも根っからの怠惰か他の事情で、疑念はぬぐえないものの席にとどまることにした。そっちのほうが墓地より安全そうだ。コートのポケットから飴をいくつか出すと、一番きれいなのを選んでそっとなめながら、美しい小さな内陣にのさばって他をかすませる壁面の大型墓碑に見入った。装飾の天使像が月光で白銀に染まっている。きゃしゃな足の片方で天球を踏みしめ、もう片方を蹴り上げて高みにすっくと立っていた。あごを上げ気味にして、見えない目が向いた先には色褪せた青と鮮紅色の格子天井がある。穏やかな無表情に幾筋も編んでからまとめた髪、左手で胸を押さえ、右手で金塗りの朝顔型トランペットを上向け、唇からこころもち離しながらも揺るぎなく構えていた。

ディックと違ってフィリップは聖歌隊員ではない。それでも牧師の子だから、一通りのふるまいが身について銅貨を献金皿に入れられ、礼拝時に雑談を控えるだけのわきまえがつくが早いか、日曜の朝は必ず教会に連れていかれた。そうしたことは清潔な下着やイートンジャケットや朝食のホットソーセージなどと同じくおなじみの安息日の風景だ。だから父親の説教——いつも短くて簡潔な——ならば何百回も聞いてきた。ちゃんと耳を傾けてさえいれば、今ごろは教理をきちんと理解して素朴ながらしっかりした神学者の卵になっていただろう。しかしながら、この子はそうするかわりにいつも『考えごと』にふけった。母のすぐ横の席で、ほのかに香る絹服が頰をかすめる近さに寄り添い、指先で——暑い日にはじっとり汗ばむ指だ——母の手にそっと触れて、細い手を飾る鋭いカットの宝石を繰り返し数えながら空想にふけるのが習慣になっていた。

朝の礼拝は一家全員の義務だ。とはいえここ数年の母は、定期的な頭痛や倦怠や心悸亢進に悩まされ、くれぐれも安静第一で無理は禁物と厳しく言い渡されていた。たまにだが日曜に俗っぽい客が訪ねてくることもあり、中でも母の姉はかなりの異端児で、日曜らしく身を慎む妹をお手本にしろというだけ無駄であった。母はそうした一切をフィリップに愚痴り、驚きや心労や憂鬱や困りごとは絶対禁物なのにと訴える。赤ら顔で肥えた父はというと、十歳以上若い妻を壊れもの扱いで大事にしていた。ただし根は鷹揚だが、手のつけられない癇癪《かんしゃく》を偏頭痛の発作なみに定期的に起こすことがあり、母のためを思えば騒ぎは極力避けるに限る。母も「だからね、フィリップ」などとなだめすかし、「いい子になるってお約束して、それから今日の礼拝には夕方出てね——今じゃなくて。くれぐれもだだをこねないでよ？　お父さまのご希望なんだから」

なんなら口答えしたり、母相手の取引に持ち込んでもよかったのだが、本音は夕方に出るほうがずっといい。誰にも邪魔されずに日曜の午前をまるまる自由に使える。それに暮れなずむ春分の夕べ、身廊の吊り下げ真鍮ランプの火入れにはまだ早く、説教壇の蠟燭一対だけが照らす——

そんなひとときは値千金だ。夕方の会衆は村人や農家の者たちだけで、人数も多くない。フィリップは自分の席でこっそり物思いにふけって終始楽しく過ごした。以後の教会観が一変したほどだ。教会には不思議があふれている。楽しい収穫祭でさえ、聖書台の足元に花や野菜や大きなパンが飾りつけられ、粉をふいたブドウやりんご、小麦と大麦の小さな束が、どこか哀調を帯びたオルガンが発する大音響に合わせて揺れるさまに見とれたものだ。退屈な説教は、聞くほどに呪文のように五感を鈍らせて眠気に誘う。説教に臨む父の声は抑揚豊かで蜜のように甘く、心とろかす海の魔物の声のようだ。当のフィリップはディックのように白服の聖歌隊仲間と説教者の目を盗んでふざけたりひそひそ私語にふけったりせず、どう転んでもあれこれ言われないように気をつけてきた。そんな時に母の代理で付き添うのはたいてい牧師館の太っちょ料理女なのだが、フィリップのすぐ横で眠ったように目をつぶり、腹の上で綿手袋を握りしめている。たまに鼻を鳴らすので、眠っても死んでもおらず、やはり心の中で何かとご活躍中らしいと察しがつくのだった。

かくいうフィリップ本人は眠りの中で迷いこんだ国々で途方もなく不思議な光景や事件や気まぐれにぶつかり、「さて、父なる神に……」という時ならぬ大声に叩き起こされ、寝ぼけ眼でまごつくところへ首が折れそうにぎょっとさせられる。特に蠱惑《こわく》的でいちばんよく見るのは天使の夢だった。そもそもいつどうやって始まったのか、どんなでたらめな鳥が何百もの白昼夢を生んだこの突飛なこぼれ種をまいていったか、今となっては知るよしもない。ただし、フィリップが初めて天使のことを打ち明け、じかに質問した相手はこの料理女であった。

ある雷鳴のとどろく夕べ、ふたりだけで教会の敷地をつっきって厩《うまや》と馬車小屋の脇の狭苦しい小道を抜け、そこから庭伝いに牧師館の裏口までの短い間に、思い切って訊ねてみた。「ミセス・サリヴァン、どうして教会の天使像はトランペットを吹けないようにされてるの？」そう聞きながらも、頭ではぜんぜん違うさらに難しい問題を考えていた――あの天使が何らかの理由でトランペットを吹いたら、具体的にはどうなるの？

ミセス・サリヴァンのほうはそう尋ねられるまで、天使の置かれた永の苦しみに気づかなかったので、答えかたも明らかに腰が引けていた。

「おそらくねえ」と、「そうするしかなかったんでしょう。それにフィリップ坊ちゃまがおっしゃるのは本物の天使じゃありませんし、トランペットだって本物じゃありません。本物じゃないトランペットを、たとえ本物の天使さえ吹けるかどうか。わたしなら、これ以上そんなこと気にしませんよ。だって、あれが天使かどうかもわかりませんでしょ？」

ヒイラギが濃い葉陰をつくるこの場所はいちだんと暗く静かで、フィリップはいつも太って息切れした道連れにこころもち身を寄せ、時には安心したくて相手の肘にそっとつかまるのだった。また手を離し、星がきらめく秋の空の下で思い切って反撃に出る。

「だけど、そうするしかないってどうして？　あれは天使に決まってるだろう。それに吹けないって言ったのはぼくだよ、言っとくけど。だって天使の口から三インチは離してあるんだもの。こんなふうにね。何度も何度も測ってみたんだ」

「『測った』ですって、坊ちゃま！　んまあ、するにことかいて！　もしもそんなおいたをなさったんなら、お父さまは何とおっしゃいますやら」

「『じかに』じゃない」もどかしそうに返事する。「できるわけないだろ？　目測だってば、決まってるよ。『じかに』なんて言うわけないじゃない」嘲《あざけ》りのにじむ声で言いつのりながらも、静かな頭の中にその問いが天啓の如くするりと入りこんできた。

「ほんの目測でしたら」ミセス・サリヴァンは安心して、「三インチはなさそうですねえ。お若い坊ちゃまのほうがお目がいいんでしょうけど、せいぜい影があるぐらいじゃ……。こんなに水たまりができて、どうやら雨が降ったみたいですねえ」

フィリップは水たまりにおかまいなく、ひきつづき静かな散歩を楽しんだ。「だけど、たった今言ったじゃない」と追及して、「天使を見たことないって。だったらどうしてわかる？　とにかく三インチかそれ以上、四、五インチはありそうだよ。天使が天井からどれぐらい離れているかも覚えてなさそうじゃない。トランペットの先端は天井につきそうなのにさ。間抜けな話だよね。どうして、つけちゃわなかったんだろ？」

初めの質問にまた逆戻りだ。だがミセス・サリヴァンは別のトランペットの連想から、ミドランズ在住の耳の不自由な寝たきりの妹をなんとなく思い浮かべていた。「こんな訊きたがりの男の子はいないね」あとは第三者への状況説明みたいな口調で、じっくり考えて答える。「たぶん最後の審判の日がまだだからでしょうよ。あの下のお墓に眠る方々には一大事ですからね――生きてるあたしらみんなにも。神さまが、断じてその日になさいませんように！」

「つまり、天使は最後の審判の日を待ってるの？　なんで『断じて』なんて言うかな。最後の審判は必ず来るんだし、この世だって最後はあるでしょ。天使がその日を待ってるんなら、じゃあどうなるの――最後のあとは？」

「さてと、フィリップ坊ちゃま、お父さまの子なら、あたしはそうだと思いますけど、その答えは自分でお出しになるのがいちばんですよ。あたしゃそんな詮索をしませんので、答えなんてとてもとても」

「どうして？」

「それはね」ミセス・サリヴァンが、「もういい齢だし、時代が違います。娘時代はありったけの血の気をそんな考えごとにばっかり向けてましてね、今はそう見えないでしょうけど。だからって若いうちにそんな考えごとをするべきだ、絶対しなさいとは申しませんが、いくら若くてもわきまえなんか要らんとも申しません。そういうことですよ」

「わきまえってなあに？」

だが、この気の抜けたぬるい質問はアラビアの風にでもさらわれて遠くへ流されたらしい。

「まったくもう、からっぽの貯金箱みたいに舌を出し入れなさること。お母さまはとうにおやすみでしょうね。頭痛がひどくおなりじゃなきゃいいんですけど。さ、牧師館ですよ」


フィリップは自己の難問に対するミセス・サリヴァンのややこしい回答を保留つきで受け入れ、その一部を引き続きじっくり検討した。その後は迷い犬や鳥や知らない人の顔は別格として、教会内にも聖書にも、たとえ悪女ジェゼベルや緋色の女やギデオンやオグ、はたまたサムソンが小麦畑に放った狐たち、オークの木に金髪がからんで宙ぶらりんになったアブサロム、豆シチューを抱えた毛深いエサウや、預言者エリシャと寡婦の油壺でも——どれもこれも天使やトランペットの件で聞きかじったあのささいな言葉ほどはそそられなかった。そこを知りたい一心でわざわざ聖書まで調べたのだ。

それでも今夜は初めてあの天使とふたりきりになれた——全くの水入らずで。それでなくても天使のせいで、たいがい危ない橋を渡ったのだ——父親に杖でお仕置きされ、寝室の窓から抜け出す際に、衣服をつなぎ合わせた命綱が見かけ通りもろかったら首の骨を折りかねない落ち方をし、心臓が口から飛び出しそうになりながら、藪《やぶ》をかきわけてかび臭い闇を走ってきた。それに墓地の門で怪しいものに出会う可能性があり、ディックに白状したよりずっとずっと怖かった。しかも、つきあうなとまではいかないにせよ、村の子というだけならまだしも、非国教徒の子だというのでいい顔をされない相棒にまんまと乗せられ、こんな狂気の沙汰をやらかしてしまったというのは屈辱だった。

この相棒との腐れ縁は、フィリップをちょくちょく我慢の限界に追い込むのだが、かといってなんとか手を切ることもできない。ディックはいくら洗っても清潔には見えない。フクロウより間抜けかと思うと、恐れ知らずのハイタカなみに俊敏に立ち回ることもある。ディックのちんまりした鼻の真面目な顔、活気と熱気にみちて鋭いかと思えば、なんともいえぬ憂愁をたたえる黒い目、あの両手――小さくはしこい手や、極小のとんがり耳を見ただけで、フィリップはひどい嫌悪ではちきれそうになる時がある。だが、それでいて切れ目なく風変わりな磁力をずっと双方に及ぼし合っている。

ディックは檻《おり》に入れて飼いならすには不向きな、愚かで不可解な小動物そっくりだが、当の本人すら知らない気骨を秘めている。あべこべに幼女のように従順で愛くるしい時もある。その小さな頭がどこに向いているのかを見極めるのはとうてい無理だ。フィリップはディックに憧れ、忌み嫌い、ねたみ、時に憎んでやまなかった。

どうしてお父さまは、ディックの名を出しただけでいつも無性にへそを曲げてしまうのか、その件ではお母さままでそうなるのか？　どうして朝のモーニング・ポスト紙に添えて、ロンドンや州都の商売人の予想外な請求書が届くと、遅かれ早かれこの件が必ずと言っていいほど蒸し返されて激しいいさかいになるのか？　初めのうちは「話し合い」――でも、どんどんややこしくとっ散らかり、問答無用のいがみ合いにまで発展する。とうとう激怒した母が泣きだして火薬の山に火がつき、むっつりした父が不承不承に矛《ほこ》を収めるのがいつもの成り行きだった。

ディックが村向こうで車大工を営む頑固一徹な老人の実子ではないにせよ、それが何だ？　しかもディックとフィリップの母同士が親しかったら、それが何だ？　何か不都合でも？　ディックの母はつい数年前まで牧師館で小間使いをしていた思慮深く無口な美人だ。その後に急に辞めて結婚したが、いまだに牧師館では無上の「助っ人」だった。あれほど手際よく自然にお給仕できる人はいないし、よくも悪くもおっとりしたフィリップの母さえ驚くお針の達人だ。それでいてとびきり無口な夢想家で、いきなり話しかけられれば内緒の隠れ場所から出てきたばかりのように不意をつかれて赤くなる。

ミセス・サリヴァンの後釜にきた陰険な料理女だけは頑として彼女との付き合いを拒み、フィリップはその料理女が大嫌いだった。ところで父はというと、牧師館の庭でディックとすれちがっても目もくれず、庭のきのこ以下の扱いをする。

ここからが謎なのだが、たまに祝いごとや祭りがあると、ちっぽけな村の聖歌隊では独唱を設けてディックに歌い手をつとめさせる――『雄鹿があえぐごと』や『緑したたる』――小さな森に響く笛の音といった趣の、情感のこもったまろやかな美声の持ち主だからだ。とにかく天与の声は天使に教えを乞うまでもなく――天国でもそのままいける。ただ、牧師は配下の聖歌隊自慢で知られているというのに、フィリップの見聞きした限りでは、礼拝後に誉めるどころか、おしるし程度にせよ頭をなでてやったためしもない。父からすればディックは聞かざる言わざるの存在なのだろう。

そのくせ木の実やペパーミント菓子やビー玉、あるいはバッタやツチボタルをこっそり見せびらかそうとマッチ箱に仕込んで教会に持ちこんでも、ディックの仕業とわかればほぼおとがめなしだった。他の子なら牧師の書斎でさんざん説教を食らい、はるかに素行がいい子でも聖歌隊をやめさせられた例もあるというのに。

どれほど人の話に聞き入っても、フィリップにはそうした心の機微がわからなかった。ディックとどれほど楽しく過ごしても、片時も優位を隠そうとしない。ディックの場当たり的な野生児ぶりをうらやんだかと思えば一瞬後には毛嫌いする。愛情と嫉妬と軽蔑が三つ巴で際限なく心にせめぎ合っているのだ。そしてディックはディックで、フィリップの顔や態度にそんなひそかな内心がちらつくだけで、パンくずを狙うコマドリ顔負けの手際ですくいとる。ただし表立っては触れないし、一度だけ根に持つそぶりを見せたが、たかだか一、二分で終わった。

しかしながら目下のフィリップは、お守り石や、臭いが強まるランタンに目もくれず、自分がこんな異常なことをした動機すら失念しかけていた。いつものむらっ気を出したディックは、ぷいと出て行ってしまった。もう勝手にしろ、あんなやつ！　フィリップのほうはずっと座席に根を生やし、突飛で滑稽極まる期待と胸騒ぎのはざまでひたすら考えこんだ。

澄んだ月光がくまなく照らす教会は夢のひとこまのようで、石壁も説教壇も天井もろともにふっと消えうせてしまいそうだった。調度類は鏡に映したように現実味に乏しく、アーチのひび割れ、窓の方立《ほうだて》を飾る沈み彫りの葉や花、手近な信徒席の木目に浮いた節まで墨でわざわざ染めたみたいだ。堂内の突起や角、受け木や頂華、大理石像の鼻や爪先や指に至るまでがまんべんなく水銀を塗りこめたような燐光を放っていた。フィリップはあの淡い金の有翼像から目が離せなかった。法悦の表情を浮かべ――音もなく「金の髪を風になびかせ」――その目にじっと見られたくてたまらない一方で、見られたらと考えるのも恐ろしい――現《うつ》し世をしばし忘れた姿だ。見とれているうちに片脚の膝から下の感覚が消え、全身が冷えきったのさえ気づかないほどに。

頭上でじりじりと準備にかかった時計が真夜中を告げるまで、フィリップはずっとそうして魂を抜かれていた。ようやく「正気づく」と、いきなり夢の迷宮からひょっこり脱けだしたように身をこわばらせ、ごきげんななめの鐘がたてるくぐもり声を聞き取りにかかる。「……十一……十二」残響がしだいにおさまり、うつろな死の沈黙が戻ってきた。今回の企てを決めた当初から、何も起こりやしないさと自分に言い聞かせてしっかり鼓舞してきた。これまでのところ何ごともない。そうしてもう気力もなにも尽き果てた時に限って、いちだんとまばゆい天使の美貌を見せつけられ、ふがいない自分には前にもまして遠い存在なのを改めて思い知らされる。天使に遠ざけられたせいで、言葉にできない不確かな信仰までおのずと遠ざかって消えかけていた。

寒くて具合が悪くなってその場にうずくまっていると、やぶからぼうに内陣の窓の外からガラス越しでもすさまじい絶叫が闇をつんざいた。自分の「おう、おう、おう!」など、それに比べれば人魚の嘆きみたいにかわいいものだ。とっさにあいつの仕業だと察しても、驚いて立てない。開けっぱなしたドアからの風のせいに見せかけて揺れ動く垂れ幕の分厚いひだをひたすら睨《にら》みつけ、すくみあがって息もできなかった。自分の見当違いだったら? どんな恐ろしい悪霊が蠢《うごめ》いているやら! すると垂れ幕がもぞもぞして徐々に引かれ、痩せこけた姿が、屍衣をすっぽりかぶった目鼻のないのっぺり顔を伏せて出てきた。動転している時でも、あえかな月光が上質リネンのひだにつけた絶妙な陰影に目が行く。おバカなかかしもどきはまっ黒に汚れた手でこちらを指さし、するすると音もなく近づいてくる。フィリップは悲鳴をあげまいと唇を嚙みしめ、血の味がした時点でぶち切れた。

「たかがでくのぼうのバカ野郎の分際で」声を抑えてどなりつける。「ぼくにひと撫でされただけですぐ音を上げるくせに。そんなバカはよせ！　よせったら！　出てこいと言ってるだろ！」
幽霊は意に介さず、重みとすばやさをあわせ持つ黒人風の足どりで近づきながら、途中から声に出して唱え始めた。

愛する兄弟よそれは原罪ではなかろうか
なまのジャガイモを食べて皮を捨てるのは？
皮は豚を養い豚はおまえを養う
愛する兄弟よそれが摂理——では——ない——か？

最後のつぶやきを合図に牧師の祭服をかなぐり捨て、雑役婦のおばさん愛用のはげちょろけた箒《ほうき》を外して元のディックに戻ってみれば、仮装の反動でさらに痩せて小柄に見えた。同じ手口は二度通用しないと悟り、浮かれ気分を最後の叱責で粉砕されたのがよほど胸に堪えたらしい。飼い主にきつく叱られた小猿のようになり、ただ見るばかりで言葉をなくしている。
「そうやってずっと裁判官ぶってろ」とうとうディックが言い放った。「いつでもそうだ。おまえはいたずらを笑うだけの度量がないんだよ、自分でやって成功したの以外は。ここはもううんざりだ。何も来ないし——前から来やしなかった。おおかた、おまえひとりだったら……」水のように不安定な気分がふたたび上向きかける。「そうだ！　貯水池へ行こうぜ、フィリップ、魚を見に行くんだ。鏡みたいな月だし、そのランタンで寄せれば素手でつかみ取りだよ。やってみようぜ。行くぞ」

「だめだよ、やめとけって」フィリップはつむじを曲げた。「そんなふうに逃げられると思ったら大違いだぞ。ここへはおまえのさしがねで来たけど、よそへ行かせないのはぼくだ。とにかく、おまえがただのズル野郎で――怖がりなら、うちにはもうこんりんざい出禁にして、庭にも絶対入らせないと約束するよ。そんないたずら、すぐ誰かが止めに入るのはわかりきってるじゃないか」

ディックは立ちすくみ、鋭く睨み返した。高い頬骨がまっ赤になり、うっすら口を開けて目をぎらつかせている。

「おれはズル野郎じゃない。それに誰が」――ひどく震え、澄んだ声をか細くわななかせて――「誰がおまえんちの古臭い庭に入りたがるかよ。もしもおふくろが……それに怖がりじゃないのは知ってるくせに！」

「ああ、そうとも！」フィリップの白い顔に小ずるい策士の表情がにじみ、青い目が心なしかよどんだ。天使のような顔にあいまいな笑みがほんのりと浮かんで消え、ディックの反応をうかがう。「強がってみたいだけ、のほうが当たってるかな」と、せせら笑う。「口ばっかだよ」あくびまじりに、「よく知ってるくせに。おまえがちんぷんかんのヨタ話を持ち出さなきゃ、ここまでぼくを誘い出せるわけないじゃないか。ひとりでやってろ！　おまえなんか鐘楼にのぼって、ちょんと一度鳴らす度胸もないくせに。自分ひとりじゃ何もできないんだろ」

「ほーう、度胸がないってか！　ああ、やってやる。鍵はどこだ？　鐘楼には年寄りフクロウの巣があるんだぞ……。たったの一度かよ！――そんなんじゃ村の誰かが目を覚ましても、風の音と間違えられるのがオチさ」

「じゃあ、三度だ。言い訳なら誰でもできる。それにぼくが鍵を持ってないのは知ってるくせに！　もっと言えば、あっちに供えた花瓶のどれかから花ひとつ、葉っぱ一枚くすねる度胸もないくせに」

ディックはすばやく目を配り、祭壇の銀燭台と雪白のリネンクロス、豪奢な絹地に刺繍飾りを施した――金糸刺繍で主の御名――I・H・Sが縫い取られた正面掛け布、ぱっとしない温室栽培の花々をさっと見渡した。「ああ、やるよ。手が届く場所にあれば」

「へーえ、やるのか！　そこでまたもや――『あれば』かよ！　でも、おまえはやらない――ぼくがいる間は。そんなのはただの盗みよりまだ悪い、だってここは教会で、あれは祭壇、つまりは神さまのものだ。そっちの宗旨のカビ臭い礼拝堂とはわけが違う」また相手を盗み見て、「図星だろ。おまえは絶対やるもんか、中二階へあがってって、あそこのあれを削り取るなんて

――そのためにぼくのナイフを貸してやっても無理だね。だって椅子から落ちるのも怖いんだものな！」

「あれ」とは古い彩色された菱形の忌中紋章のことで、不格好な黒枠に入れられ、太い五寸釘で白漆喰《しっくい》の西壁に打ちつけてあった。盾形紋章の上に頭部――ターバンを巻いたサラセン人の横顔だ。家紋の下にはゴチック体の太字で、「レスルガム」とだけ銘がある。

ディックは動きを止め、深緑と朱の銘と横向きの頭にじっと見入った。「ああ、いいよ」ぼそりと、「レスルガムってどういう意味だ？」

「ラテン語だよ」フィリップは穏当な質問にいささか態度を和らげて答えた。「我は復活するって意味だね、仮定法かもしれないけど。いわゆる紋章の格言で、あの頭が頂飾り《クレスト》、亡骸は地下納骨堂にある。たぶん十字軍従軍者じゃないかな。まあそれはさておき、そんなの誰だってできるし、何年も気づかれずにすみそうなのはおまえもよく知ってるじゃないか。案外バレずじまいかもしれない。だからどうした……？　チャンスをやるのはこれっきりだ。言っとくがおまえは絶対やらないよ、ここにずっといて日曜を三十回ぐらい過ごしたってやるもんか。その間は誰ひとり様子を見にきてくれやしないけどね！」両頰をまっ赤にして乱暴にあごをしゃくった。「おまえには無理さ、あれに登って――トランペットを吹くなんて」

向き直ったディックが、リスそっくりの黒い目を上の天使像に向けた。そのままじっと見る。

その天使はちょうど寝ずの番をつとめており、トランペットを持つ手の銀彩色はとうにはげてはいたが、波静かな海面から緑の髪なす頭や肩を突き出して陸地を遠望するセイレーンのように、言葉にできない憧れを抱えて今にも月光の奔流に飛びこみそうだった。

「だからどうした、だと？」とうとう、聞きもらしそうなか細い声で、振り向きもせずにディックが反論した。「やったところで聞く者もないんだぞ……。なぜ、おれにやらせようとする？」

「誰が『やらせようと』したよ！」嘲りをこめた挑発だ。「肝試しをさせろと言ったのはおまえじゃないか。なのに――ぼくが何か言ったか！　今さらあの話を聞かせなきゃよかったとでも？　おまえがちらりとでも『見た』なんて話は信じちゃいないぞ！」

「いやいや、見たさ！」ディックの自信がぐらつく。「そんなふうに言うのは、日曜におれがおまえの隣りに座らないからだろう。だからどうした。そんなに睨むと首が筋違いを起こすぞ。けど、怖くはない……だってただの石なんだから」どうでもよさそうな口ぶりとはうらはらに、ディックの目は一向に天使像から離れない。

「えっ、そうくるか！　石だって！　その程度で知ったかぶるのか。あれは木像さ、バッカじゃないの。大理石や他の石ならあの色味になりようがないだろ？　誰でも見りゃわかるよ！　たかが木像でも世界中にごまんといるからな、偶像や――聖像を拝む人たちは。なにも未開の民族ばかりじゃないぞ。かりに」――と、つかのま閉じた目を、青白くまろやかなまぶたの下でぐるりと動かし――「かりにあの天使か他の天使があのトランペットを吹けば、最後の審判になるんだよ。わかるから言ってる。そっちの親父さんは天使の話を聞いたことはあってもまず信じてないだろう。間違いないね。うちのお父さまはちゃんと信じてるけど。聖務日課で天使の項の朗読を実際に聞いたことがあれば、おまえにもわかるよ。ぼくは――ある」

言い終わってしばらくはぐったりして座っていた。網の中央で来客を捕まえて消化したり、思いを巡らしたりするクモそっくりだ。警戒心の強いディックの小さな顔は、いまだに無心に斜め上をふりあおいでいる。精密時計を押し当てて歯車の動きに耳をすますのと同じ要領で、こぎれいな短髪の小さな頭の思考そのものも聞きとれそうだ。やがてフィリップは天使の話をすっぱりと終わらせたふりをしてランタンをさりげなく取り、なんとなく上ねじをひねってまずは緑の光から細く絞った赤い光に変え、墓碑の艶やかな碑面を照らしだした。だが、月光とでは勝負にもならない。

「なあ」とうとうディックがしゃがれ声で、「聖書じゃ、天使について何か言ってるか？　きっときれいなところにいるんだろうな、フィリップ」

この感傷的な意見をフィリップは聞き流した。「それこそいっぱいあるよ。話しきれないぐらい。半分どころか四分の一でも手に余るね」冷たく血色の悪い顔は穏やかになり、催眠術にも似た放心状態だ。また口を開いて、低いが教会のすみずみまでくまなく通る声で、習ったことを復唱するみたいに話しだした。ただし語り口はつたなく、訥々《とつとつ》としている。まるで自己の才を信じきれない作家が言葉や思いつきを御しきれず、頭の中の膨大な在庫に振り回されっぱなしといった感じだ。

「うーん、まずは聖パウロかな。天使を見た男の家に出向いたんだ。それから、サムエルの母がひとりきりで寝室で縫い物をしていたら、息子のことを伝えにきた天使ね……。次にロトって人が砂漠の中で焼きつくされたソドムの地を出る前に話しかけた天使だね、ロトの奥さんは塩の柱に変えられた。振り向いちゃったからだよ。まだまだあるとも！　肉眼で見えないから天使なんて実在しないんだとか考えてそうだね。じゃあ大海蛇は？　魔女はどうなの？　それに宇宙の何万何億マイル先の星々や、ちっちゃな微生物や細菌とかの、顕微鏡や望遠鏡の発明まで誰も見たことなかったものは？　ぼくは顕微鏡をのぞいて、ちゃんとわかってるよ」

ディックは上の空でうなずいた。「見られれば」と相槌を打つ。「きっと大海蛇だって。魔女なら見たことあるよ。コルニーの谷にひとりいて、魔女だってみんな言ってら。背中にでっかいこぶがあって、肩の下まで伸びた白髪をざんばらに振り乱してんの。木立の陰からこっそりのぞいたことがあってさ、自分ちの菜園でジャガイモを掘ってた。おれにはジャガイモに見えたけど。なんかしゃべってたよ、でも誰もいなかったし、おれに話しかけたわけでもなかった。ところで天使の話は途中だっけ、フィリップ。続きを聞かせてくれよ？」

「『続き』だって！」フィリップは小バカにしたように繰り返し、ランタンいじりに戻った。「おまえね、まさか聖書の半分を話してきかせろって？　なんで適当に聞いてるんだよ？　その頭ってオウムと大差ないんじゃないか。『続き』とはね！　モーセが羊の番をしてたら、山地の燃えるいばらに宿った天使に呼ばれたぐらいは誰でも聞き覚えがあるだろ。いばらの葉っぱも枝も残らず炎でパチパチはぜたんだ。他にもあるぞ。エリヤが荒野のネズの木陰に野宿したら、朝になって起こしにきた天使にケーキとくみたての飲み水をもらったんだ。それは」しばし検討して、「大ガラスが神から遣わされる前だよ。あと、ヨシュアの話もたぶん知らないよな？　イスラエルの士師さ。鎧を着て抜き身の剣を手に砂丘からエリコの巨大な城壁を眺めていたら、やっぱり鎧を着た天使がいつのまにか隣に立ってたんだよ、夜の森でばったり鉢合わせしたみたいにね。そこから一緒にエリコの巨大城壁を見たんだ。だけど二人ともぜんぜん人目につかないんだ、もう日暮れで、民家にはランプも電球もなかったから。だから家の中の人たちにも、ブドウを盗んだ二人組の斥候に話しかけた女にさえ、ヨシュアと天使は気づかれなかったんだ」

フィリップがこっそり不意打ちで相棒を盗み見ると、相手は本当に穏やかな顔をして、おもちゃみたいなランタンのフクロウを思わせる丸レンズの目で色つきの光がぱっぱと変わるのをぼんやり見守っていた。

「おれも天使に会ってみたいな」と言う。

「へーえ、そう？　じゃあ、なんにも知らないんだね。天使は何万何千といて、おおかたは巨人より何マイルも大きいけど、残りの天使は同じぐらいだ——普通の人間と。みんながみんな、二枚の翼とは限らない。六枚の天使もいるしね——ここと、ここと、ここに翼がついてて、二枚で空を飛び、もう二枚で顔を隠して寝るんだよ。名前もある。でないと神様がお呼びになる時に不便じゃないか。けど、人間に似てるなんて考えちゃいけない、違うんだから。むしろ悪魔や幽霊に近いんだよね——おまえが話してたようなのじゃなくて、本物の幽霊に。だけど木や石で作られているからというだけで命が宿っていないとは思わないよ——ぜんぜん。未開の人間だってそこまで間抜けじゃないから。おまえ、天使に触れられると思いこんでるだろ。そんなの無理だよ。それに、天使が男と女のどっちに近い姿か知らないけど、中にはね」——寝入った子供のつぶやきと大差ない声量に落とす。そうすることで、自分の表現力が限界に近いだけでなく、脳内の妙なる幻像に前後見境なく酔いしれているといわんばかりだ——「人間のどんな女より、ずっとずっと美しい天使もいる。これまで生きた人間でいちばんの美人よりも。あれよりも——ずっと！」

ディックはまたもや、小さくとも力のこもった目で天使像を見上げた。その刹那の天使はしゃべらず動きもしない彫像に戻ったかのように見えたが、間一髪で少年の無言の問いかけを回避したようにも見えた。

「別にどんな天使でもいいんだ、おれは」ディックは言った。「あれに似てさえすれば。本気だよ、構わない。天使がこっちを見たら少しは気にするかも。農場の娘のレベッカそっくりだ。前に、ベッドに入ってから唱える賛美歌をおふくろに教わった。出だしはもう忘れちゃったけど、歌えるところもあるよ。

　このベッドの四隅で
わが頭をとりまく四人の天使らよ
一人は祝福し、一人は祈り
一人はわが魂を運び去る……。

おふくろが言うにはね、おれが怖がらなければ、いつでもどこでもどんなものが相手でも大丈夫だって」

「ふうん、大丈夫ねえ、そうかあ！　つくづく物知らずだなあ。そんなの、ほんの子供だましさ。ただの歌だよ。何年も前にうちのばあやに聞いたんだけど、そういう天使は一種類だけなんだって。とんでもなく強い天使たちでね、指がちょっと触れただけでこの教会はこっぱみじんにされちゃう。あれみたいに」――小さな人差し指できっぱりと指さした先には、だいぶ前に座席の隅で死んだ、ちっぽけなサラグモの死骸がからからに干上がっていた――「すっかり塵に戻ってる。その天使たちの声はとどろく雷なみで、ひとりがもうひとりに話しかけようものなら、二つの大声で空全体がすっきり一掃されちゃうんだよ。日の出に東の海から空へ昇ってくる天使もいるし、大きな恐ろしい穴から昇ってくるのもいる。深くて危険な湖や大河からあらわれて水上に立ったり飛んだりできる――稲妻のようにつっきって、世界の果てから果てまでまっすぐ飛んでくる――巨大な鳥みたいなものさ。もしも飛行機が夜明け前にそんな天使に出くわしたらどうなるか、ぜひ見てみたいよ」――やや身を乗り出すと、青白い顔がランタンのせいでわずかに緑を帯びた――「天使たちはね、わざわざ目で見なくてもわかるんだ。光の中では大きな石像そっくりに静止していられる――こんな月なんか、その光に比べたら蠟燭の灯よりちっぽけだよ！いずれ時が来たら恐ろしい毒の小瓶を地上に注いで、とほうもない大鎌を振りかぶって、普通の穀物のかわりに人間の男女を刈り取る。人間の男女だよ。そこで海辺へ出て」やや無表情な目を輝かせて頰にほんのり赤みがさし、ランタンの温まった金属の把手を神経質な指が勝手に握ったり放したりする。「海辺では、立って太陽の光を思う存分に浴びられる。でもこの地上じゃ、少なくとも今は姿が見えなくて、人間に見えるのは夢の中だけさ。それと、誰でも守護天使がふたりついてる。ただし天使同士は結婚しないから、子供の天使は存在しない。そういう守護天使を智天使《ケルビム》と呼ぶんだ。これもぼくが知ってることだけど——姿が見えなくても、いるのはわかる。天使たちが聞いている気配がするからね。彼らが本気を出して守ったら、どんなものも傷ひとつつけられない。石でも——氷でも——いちばん高い山でも歯が立たないね。天使が峠でバラムのろばに話しかけたのはバラムを怖がらせたくなかったからで、ろばは天使に従ったんだよ。ところが天使から呪われるような悪人なら、虫けらみたいにひからびて野垂れ死ぬか、ひどい痛みにさいなまれるか、五臓六腑がすべて水みたいに溶けて流れてしまうだろうね。それと忘れちゃいけないのが、アダムとイヴよりずっとずっと前の数百万年前、天から追放された堕天使の一団がサタンの配下になった。サタンに負けず劣らず高慢で、地獄に巣くう……恐ろしいやつらだよ」

この、つっかえ気味でおおむねだらだら一本調子の長広舌をディックがまともに傾聴したかどうかは怪しいものだ。どのみちディックの顔を見れば、驚くような使命を帯びた思考を長旅に出しているさなかなのは察しがつく。

「じゃあ」とうとう盛大な溜息を半ば抑えこむと、あえて言った。「とにかく登ってやるよ。おまえにそそのかされたんじゃないからな。あの上で見えるかもしれないものは、さすがのおまえもお手上げだろう」

忍び足で一、二歩ほど祭壇の浅い踏段に寄り、目指す天使にまた視線を貼りつける。「トランペットはどうなんだよ?」学のある相棒をとうとう追い詰めたとばかりに、言外に勝ち誇っていきなり訊ねた。「トランペットは？　おまえったら、トランペットの話は全然しなかったじゃんか」

「しなかったら何だよ」と、にべもなくあしらう。「同時進行で二つは話せないよな？　おまえみたいな物知らずを相手にするんだもん。それなのに、ちゃんと聞いてないほうが悪いに決まってるだろ。どれかつまみ食いしようと、料理が並んだ中を落ち着きなくブンブンやってるハエそっくりだ。あれだけ話してやったのに、どんな話だったといま尋ねても一言だって答えられないんじゃないのか！」

一抹の悲しみをまとわせた愁《うれ》いをこめて、ディックが相棒を一瞥した。「できるよ、フィリップ。自分ではそう思ってる。ハエだって止まる時もあるんだよ。ただ眠ってるだけかもしれないけど」

「あっそう、とにかく」フィリップが冷たくあしらう。「ぼくは聞きたくないね。時間がある時なら聞いてやってもいいけど」ため息をつく。「おまえって、トランペットに何種類もあるんだってことさえ抜けてそうだもん。ギデオンのトランペットもどうせ知らないんだろ。ものによっては真鍮製だったり、銀製だったり、大きな貝殻やら、羊の角、雄羊のを細工して仕立てたのもある。はるか大昔の軍馬はトランペットの音が大好きで——狩人とかじゃないよ。聞かせてやったら、歯をそっくりむきだして笑いながら跳ね回るんだ。『ヒャッハー！』——ってな調子だよ。

出陣するぞ！　って音のおかげでとにかく気分が上がったんだね。あと、昔の教会の聖職者と呼ばれた人たちはトランペットを持つのが普通だった、ただしヘンリー八世以前の時代だけど。あの天使みたいに、そういう人たちがトランペットを吹く慣わしがあって。新月とか」そこでいさかばつが悪そうに目を伏せて、横目遣いに顔色をうかがいながら少し言いにくそうに、「満月にも。最後の審判ではお香の薫りを合図に、天から猛烈な霰《あられ》や火が降り注ぎ、巨大な毒グモそっくりのはさみを持ったサソリがうじゃうじゃ出てくる。苦よもぎという名の星があらわれ、頭はライオンそっくりの馬に乗った無数の大騎兵団が出現して……」そこで黙りこみ、しばらくは座り心地が悪そうにしていた。「でも、そっちはほんとに全部話していられないから。ぼくも前に聞いたことあるだけだし。一言一句に至るまでよく知ってる部分を全部話すよ」これから不滅の重大な秘儀を明かすぞという顔で、思い入れたっぷりにうなずいてみせる。「『トランペットが響けば、死者は墓から起き上がる』原文そのままだし、意味もぼくにはわかる」

フィリップが話す間、ディックは魂の一部をどこかよその国でなくしたみたいに動きを止めた。いま聞いたあれこれをじっくりと咀嚼《そしゃく》しているらしい。「で、もしも」しばらくかかって洩らしたつぶやきからすると、もらった本を食べたら蜜のように甘かったという黙示録の預言者のように、フィリップの小さな本はよほど甘かったらしい。「何にもなかったら、フィリップ？　おれがトランペットを吹いても？　あのトランペットは木材をそれらしく似せた、ただのまがいものかもしれないぞ。だったら音なんか出ない。いくら吹いても頬が破裂するだけだ。面白いかい——試しにおれが吹いて、頬を破裂させたら！」

「そんなの」その当てこすりをフィリップが見下す。「あくまで、本物のトランペットじゃなければの話だろ。怖気づいて尻込みするんでなきゃ、思いもしないさ。ほんとに口ばっかだなあ」

「そりゃ、おまえだろ」

「ほーう！」フィリップはしめしめと大声を上げ、「言ってくれるじゃないか！　じゃあ聞くけど、天使を思いついたのは誰だっけ？　自分にやらせてみろと言い出したのは？　それに何度も言うけど、ここはうちのお父さまの教会だぞ。非国教徒の教会じゃ天使なんて信じないもんな。肝腎かなめのことは何ひとつ信じない連中だから」

「好きなように非国教徒をけなしてろ」ディックは後に引かず、罠にかかった窮鼠《きゅうそ》かなにかのように、剣呑《けんのん》にぎらつく目になった。「けど、おまえが自分でやろうとしなくても、こっちは怖くないぞ」

「へええ、そう」——座って相棒を眺めるうちに、フィリップの心に予想外の不安がにわかにひんやりと忍びこんできた。「ぼくは別にいいよ。さ、この件に白黒つけようじゃないか。やりたきゃやれば、いちいち見張るつもりはないけど。だから何があってもぼくのせいにしないでくれよな。ぼくは関わりない。いつものおまえの悪ふざけだよ。風見鶏もたいがいにしてくれ、ばかばかしい。初めはやるやる、お次は嫌だとさ」

そこで気力を使い果たし、抜け殻のようになって呆けたように信徒席から降りると、ダンベル型の魔法石をコートのポケットに押しこむとランタンを消した。少し前まで床の敷石からアーチ形の天井まで小さな教会のすみずみをくまなく照らしていた月がわずかに翳《かげ》りだしている。あんなちっぽけな色つきランタンを消しただけで、ジグザグの雷文模様をあしらった壁面や重厚なせり持ち柱の白さがよけい寒々しい。そして、二人の少年がぺちゃくちゃ賑やかにさえずらなくなると、周囲の静寂はふたたび一気に深まった。


フィリップはランタンを取って相棒を眺めた。小作りなフィリップの顔が妙にゆがみ、蔑《さげす》みとも警戒ともつかないものが浮かんでいる。しかし、小柄でこそこそした心酔者のディックがいちばんはっきり読み取ったのは蔑みであった。とびきり黒い目が驚くほどすばやくフィリップの表情を探り見る。

「『ぼくのせい』と言ったな」半ばは懇願をこめて、「今まで一度だってそんなことあったか？　おれは――おれは……ずっと態度で示してきただろう、おれたちは――おれは……！　何も起きないだろうと思ったから、おまえを誘った。けど、どう思われようがもう知るもんか。頼んできたのはおまえだったよ、フィリップ。おれは、何でも――おまえの頼みなら何でも……。だから、ただの度胸試しなんかじゃありえない」

さざめき立つ川中の浅瀬にひっかかったコルクのように、フィリップはじっと動かずに、ついにおびき寄せて行動にかりたてた若い冒険者をじっと見つめて考えこんでいた。かすかな不安と、かすかな憂いを顔ににじませて。コートの袖口から出た冷えきった指で捕まえようとして、またたらりと脇に垂らした。ディックはとうに身廊と内陣をへだてる深紅の太綱をまたいで、片方のズック靴に開いた大きな穴を見せていたからだ。靴のゴム底は音もなく厚いペルシア絨毯と、祭壇からほんの数歩先にある奥の壁の大きな墓碑へと続く石板の上を軽やかに踏んでいった。

ごてごてと飾りのついた大理石碑は、碑銘によると現世の苦楽をはるか昔に離れた高貴な騎士の雪花石膏像を寝かせる冷たい天蓋つき長椅子に仕立てられていた。左肘を下にした、かなり落ち着かない体勢で寝ている。ひだ襟にタイツの衣裳はごてごてしたロココ風で、墓にあしらった花輪や彫刻やケルビムや壁柱に負けていない。それでも英国の小さな寝室に東洋のベッドを置いたように、この教会の大きさにはサイズが一周りか二周り大きすぎる霊廟だった。

このときまで、フィリップはその墓の高さや、天井の下にそびえ立つ小尖塔《ピナクル》の角度にちゃんと気づいていなかった。大理石の白さに比べて黒く小さいディックが今しも登り始めている。ところがディックがまだ数フィートしか行かないうちにフィリップがふと見れば、天使の彫り刻まれた巻き毛や豊かな頰、仰向けた見えない顔にはもう月が当たっていない。天使の翼と足はまだ白銀の光に照らされていたが、トランペットの先はもう冷たく不穏な闇の中だ。フィリップの心に耐えがたい不安が渦巻き始めた。

「月は隠れたぞ、ディック」小声で呼びかける。「そんなことして何になる？　降りてこいよ！」

「あのな」聞き取りにくいくぐもり声だが、意気揚々と返事して、「出っ張りには分厚いほこりが積もってる。おかげで靴底の当たりが柔らかいよ。おまえの話はぜんぜん聞こえないぞ」

「あのなあ」フィリップはまだ辛抱しながら繰り返した。「降りてこいよ！」だが、天使に懇願したほうがまだしもだった。返事はない。「ディック、ディック」繰り返し、「降りてこいってば！　もうっ、帰っちゃうぞ」いきなり熱に浮かされたように、聖具室の垂れ幕に行って姿を消した。だが、それはただの計略で、しばらく間をおいてからさもあわてふためいたようにまた飛びこんでくる。

「早く早く、ディック、早くってば！」もう完全にどなっている。「降りろ！　誰かいる、何か来るぞ。男でも女でもない。早く！　あと一分足らずで教会に入ってくる。んもう、バカバカ、この大間抜け！　誰か来るって言ってるだろ！」フィリップの声はとぎれ、惑乱と怒りと不安と絶望に満ちたすすり泣きになった。「こんちくしょう」と、声に出して、「お父さまに言いつけるぞ！　でなきゃどうなるか」

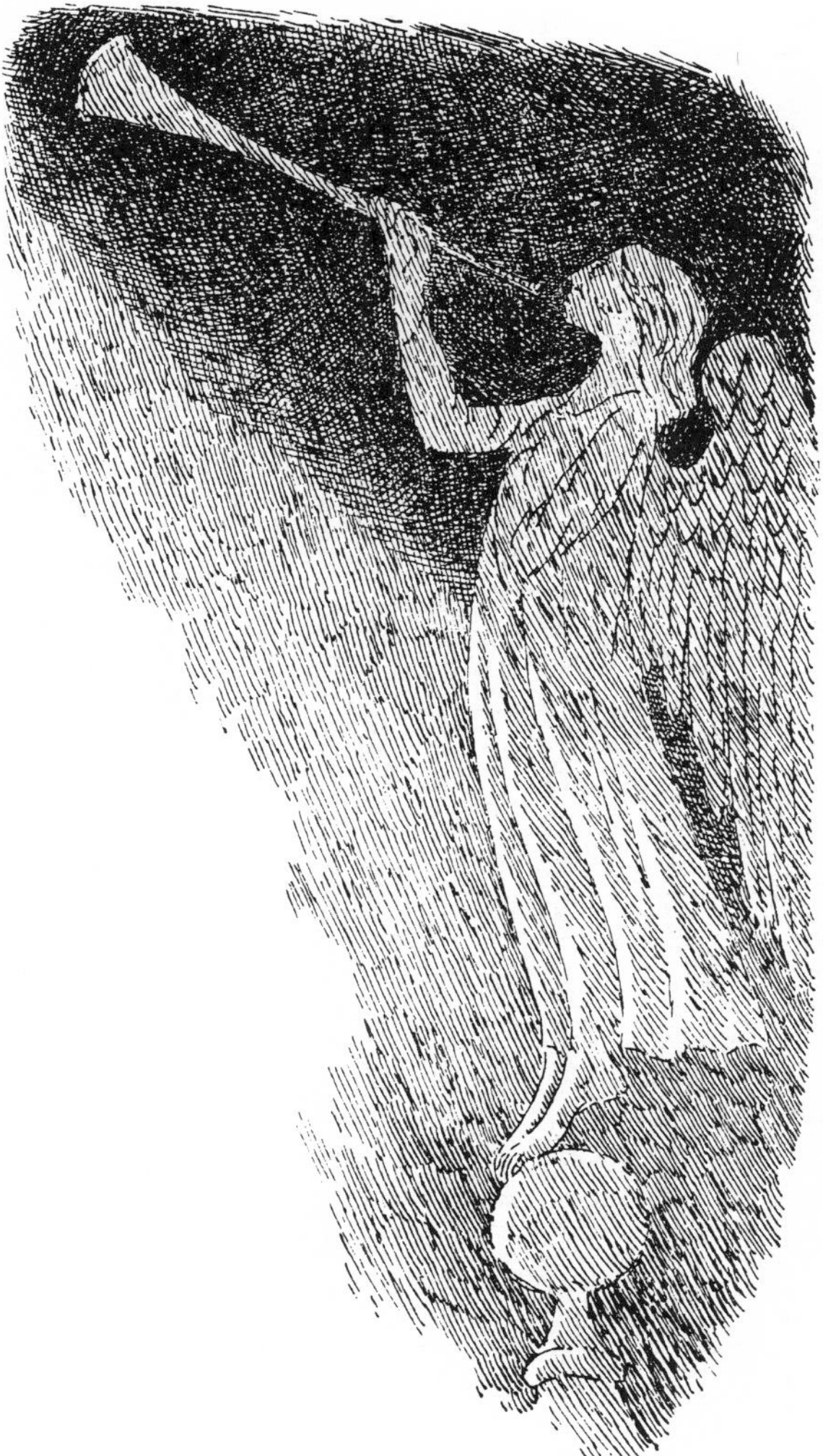

しかし、カタツムリのようにのろのろと手探りで進むその姿は、月明かりに照らされながら石碑を登り続け、相棒のことなどお構いなく当面の目標に集中し、爪が割れて黒く汚れた小さな手で天使の足をしっかりつかむまで、ろくに休もうともしなかった。「もうじきだぞ、フィリップ」ついにそう呼びかけて、「見ろ！　おれがいる場所を！　中二階と同じ高さにいるんだぞ。めまいがして下はよく見えない。静かで寒くておっかないけど、いやあ、落ち着くね。月が間近に見えてる。天使もきれいだよ、こうして近づいてみると、ずっとずっと大きいね。力いっぱい吹けば、あのトランペットは鳴るかなあ？　鳴らなくたっておれのせいじゃないよな？　それに、これからもずっとずっと変わらずに仲良しでいてくれるよな、フィリップ？」

「もうっ、何バカ言ってんだよ、この間抜け」フィリップが泣き声で、「さっき言ったじゃないか、言ったじゃないかよう、何があってもおかしくないって……真に受けやがって！　わあん、あれは全部ただのお話だよう、でたらめだ、つくりごとだよ。ディック、今すぐ降りてきてくれたら何でもあげるからさあ」

「この世にほしいものなんかねえよ」うんざり声で頑固なことを言う。そうして話す合間もディックはほこりで湿り気を奪われた手を下から抜いて、上にあった手と慎重に並べた。ほんのしばらく月光の中に体の半分を入れ、半分を出して、天使の凝った頭巾の結び紐についていたどんぐりの飾り房をつかもうとする。フィリップは完全にすくみあがって、もう口をきくどころではない。頭から爪先までがたがた震え、怯えてやみくもに祈るばかりだ。「ああ神さま、あいつを降ろして！　ああ神さま、あいつを降ろして！」

「どうやら」穏やかだが有頂天の声が、「トランペットは中空だし、天使はおれが来たとわかってるみたいだな。もう度胸がないなんて言わせないぞ！　フィリップ、おまえのためなら、この世の何だってやりとげてやるよ」

だがその時、聖なるこの天使像を太古から守る存在がさりげなく介入したらしい。今しもレベッカがぐっすり眠る農場の鶏小屋で、止まり木にいた一番鶏が鳴いた。すると、どこからともなく陰惨な突風が教会の墓地を駆け抜けて聖具室の開けっぱなしの戸口に入りこみ、深緑の厚い垂れ幕を派手にあおって怯えたフィリップをさらに怖がらせた。「ほら！　早く！　来るぞ。だから言ったじゃないか、何もかも……」

目指す場所にたどりついたちっぽけな人間は、ちょうど、痩せこけた腕をうんと上に伸ばしていて大声の警告に気づいた。「誰が？　何が来るって？」はるか高みからかすかに声が届く。「いやあ、ここまで来ると絶景だな。おれひとりの場所だ。こうなったら止めても止まらんね。もう目の前だ」

「だめだってば、やっちゃだめだ」どうしようもない恐怖と怒りで、フィリップはいてもたってもいられずに飛び回る。「けしからんじゃないか！　ぼくの天使、ぼくのトランペットだぞ！

大嫌いだ！　聞けよ！――人の言うことを！　命令だ、降りてこい！」

だがその懇願は、もうセイレーンの歌同然に意味をなさなくなっていた。やぶからぼうに、ピストルのような破裂音が教会中に響きわたる。細い漏斗《ろうと》型の木製トランペットはそもそもの初めから気まぐれなハエやうろつくクモ以外に付き合いがなく、とうに剝がれて天使の手からすっかり取れていた。おかげでディックは勝利や絶望の言葉も悲鳴もなくまっさかさまに落ち、小さな体が下の敷石にぶつかる音に続いて、極度の緊張にさらされた繊細な割れものにひびが入ったかすかな音、あとはふんわりと積もった深い雪のような沈黙に埋もれてしまった。


無情な振り子はふたたび平然と時を刻み、そのつれなさに、小うるさい聖具室の時計がせわしなく文句をつける。どんな恩寵の奇跡をもってしても、所詮はこの捨て身の小さな道化くんが、きりもなく畳みかけた悪ふざけの敵ではなかったのか。ツンとした鼻の坊やはそのまま十字軍騎士の雪花石膏像と化して自らの未来を凝視し続けた。天使像は胸から巻き毛の頭にかけて無作法な手にべったり汚され、闇にひそんで恥辱を隠している。音の出ない木製トランペットはまだその手に、その手……なんということを。

「ディック！　ディック！」フィリップは悶々《もんもん》としてまともに言葉が出てこず、ようやく出てもかすれ声がやっとだった。「そんなつもりじゃなかった。誓ってそんなつもりじゃなかった。ぼくをがっかりさせないで……ディック、死んじゃったの？」

しかしながら答えはなく、なけなしの勇気や冒険心が萎え果てたフィリップは吐き気やめまいで相棒のそばにも寄れなくなり、やがて入ってきた時のようにこそこそ抜け出すと、教会の墓地から人目を忍んで帰宅したのだった。

＊1―シェイクスピア『ジュリアス・シーザー』第三幕二場。
＊2―旧約聖書、創世記四章九節。

豚

Pig

第四十回SSCPP年次総会は大盛況であった。すりガラスの大窓五つから、十一月の午前まったただなかの白い光が三百人以上の出席者の顔に斜めに当たる。ただし幸いなことに、十一月の霧は会場にも目下の講演にも聴衆にも見当たらない。拍手の切れ目を見計らうように、太陽どのが青白い顔をちょいちょい出してくる。もしかしたらハムレットがほのめかしたように、天空におわす身も昼食を気にする時分だったせいかもしれない。それがSSCPP協会員用の午餐ほど厳選された献立ではなくても。

人望あるサー・アンドルー・キャンベル会長は、りゅうとしたモーニングにストライプのカシミヤズボンの正装で登壇し、緑のフェルト布をかけたやや安っぽいテーブルにおさまっていた。卓上に広がる緑の大海原の島影といえば、ごつめの銀のインクスタンド以外だと、小さな花崗岩のメモ台に金メッキの豚が押さえる半切用紙の印字メモぐらいだ。会長席はチューダー時代をくだらないゆったりしたデザインのおかげで、身動きに不可欠な数インチのゆとりを楽に確保できる。会長はネクタイを立爪真珠のタイピンで留め、椅子のアームに両肘を預け、糊《のり》のきいた翼形の白いカラーに二重あごを鎮座させ、まるでオークにどんぐりが、石造アーチに要石が、時計に主ゼンマイが、ツバメに尾羽がつきもののように協会の画竜点睛といった貫禄であった。というか会長こそが協会の実体であり、そのたたずまいは、夕日を浴びた満潮時の聖ミカエル山（コーンウォル南西部の島。干潮時に陸と繋がる）の如き不動の安定感であった。

　講演中ずっと、会長は別の考えごとにふけっていた。なぜなら講演を快諾してくれた来賓が列挙中の関連事項や数字は、当の自分が大判の書留封筒に入れて一式提供したものだからだ。おかげで質より量を好む聴き手の反応も幸い上々で、なにより品質そのものを論じる充実した講演内容だった。随所に余談めいた自己弁解をはさみはするが、サウンダース卿は現役の品質管理専門家だ。だからサー・アンドルーも安心して、いつもの白昼夢にふけっていられるはずだった。

　ところがふたを開けてみれば、午前の部の会長はいつもの落ち着きを失っていた。登壇席から最後尾数列の顔ぶれをにらむか、でなければ所在なく視線をさまよわせていたが、異変を察知したのは守護天使並みの至近距離に居合わせた立会人だけだった。会長の頭脳ないし情緒が微細な不具合を起こしたか、一時の憂鬱にしばし心を乗っ取られたかで、倦怠感だか漠たる当惑だかの言語化できない欲求に振り回されている。かすかな興奮と不安感でそわそわし通しで、どっしり構えるどころではない。

会長の強みである風貌は、生まれつきでなくても歳月に磨かれたものだ。元は『宝島』の海賊ジョン・シルバーを彷彿とさせる鋭い顔立ちだったが、「ハムみたい」にまんべんなく肉がついたおかげで福々しくなっている。ぼってりした肉に埋もれた鼻の両脇で、小さな灰緑色の目が活気と慎重さを等分にのぞかせていた。うるさいほど多く硬い毛質で、こめかみはようやく白くはなったが、肉厚のおちょぼ口にかぶさる口ひげはまだ大丈夫だ。穏やかな鏡のような表情に、今は放心の薄靄《もや》がかかっている。心の中でなぞっていたのは駆け出しの若造時代であった。外見が何歳だろうと、まあ六十三ぐらいか、心は青春まっただ中の十七歳に戻っていたのだ。だが、その物思いは再三にわたり密やかにさえぎられた。愛の島シテールの薫風のように蠱惑《こわく》的な芳香が鼻をくすぐる——フライパンで焼けるベーコンの香ばしい匂いだ。いったんは会長の顔から引いた血の気が紫になって戻ってくると、人目をはばかりながらも荒っぽい手つきで、折よく最寄りの窓の下にいた下っぱの職員を呼び寄せる。そしてさりげない手の一振りで、真上の窓を閉めろと伝えた。

そうしておいて、あらためて過去の世界に戻っていく。給仕の小僧から下級事務員に昇格した時期だ。あれは火曜午前中のこと、つい先ごろ異動が決まった自分の引き継ぎにジミー・カドマーが配属され、スツール座席を隣に並べて窓の向かいのデスクを二人で使うことになった。

骨細のジミーは肩幅も顔幅も狭く——すんなりした眉の下におさまった黒い目がガゼルそっく

りに大きくうるんでいる。遠い昔のその日は、定刻ぴったりにはるか庭門のさきで吼えてうなって騒ぎたてる声がかすかにした。ジミーは曲がったペン先を伸ばそうと、甲斐なく悪戦苦闘しながら骨ばった長い指をまたもインクで汚していたが、すぐに手を止めて耳をすました。当時アンディで通っていた自分も、気は進まなかったが同じようにした。

事務所の窓から見える場所に、フェンスで囲まれた幅二、三メートルのアスファルトの裏道があった。二人ともじっと座って見ている。おそらく「豚のお時間」そのものを別にすれば、ウイークデイ最大の目玉となる刺激的イベントの幕開けだ。うなって、わめいて、絶叫して、ぎゃあぎゃあ鳴いてといった騒ぎがしだいに近づき、まもなく、無数の豚軍団の前衛にあたる二、三ダースはいそうな群れが転げるように姿をあらわした。この豚たちは世界ソルボーソーセージ社の今週の原材料の一部であり、若造ふたりの窓のまん前でフェンスにまたがっているのは、豚どもからすれば手放しのニタニタ笑いを浮かべた骸骨姿の死神に他ならない。

アンディは下唇をペン立てが載りそうなくらい意固地に突き出し、この晴れやかな朝に引き回される豚どもを冷たく無機質な目で眺めた。火曜ごとにこの心揺さぶる劇的なひとこまを見物して二年になるが、自分のどこか鈍い頭脳や情緒では、この用心深く几帳面で快活な可愛い小動物が、今後一時間のうちに待ち受ける暗い運命をたとえ漠然とでも悟っているかどうかがわからない。下等動物に自殺や自己犠牲や安楽死があるかどうかさえ不明だが、しいて問われるなら、いきなりの死を選ぶことで他者にどれだけ世俗の恵みを与えようと、豚ならば自分が死ぬよりは生きるほうを選びそうだという意見に、駆け出しのその頃でさえ賛同したはずだ。

折しも先頭をとことこ歩く豚が、自発的にというより後ろの豚に押されただけかもしれないが、猛烈に突進して視界から消えた。あとの群れも通過し、とうとうわずか数頭のはぐれ豚を追い立てて、行列のしんがりを務める青いリネンのオーバーオールの誘導係二名が見えてきた。はぐれ豚の一頭は色艶が悪く、毛深くてかなり痩せた小さな豚だったが、非凡な人物の気配を察したのか不意に立ち止まり、無限とも思えるわずかな間だけ、三角形の頭を巡らして緑がかった灰色の小さな目をあの窓ガラスにぴたりと向け――アンディを特定できなくてもガラスの向こうの人間を凝視した。アンディのほうは、真っ向からのこんな態度にどこか露骨な意図さえ感じた――視線でこちらを尋問し、刺し、声高に懇願しながら、やや鈍重な心にまっすぐ突き入るほどの悲痛を目にたたえている。世界ソルボーソーセージ社――勤務先のどこか尊大な社名――で毎週こうして命を終える豚たちに独自の個性があるなんて、それまでは思い及びもしなかった。それまでの彼らはたまたま飯の種に命を差し出し、ベーコンは別として新鮮な豚肉となるささやかな群れに過ぎなかった。

いつもは青白いアンディの顔が目立つほどの赤みを帯びた。もともとひねた性格で、陽気な中にもどこか突っ放した冷たさがある。ただし、いったん感動すればもう手放しだ。その短い視線のやりとり――若者と豚の――はたちまち作用を及ぼした。それは挑戦であり、問答無用の無言の訴えであった。当時は輪廻転生という東洋思想を知らなかった。だがそれでも、あの緑がかった小さな目の奥に大伯父や伯父の魂が実際にいたら、この悲惨なたったの一目をこの上なく過激にいつまでも引きずったはずだ。大して気にしなかった可能性もあるが。

行列が終わると豚のしつこい残り香や、午前中ずっと遠くで断続的に響いていた長く強烈な絶叫以外は跡形もなく消えうせた。ここからは仮定の話だが、あの豚がおそらく無駄と知りつつ自分に向けたのは、今あげたうちのどれだろう?

いつものランチタイムの十五分前になった。アンディとジミー・カドマーは懐が寂しくなると――ふたりでサンドイッチやパンとチーズの塊、たまに会社支給品ではないがソルボーソーセージを分け合い――天気がよければ、工場のかなたに広がる緑の畑を一望するフェンスの陰で食べていた。ランチタイムの十五分前にアンディはペンを置くと、実に言いづらそうにのろのろと、

「あれだけの豚が通ったんだ、ジミー、あの辺はかなり臭いよ」

ジミーの返事は歯に衣きせぬものだった。狭い肩ごと小さな黒い頭をぐるりと向け、つぶらな黒いガゼルの目で友人を見た。花崗岩の影を映す山の湖のように、世の悲哀をことごとく映した目だ。「喉をかっさばかれて血が噴き出ると、皮を熱湯処理されて剝がれる……あとはたぶん」と考えこんで、「肉になるんだろうな」さらに長い間をおいて、「豚って考えたりするのかな」

この苦い言葉はアンディの心にしみた。

「ああ」ようやくそう言った。「どうしたって考えるだろ、他にやることないし。けど、おれがさっき言いたかったのは、あいつらがどんなになるかだよ」

「いつも聞いてるじゃん」とジミー。「市場最高の品質と風味を誇るソーセージになるんだろ。まるっきり嘘ならいくら広告でもそんな言い方しないさ。たぶんね。そいつは合法じゃない。肉に混ぜ物がしてあっても、たまにパンがかびてても別に驚かないがな。少なくともうちの母親は、パンなんてそんなものだと思ってる」

アンディは考えこんだ。「じゃあおまえ、『処理場《ハウス》』に入ったことないんだ?」と訊ねた。「豚は今しがたのだけじゃないぞ。他の豚は夕方か日没後とかに裏道から来るんだけど、超大型が混じったすごい年寄り牡豚とか、ハイエナかってほど毛深い老いぼれ牝豚とか。この目で見たんだ。あいつら、自分がこれから行くとこをちゃあんと心得てんだよ……なのに、『処理場《ハウス》』に足を踏み入れたこともないなんて!」

ジミーは悲しみにうるんだ深い目を控えめに向けて赤面すると、かぶりを振った。「入りたいと思ったことは一度もないよ」と白状した。「わかってるさ。でも血を見るのは我慢できなくて。母親譲りなんだ。八歳のガキの頃なんか親指を切っても気が遠くなっちまって、やれ洗面器だ包帯だって騒ぎだ。ぐるぐる目が回って……あとは覚えてない。いきなりそんなのを突きつけられたら、知らん間に意識が飛んじゃうんだよ。いわゆる『残虐行為』ってやつ？」

そう言われて、アンディは自分が物心ついてからずっと神経が細くなかったことを少し思い出したが、かえって勢いづいた。ポケットから汚れたハンカチを出して鼻をかむ。

「そりゃあね」と認める。「流血沙汰もあるにはある。けど、それだけじゃないぜ」迷って、「哀れな豚どもをちゃんと見るのさ。豚だって生きてんだ」青天の霹靂《へきれき》と言えそうな唐突さで、遠くから幼児そっくりの悲痛な叫びがかすかに届いて、その言葉を強調した。「てか、少なくとも生きてた」と、なにやら考えながら、「それに――もちろん、かなりバカげて聞こえるかもしれんが――今しがたの一頭がおれをじっと見てた」

「今しがたの豚が？……おまえを？」ジミーが蚊の鳴くような声を出す。

アンディはしらふを証明するみたいに、まじめくさったピンクと白のあばた面《づら》と光る目を年下の同僚に向けてみせた。「そうだよ」とうなずく。「おれを。あんなの、忘れようったって忘れられんね」

工場のサイレンがうつろな叫びで一時を告げた。二人の若者は昼休み中かけてこの小さな問題を論じ合ったが、やがて話題はアンディの給料の件になった。

孤児だったアンディは、十四の誕生日にクララ叔母さんに連れられて支配人に会いに行き、週給八シリング十六ペンスで事務所に雇ってもらった。登壇席のサー・アンドルー・キャンベルは当時を思い起こして自嘲の笑みを浮かべた。幻燈のスライドよりはるかに鮮やかに、遠い過去のあんなことやこんなことが記憶という接眼レンズを目まぐるしくすり抜けていく。初年度はやや伸び悩みながらも、まじめに勤めたおかげで十八ペンス——二十パーセントも昇給した。一年後に後任のジミーがきたが、アンディは半年ほど前から下級事務員になっていたのに、支配人からは「まあ考えてみるよ」の口約束だけだった。その不当な扱いがアンディの心を着実に荒《すさ》ませた。

リンゴとチーズサンドイッチを食べながら、二人はこの問題について繰り返し話し合ったが解決をみなかった。が、午前の件を加味すれば事態はさらに混迷する。これまでのアンディの不満は金銭面だけだったが、今度はアンディ自身の正義感や価値観や尊厳にまで影を落としていた。これまではソルボー若豚ソーセージ社と関わることに異存はなかった——同社マニフェストのあとには小さいタイプ字で「若いものを救えば、年寄りも救われる」とある。今思えば、この謳《うた》い文句には当初からある種の後ろめたさか、少なくとも仲間意識があった。アンディは限界ぎりぎりまでリンゴをかじって芯を生垣に投げ捨てると、支配人に最後通牒を突きつけるという決意を表明した。いずれはな。

その日の夕食後——率直な語らいにしばし熱中し——あわてて二階に上がると、また支度して地元の日曜学校のささやかな音楽会に出かけた。衣裳簞笥《だんす》の上についた扇形ガス灯で、ひびの入った小さな四角い姿見で厄介な髪をとかし、いつものように亜麻色のケイトウ状にもつれた右眉の上をお決まりのゆるいウェーヴに変えようと四苦八苦していると、いきなり魔法の鏡みたいに薄闇から全然違う顔がこっちを見てきた。その効果たるや、幻覚すれすれだ。

小さな垂れ耳で三角の輪郭をした豚の顔が、見慣れた自分の顔に重なり、このかすかなガラスの霧越しにのぞいている。ただの小豚でないのは見分けがつく。あの豚だ。今日の午前中にこっそり見合った豚だ。この由々しい一瞬もじっと見ている。するとアリスのチェシャ猫のようにその顔は消えうせて元のアンディに戻った。元通りのアンディ、丸ごとアンディ、アンディ以外の何者でもない。それでも影響は残り、以後のアンディの人生全体に及ぶことになる。

こうした事実自体が少し突飛なできごとだったかもしれない。小豚呼ばわりなら何度もされたが、子供時代にはよくある話だ。ただし学校の級友から、親しみをこめたにせよ小豚ちゃんとあだ名されたこともあり、以後の大まかな宿命を暗示するようだ。真に受けたことは一度もなかったが、今ほどその命名を適切だったと感じたことは一度もない。束の間でも、鏡の姿はただの空似どころか豚に憑かれていたのだ。

散らかった小さな簞笥に古いヘアブラシを危なっかしい手つきで置くと、しばらく鏡に見入った。一時は自分の頭がちょっとどうかしたのかと思った。階下に降りれば、叔母がフェルトスリッパの幅広の足をフェンダーに載せ、台所ストーブ脇のウィンザーチェアで編み物をしていた。

「ねえ、叔母ちゃん」と訊いてみる。「おれって何に似てる?」

「似てる？」叔母は鋼鉄フレームの眼鏡越しに答えた。「お母さんの口癖だと、早死にしたお父さん似だってよ。あたしにゃわかんないけど、顔ん中じゃ鼻が似てるかねえ」

「じゃあ、親父は何に似てた？」

「似てた？」叔母がまたおうむ返しに、「そうねえ、うまい言葉が出てこないよ」

アンディは切り口を変えてみた。「うちの一家って代々農家だよね、叔母ちゃん？」が次の問いである。

「あたしの知る限りじゃ違うよ」

「でも農家ってさ」アンディが食い下がる。「飼ってる動物に似ることがたまにあるよね。叔母ちゃんはそう思わない？　お肉屋さんみたいにさ」

クララ叔母は編み目を飛ばしてしまい、なんとか元に戻そうと頑張っていた。「かもしれんねえ。あたしがこの目でしかと見たとは言えないけど」

アンディはまたもや——積極的ではないが——またもや切り口を変えた。「他の人たちはさ」と、持って回った言い方で、「そのままとか薄切りで朝食にベーコンを食べる人がたぶん大勢いるよね、あとは——サンドイッチとかで……そういう食べものも関係してくるかなあ——その、見た目にさ？」

生まれて初めて叔母の独特な風貌にしげしげと見入る。ややほつれたお団子髪、フリル襟《えり》、かすかな口ヒゲと眼鏡は、たぶんセロリの芯を別にすれば、食べものよりもボロ袋に近い。

「ベーコンは栄養があるよ」答える声がややきつくなる。「脂肪なんだから。そう聞きたいんなら言うけど、あたしなりに最善を尽くしてあんたを育ててきたのは確かだからね」

「いや、そうじゃなくて……遅くなる前に帰るよ」

巣立ち前の青二才だったので、アンディはそこで引き下がった。

ささいで単純なきっかけでも、因果が最大範囲に及ぶ場合もある。ごく少数の例外を除いて、すべての大義、すべての制度、すべての十字軍はそれぞれの理念と起源が――たとえ、からし粒ほど小さくても――たった一人の頭脳から生まれている。胚芽となり細胞核となるものだ。車輪も鋤《すき》も船もギロチンもそうして誕生した。だから、豚肉《S》および由来《S》製品《C》の消費抑制《P》をめざす《P》協会は、下級事務員の週給に半クラウンをケチったせこい支配人を発端とし、処刑に赴くやぶにらみの小豚の、苦しみながらも物言わぬ無心な小さな目に萌芽をうながされたというわけだ。アンディの人相がどの程度まで豚種全体に似ていたかというのもあるし、最終的にはジミーの友人への優しい思いやりと忠実な愛情のたまものだ。SSCPPの経営委員会でも――SSCPPの全管理委員会が束になっても、あれにはかなうまい。スコットランド系で生まれつき慎重居士の会長のことだから、そのへんの関連データはごく一部しか出してきそうにないが。

アンディは最後通牒を突きつけなかった。慎重な上に勤労意欲もあったせいか、ソルボー若豚ソーセージ社でさらに三年間働き、そのあと自主退職の形で退職を求められた。そして、右へならえで無二の友、ジミーも本当に退職した。

アンディが支配人の机の前に立った日は、またもや火曜だった。若者の顔には、サイならともかく豚の面影はみじんもない。

「キャンベル、おまえ」とせせら笑う。「聞いたぞ、スコットランド人道派の仲間になったんだって?」

この告発でアンディの人種的怨恨がこぞって騒ぎだし、満面に朱を注いだ。それでも何も言わなかった。

「ふーん、昇給が認められたか」支配人は机上の書類を一瞥し、「週二シリング六ペンス、つまり」一拍置いて、「年次できっかり六ポンド十シリングも。しかもいいか、こいつはたった七ヶ月前だぞ……おまえ的な忠誠心って、この程度かよ?」

「ええ、そうですが」とアンディは言った。「何をおっしゃりたいのかさっぱりです」

「へーえ、しらを切るか? じゃあ、おれの聞き違いだったのかなあ。なんでも特殊な環境保護運動の菜食党だか自称なんとか党に入ったらしくて、しかも自分でそこの支部だか——渋だか苦みだかを——興そうとかってガヤガヤやっとるらしいじゃないか?」そこで言葉を切ってアンディをにらみつける。にらまれたほうは、いつになくまっ赤になってにらみ返し——見かけは格いほどだった。

段に落ちるが——中世風クリスマス料理の中身そっくりである。返答はわずかに辛辣と言ってい

「私見では」頑として引き下がらず、「菜食に見るべき点は多々あり、恥ずかしくもございません。菜食の偉人もおりますし、完全菜食にもいます。わたし自身はそこまでいきませんが」

「へーえ、そうなのか？　恥ずかしくないいんだ？　かりにおれがその件に何か言うくらいの興味を持てれば、腹の中でこう言うね、おまえはジャガイモ育ちだよ。もちろんパースニップやエルサレム・アーティチョークも欠かせんよな。そうだろ、キャンベル？　貴様みたいな腑抜《ふぬ》けの偽善者はな、砂糖水と羊脂とふすまの産物だよ。だが、おれが訊いてるのは、おれが訊いてるのはだ」太った手でばしんとデスクを叩いた。「それが、それが忠誠心ってもんなのか？　貴様、それでも会社に人並みの滅私奉公をしてきたとでもいう気かよ？」

「なんです？」アンディはみじんも他意なく応じた。「ジャガイモのお話ですか？」

「いやいや、ジャガイモの話なんかじゃありませんよ。ベジタリアンのごたくはな、食肉処理場がどうのこうのという女学生のお笑いぐさだっつうの。なのに、おまえにとっちゃ『血染めの金』と変わらんようなもので、進んで肥え太ろうとするとはな。くそっ——どういうつもりだ？」

アンディの頰が紙の白さに変わった。「あ、あんた」激怒で舌をもつれさせ、「あんたなあ、ち

ょっと抜擢されたからってその席からひとをこきおろしやがって！　どんな魂胆かはみんなにバレバレだよ、罪もない豚たちを非道に殺すためだろ！　忠誠心だあ？　何言ってやがる、おまえなんか自社のソーセージも食わんくせに。ネタは割れてんだぞ、前におれが尋ねたからな。自分だって……」でも、その先の言葉がどうしても出てこない。アンディは生まれて初めて、怒りと悔しさと反抗心で頭が真っ白になった。なるほど確かに挑発されはしたが、それにしても自分が部下としてまっとうにやってきたのに、こいつは今ですら部下の尊厳を相当に侵害した暴言をさんざん吐いているのだ。だから言ってやった。「いっそ、昔話の老王みたいに草地に埋もれてみちゃどうだ？　そうすりゃ、もそっとましな耕作地やら畑仕事の道具やらが手に入るだろ」

さらに間の悪いことに、そうして大声を出した時はようやく十時半で、「処理場」からの悲痛な叫びにはまだ間があった。今のが工場の敷地全体どころか、その地方全体に筒抜けだったという気がするし、支配人は意気阻喪して青ざめている。咳きこんでハンカチを出したが、見れば縁起でもない細い黒縁つきだ。

「今すぐ出てけ」支配人は歯のすきまから押し出すように声を抑えた。「出納《すいとう》係んとこで週給を出してもらえ。これっきりだ。二度とここに出入りして汚らわしい姿をさらすんじゃねえ、このパースニップ食らいの赤カブかっぺの豚面キャンベルが。忠誠心だと！　滅私奉公だと！　ちゃんちゃらおかしいわ、甘々タラシの女学生コマシめが聞いたふうなセリフを並べやがって！

……出てけ！」

それから二週間足らずで、まだそんな齢でもなかったアンディのクレア叔母が亡くなった。当然ながらアンディの解雇に少しばかりショックは受けていたが、亡くなる二日前に若者が小さな応接間で悲しみと後悔に打ちひしがれていると、往診の医者にこれっぽっちも君のせいじゃないからと励まされた。さらにそれから二週間と少したつと、アンディはいつのまにか自活した若紳士になっており、それなりに慎重にやりくりすれば、コンソル公債で年間百六十五ポンド前後の堅い収入が保証されていた。もちろん、叔母所有のすばらしい動産各種や家財道具もある。

一躍、金持ちの仲間入りした彼は、その気になれば余生をのらくら遊んで過ごせるご身分になった。おかげで死ぬまでの大半は実際はるかに安楽に過ごせたものの、「のらくら」だけはひたすら峻拒して生きてきた。

解雇の朝まで、アンディの行動規範は先述の仲間意識であった。支配人の話に出てきた団体の青少年連盟にすすんで関心を向け始め、さらに自らの手で連盟内に小さな私設連盟を創設したのだから異論の余地はなかろう。厳格なモラリストなら、アンディはそうすることで二股かけたと言いそうだ。たとえばアメリカでは、ピクルス製造元とか口紅やフェイスクリーム販売元の従業員は、社の末端に至るまで自社のピクルスや口紅や美容クリームがその分野の最高峰で、どんな競合相手の商品も遠く及ばないと確信して当然なのだ。職業モラル上の義務とはそういうものでである。

だからアンディが仲間内で、ソーセージ製造だろうが、ラードの揚げかすや豚足などの食卓珍味だろうが、彼が豚虐待や容赦ない搾取と考えるものを非難し始めようものなら、たちまち退職して引きこもるか転職決定のはずであった。転職先はさしずめ鋳鉄製品か碾《ひ》き割り麦の卸売業だろうか。アンディはそうするかわりに失言を控え、勤務中と就業後で相反する目的のために働いて両方を裏切ったというわけだ。

とはいえ、なにぶん彼は若かったし、当時は叔母の面倒もみていた。熱意ある若者なのに、どこかツキのない顔をしていた。直接の上司がヘボかったのだ。八つ当たりを受けるたびにつのる憤懣は、「若豚限定」などと嘘っぱちを謳ったソルボーソーセージ社への憎悪に劣らず苛烈で、草創期を支えたもうひとつの原動力となった。さらに言うと、その憎悪の激しさは自分でも呆れることがままあった。ただ、さしもの憎しみも時とともにあらかた薄れ、笑い話になって他を和ませる場合もある。あるときかつての勤務先の話になり、遠い昔を懐かしむ気持ちになった彼はどこかしみじみとかぶりを振った。「内々に聞いた話じゃ、ソルボーという言葉の後半の綴りはちょっと違うはずなんだがねえ」

もちろんそんなのは誹謗中傷すれすれだが、結果から言えば中傷にはならなかった。ありていに言うと、この協会自体がソルボー製品の永久広告のような性格を持っていたのである。豚肉消費量を減らすべく精力的に活動すればするほど、世の異端諸氏はラードの揚げかすや豚頰肉《バース・チャップス》の燻製やチポラタソーセージをどうしたって鮮明に思い浮かべる仕儀になる。裸族にヨーロッパの行儀作法を説いたところで、極悪趣味の古着が売れるだけだろう。子供部屋にさえ反抗を助長する規則があるのだ。

登壇中のサー・アンドルーの深層意識にはこうした反省が着々と蓄積され、記憶の幻燈機が映しだすスライド画像にも類似の場面が多々あった。ジミーは早くから活動に加わってくれた。二人はいがみあいもなく意見の相違が尾を引くでもなく、ともに議論を重ねて協会設立の青写真に欠かせないもろもろ、めざす理念、最適なありようを練っていった。二人が——設立資金が貯まりだしてから——単なる名誉職に留まるべきか、それとも有給の役員になるべきかを議論したことがある。実を言うとジミーには資産家の叔母がおらず、彼の事業だけが頼りだったので、答えは出ていた——彼の友人はすっきりしていなかったが、二人の待遇に差があったら不和の種になる、ということでは一致していた。銀行残高にゆとりがあれば職員を雇うにやぶさかではない。協会は全会一致で決定した。

協会は実働可能な有閑層ばかりか、特定の食材や贅沢品や珍味などを控えるゆとりがあり、選べる余地が他にいくらでもある層に働きかけてどんどん発展していった。会員の大多数は金と暇に恵まれた階級——豚そのものを賞《め》でるだけでなく、豚を食べるのを控えたいし——控えるべきだと――思い立っても過激な自己犠牲をせずにすむ人たちであった。行動が熱くても、動機は驚くほどぬるい場合だってあるだろう。補欠選挙やプロボクシングの懸賞試合にも好例はいくらでも転がっているではないか……。

ただ悲しいかな、歳月とともに犠牲は増える。ジミーの目にはいつも、この世に長居しない者特有の不思議な光があった。この古なじみの死を思い出した会長の顔に、正真正銘の悲嘆がかすかな雲となってよぎった。

サー・アンドルーに音楽の素質はない。お国自慢のバグパイプに熱中したのも多分に民族感情に起因する。ただし下の娘のジーニーにはヴィオラを習わせたのだが、ある時、社交上のお茶会で何気なくあるライバル同僚を評して、「やっぱりあいつには二番ヴァイオリンがお似合いだね」と言ったら、横合いから娘にこうさえぎられてしまった。「でもパパ、あれはオーケストラ全体でも音色の美しさじゃ指折りなんだから。オルガンのストップと同じで、人間の声にいちばん近いのよ」

今にして思い返せば、どちらの方法でもジミーは勝利を収めた。あるいは遠い日の午前中にアンディと見合い、自身の運命めがけて走り去った勇ましい小豚の記憶に苛《さいな》まれ続けたのか、ジミーは毎年恒例の懇親会でも浮かない顔だった。とはいえ若き二人のおかげでソルボーになる運命を免れた豚が何頭いたことか――おおかたはたとえ生き延びても成長後に殺されるだけだったにせよ、人間だって少なからぬ者が似たり寄ったりの末路をたどるのだ。ただ、これはジミーへの損得抜きの愛情のおかげが大きかった。ジミーは女性会員たちにとても慕われていたから。壇上で平静を装うサー・アンドルーは今にもこぼれそうな涙をこらえ、さもくつろいだふりで内心そっと偲《しの》んだ——在りし日のジミーを、協会が遠い理念に過ぎなかったはるかな昔を。ブラックチェリーを思わせる黒い目に激情とはるかな未来を映していたジミーを。怒りだすと手がつけられず、激しい癇癪と無類の胆力の持ち主だった。ヒステリーに近いほど熱狂するかと思えば、いきなり絶望のどん底に沈みこむ——嘘がなく、寛大で愛情深い友。いつもは借りっぱなしで悪びれないのに、たまに、うんと風変わりな流儀で借りを返してくる。そのやり方が金貸しに、ただの現金と同じぐらい歓迎されるかどうかはともかく。

サー・アンドルーはこの瞬間まで、自分の遠い過去がシェイクスピアの「首飾り」（ソネット五二。一年における祭日、人生における貴重な時間を「首飾りの中の大粒の宝石」に譬える）にわずかでも似ているかどうか、よく考えたことがなかった。かりに似ていれば彼は即座に認めただろう。その首飾りの女主人公たる主石《おもいし》の宝玉はジミーであったと。主石を男性形でなく女性形で表したのは、気まぐれで情熱的な母親から少年が直接受け継ぐ、あの半ば神秘的な何かがジミーにはあったからだ。ジミーの母が若くして亡くなったのは知っている。

協会は礼を尽くして故人を悼んだ。会員三十五名が——花束持参の者が多かった——葬儀会場に（ボーンマスだったのに）自ら足を運んだ。ジミーへの哀惜ゆえだ。参列者のうち、協会「発起人」メンバーで後援者でもある超高齢のご婦人などは——いよいよ最後のお別れという時にわななく足を墓穴のふちまで運び、手ずから純金製のちっぽけな小豚を手向けた——直後に聖堂番が撒いた「塵と灰」の下にすぐ埋もれてしまったが。

ジミーがこの年次総会まで存命なら、総会はしばらく延期されただろうし、葬儀参列者は数十人から数百人にふくらんでいたかもしれない。

協会には、究極目標の達成後を考えるという発想がなかった。言わずもがな、それが急務であったためしも一度もない。わずかでも達成できる見込みが生まれたこともなく——サー・アンドルーの心の目はほぼ即座に、長い長い時の道を照らす街灯のような過去の懇親会をなぞった——あの葬儀の日は、ずっとひそかな不安にさいなまれた。だが、いまだに彼を悩ませる懸念はそのことではない。

協会の最盛期から七年になる。以後は衰退でなく——マンネリを迎えた。若い世代の会員は屁理屈ばかりのくせに行動が伴わない。講演者が立て板に水でずらずらと並べたてた年次統計が何よりの証拠だ。そして講演中は一切触れられなかったが、別の統計では犠牲になる豚が右肩上がりで毎年急増している。サー・アンドルーがつらつら考えるに、「豚をもっと食べよう」キャンペーンのせいが大きいだろう、あのせいで協会の新規会員も最近になって数名増えはしたが。それに人口増加も一因かもしれない。賃金上昇が「イギリスの朝食にベーコンを」スローガンの追い風になったせいもある。豚肉消費量も、豚になじみのない大食漢や、ただの動物嫌いや、筋金入りの動物愛護忌避者によって消費量が押し上げられた可能性がある。このような異端の徒の食習慣根絶は至難の業だ。

反面、（おそらく来場者の）同志のうち何人かは豚肉が淡白すぎる、食指が動かない、単に好物ではないなどの理由で食卓から排除したという気の滅入る可能性もあった。それでも会長はこの問題に決して向き合おうとはせず、持ち前の皮肉で毒々しく色づけしてしまった。寄付や会報購読などで熱い関心や熱意のほどを絶えず示しておきながら、（内々で）会員の多数（か、誰かひとり）が、同志を裏切って豚肉を平らげ続けている事態はありうるか？　豚肉は内輪の団欒《だんらん》に限るとか？　ご禁制のハムやベーコンで酒池肉林？　閨房豚食派？　そうやって裏でのうのうと禁欲を免れておきながら、表向きは互いの徳を重んじ賞賛し合うというわけか？

「わが身を裁くように他人を裁け」は若きアンディ時代からの信念だ。が、サー・アンドルーとなって齢がいってくると、老人ならではの世間知や、賢《さか》しらぶった用心に傾きがちになる。彼はそうした自覚すらも受けつけなかった。

それに、自分はいずれ退場する身ではないか？　死神は人間の予定はもちろん、名士だろうがお構いなしで豚問題にも頓着しない。目下は自分に似合うこの椅子を、いつかは別の会長が占めるだろう。時がたてば「ヨセフの話を聞いたこともない」人が出てくる。いっぽう、自分のライフワークは決して廃《すた》れないはずなのに、なぜその成果が十全に達しないことを認めて甘受するに至ったのか。会長はあごを震わせながら深いあくびをポケットチーフで隠して――まるで、果樹園で妹のブランコにのんびり揺られる怠け者の学童のように――夢想にふけった。

現代生活で、「安全第一」ほど彼を喜ばせる標語はまれだ――言うまでもなく「一難去ってなんとやら」のまたいとこで、「前途に目を配れ」の遠縁みたいなものだろう。何年も前の協会評議会は、全会一致ではなかったが以下の反対決議をおこなった。曰《いわ》く、おなじみの優秀な農場動物たち――子牛、羊、子羊、ウサギ、七面鳥、ガチョウ、アヒル、鶏、ハト、モルモットなど――を協会の活動範囲に含めないと決めたのだ。当時は慎重論が優勢だったし、豚が、丸ごと豚が、とにかく豚がずっと協会の公式擁護対象であり続けた。なんだかんだ言っても豚本位であり、なまじ倫理の勝った美的理念を振りかざすより、食われることから守るという切実な動機は自然な精神的支柱として濃い共感を集め、熱烈な連帯意識を培ってくれるものなのだ。

だからこそ、サー・アンドルーはサウンダース卿の講演しめくくりの途中まで白昼夢にふけっていられた――なにしろ自分が用意した――ほぼそらんじた内容の講演だ。だがその瞬間、(目覚まし時計を止めたせいで目を覚ました人のように)サウンダース卿は独断で――切り口をちょっと変えた。おかげでのんびり夢の世界に浸っていたさなかに、短文たったひとつでサー・アンドルーの今まで寝ていた脳みそが叩き起こされて活気づいた――小型エトナ火山が大噴火前に活気づくように。さも無害そうにこんな水を向けられて。「いやいや」講演者がこころもち迎合をまじえた口調で、「わたくし、この件ではおよそ専門家とはとうてい申し上げられません。驚くほど若々しいミセス・ビートン（会場が穏やかに沸く）ですとか、彼女の悪名高い野ウサギ（大いに沸く）のことでしたら聞いておりますが（ミセス・ビートンはヴィクトリア時代の著名な料理研究家。著書『家事大全』は当時の主婦のバイブル）、そのウサギをどうやって土鍋シチューにするかとなると、とんと不案内でしてね（会場大笑い）。ですが、別にいいでしょう？　この午前の会場にはわれらが強い味方――会長がご臨席ですからな？　今寄せられたこの質問は単純明快ではありますが、われらが知恵の泉に解き明かしていただくほうが断然よろしいです。サー・アンドルー！　年の功にひとつお尋ねしてみましょう」

サー・アンドルーの目がごくわずかに見開かれた。髪の毛幅ほどうっすらと口を開ける。椅子の中で大きな頭をぐらりとのけぞらせ――まあ一センチほどかな。なんの――どんな質問だったか？　頭がまるっきり働かない。信じがたいが、例えば「会長、実際に協会が出した製品はどれですか？　うちの『菜食ソルボ』は？」などという質問は過去一度も出たためしがなかった。さらに輪をかけて信じがたいが、サー・アンドルーは協会謹製のどれがどんなものかをきれいに忘れていた。なにぶん大昔のことだから、真の天才が発揮されたあの作品の詳細を――夭折したジミーが仮説だけを頼りに練り上げ、いまだに現役で活躍中のあの魔法のレシピ、あの魔法の処方箋をこれっぽっちも思い出せない。この瞬間の彼は、「ソルボ（Sorbo）」という言葉と中身を別々にとらえることも、「ソルボー（Sorbeau）」ソーセージとの違いを列挙することも、洗礼者ヨハネとサロメの故事にならって、使い古しの魂を自ら大皿に載せてサウンダース卿に捧げることもできなくなっていた。いわば正面切って破滅ににらまれた正《まさ》にその時、うまい具合に気が遠くなったのだ！　ふうっと座席に倒れこんだとたんに縞ズボンやモーニングや爪留め真珠つきのネクタイは巨大化した無意識の前でちっぽけな甲羅程度に縮んでしまい、あとは気つけ塩まみれにされ、水で溺れそうになり、茶紙を燃やしてくすぶる煙であやうく窒息死しかけた。が——おかしな矛盾もあったものだが！——なんだか英国人離れしたやり口とはいえ、危うく難《セーヴ・ヒズ・ベーコン》を逃れたには違いなかった。

ミス・ミラー

Miss Miller

いいかげん息が切れたせいで走りながらむせび泣くのは難しくなり、亜麻色のおかっぱの幼女は足どりをゆるめて大きな栗の木陰へ向かった。そこで棒立ちになったのは、まっすぐ背筋の伸びた人にお目当てのベンチを占拠されていたからだ。完全な不意打ちに涙もどこへやら、泣き濡れた目をひたすらみはる。きゅうくつな軍人風ジャケットに風変わりな帽子のミス・ミラーのほうは、蛾が寄ってきた街灯みたいに全くの知らんぷりだ。

それでいて幼女の姿はちゃんと視界に入れており、なだらかな緑の芝生を越えて木立をくぐりぬけ、そこからまた陽だまりを通って木陰へたどりつくまでの危なっかしい歩みをじっと見守ってきた。見て見ぬふりは彼女一流のおふざけに過ぎないが、なぜかと理由を訊かれても説明はできない。長くさわやかな午前中に、ずっと背筋を立ててそのベンチにいるのはなぜかと訊かれても説明できないのと同じだ。巻物そっくりな美しい曲線の背もたれは、のらくら者が終日根を生やすのを明らかに拒む形なのに。

このおちびさんはミス・ミラーを見かけた覚えがなく、これまで意識したこともまずない。そこは確かだ。ただし双方がよく来るお気に入りの公園だから、ミス・ミラーのほうは気づいていてもおかしくない。彼女は公園の管理人たちと顔なじみで、おはようと声をかければ、皮肉めかしておどけた会釈でみんなが応じる。公園の門にいる象さんじみた巨漢の警官も——会釈後にまじめくさった顔で、手押し三輪に枯葉を積む清掃員にウインクぐらいはしそうだが。なにしろほぼ毎日の常連さんで、公園内のほうぼうに出没しては、気忙《ぜわ》しい鳥そっくりにきょときょと目をつけて観察したり、かと思うと今みたいに黒い目や鼻を鋭くとがらせて凜《りん》とした姿勢をとってコウノトリの長嘴形をした傘の柄に木綿手袋の片手を預け、野放図な永遠の夢うつつに溺れる間際の危うさを漂わせて景観用の池のきらめきに見入ったりしている。

ただし、あくまで「間際」だ。ミス・ミラーは手放しで夢まぼろしにうつつを抜かしたりしない。現実のほうが好みというか、そうなるように厳しく自制している——が、行き過ぎた現実偏重でもない。どんなに動きを止めていようが、風変わりな青ぶくれのへちま顔や黒炭みたいな金壺眼《かなつぼまなこ》がどれほどぼうっとしていようが、周囲で進行中のできごとは細大洩らさず見落とさない——わがもの顔でのし歩く食いしん坊のムクドリどもとか、さも大儀そうによたよたする艶やかなジュズカケバトとか、おしゃれな子守り女たち、小ぶりな金属握りのしゃれたステッキに軍用ゲートルの颯爽たる若い軍人たち、お行儀よく会話しながら砂利道を散策するか、ややお行儀よくないが木陰で内緒話をする紳士淑女たち、淡くきらめく水上に映る雪白のわが姿に飽かず見とれる白鳥たち、そよ風に果敢に向かうおもちゃの帆船、その船を池の沖合へ押し出そうと、中国のおじぎ人形のように小さな尻を向けてしゃがみこむ帆船の持ち主たちなどなど。頭上の枝でむら気にしゃべるスズメにまで聞き耳を立てていると、ひょろ長い足元では親戚筋のずんぐりしたスズメ一族が老若こぞって遊びたわむれ、ゴミ箱でもまたぐように恐れげもなく足をぴょいぴょい越えていく。その間ずっと、ミス・ミラーが別にもうひとりいて、この浅い池にとうとう流れこむ遠い水音に悲しく耳をすましているみたいなのだ。

そよ風優しい聖マーティンの戻り夏（十一月初旬に訪れる暑さを、十一日の聖人の祭日にちなんでこう呼ぶ）の朝、泣きべそかいた小さなお客さんは栗の木の天幕に入ってきて、かれこれ二分はこちらを見つめている。そこでミス・ミラーはふっと穏やかに、黒く鋭い炭斗《すみいれ》の目と長い鷲鼻をじかに子供のほうに向けた。

「おや、ロージーちゃんね」と尋ねた。「なにかご用？」

ただし尋問や詰問の語気ではなく、かといって迎合や大人ぶるのでもなく、目ぼしい情報を虚心に求めたに過ぎない。

「ありがと、なんでもないの」客人は応じた。「ただ見てただけ」

「わたしもよ」ミス・ミラーが言う。「べつに害はないでしょ？」

青いボンネットをかぶったおかっぱがやや前かがみになり、「わたしね」誰の気も損ねたくないみたいに周囲をはばかり、かろうじて聞こえる声で、「ロージーじゃない。ネラよ」

「おかしいわね」シルクハット風の帽子の陰から、ミス・ミラーが声を上げる。「わたしはミラー――ミス・ミラーっていうの。みんながそう呼んでる。

傘持つ者がひとりだけなら
座ればミラー　立てばネラ」

「そういうの、いっぱい作れる?」幼女が尋ねる。

「誰のためか、手持ちの言葉で足りるか、あとは語呂にもよるかな」と、ミス・ミラー。「そのときどきで合う合わないはあるから。でも、お次とその次とそのまた次の質問はね、ロージー、どうして逃げてきた?　誰の?　というか、正しくはこうか。誰から、からから、からくも逃げてきた?

うちのしつけじゃ人生で、どもる必要ございません
鵜《う》の目鷹の目ぬかりなく、文法こなせばすむだけよ

言いたくないなら無理して言わないでね」

女の子はこっそり後ろをうかがい、用心しながらミス・ミラーに戻した目をそらすと、こんな秘密を打ち明けた。

「新しい子守りがね」と話す。「ほんとのじゃないの、いつものばあやが具合を悪くしちゃって。今のは人でなしよ、大っ嫌い」

「ははあ」ミス・ミラーは傘の嘴《くちばし》をこれまで以上に握りしめて大声を出した。「人でなしか！　きっと足が四本あるほうね。あらあら、それで結局はバレちゃったの！　何てこと！　それならそれで、ロージー、あらかじめお察ししてあげてもよさそうなもんじゃない？　きっと他にどうしようもないのよ、わたしはそう思う。そんなふうに生まれついちゃったのね。だから、あなたは逃げてきたと。で、どうなりそう？　でも、どうにもならなくても認めて許してあげなくちゃね？

ほらそこに　目くらましかな
ちょうちょが一匹ひらひらと
そうやって巡礼しながらよくお聞き
よっぽど話がわかるよ、蜜蜂さんは！

でさ、あれはどうなの？　子守りたちよ！　何年も何年も何年もいるでしょう……あげくに、そら、ロージーちゃん、ただの『時』のせいでわたしたちとは別れ別れ。ここでいう『わたしたち』は、わたしとあなたね。じゃあ『時』は？　『くたびれ果ててボロボロ』以外にないでしょ。それだけよ」

そう言われた女の子はまたしても長々と全身を震わせて泣きじゃくりはしたが、今度の時化《しけ》は、嵐の前の大海原が泡をたてずに物々しくうねるのと大差なかった。

「やりたいことなんか、ひとつもさせてくれないの。だからいつか、うんと逃げてやる。そしたらパパにだって見つからないもん」

「かもね」と、ミス・ミラー。「特にパパはね、わざわざ目を向けるわけもないから。ねえ、お人形さん、たとえよく走れる脚力やスタミナがあったって、本当に『うんと』遠くまで逃げ切れるなんてめったにないの。どだい無理よ。『それが問題だ』ってやつね、よく気づくんだけど」

相変わらず小さな客人をしっかり観察しながらも、話の途中で、ちょこんと頭に載った帽子をわずかに震わせる。色白の幼い顔に、年齢不相応に多い悩みがありありと浮かび始めている。そう思うと悲しくなったミス・ミラーは気さくに笑いかけたが、笑顔というより渋面に近くなってしまった。

「さて、わたしがあなたぐらいの齢だから、かなり前だけど。自分からは逃げ出さないのが普通でね、わたしは逃げられてたほうだから」

「子守りはいなかったの？」

「三人ね」とミス・ミラーは言った。「黒と、黄色と、茶色がいて。かわりばんこにぐるぐる回ってた。だから大してよくなかったわ」

「よくわからないんだけど」

「わからない？　そういう場合は説明したほうがいいんですって。じゃあポリーちゃん、わかるように説明するね、わたしが小さいころは――きっかり百四十八年前ね、日曜を勘定に入れずに――超大きな豪邸に住んでたの――とんでもなく巨大なお屋敷よ」

「どうして？」

「それはね」と、ミス・ミラー。「神さまのお恵みで、そこに家があったからよ。屋敷といってもね、ポリーちゃん、いわゆる庭園とは名ばかりの、こんなだだっ広い原っぱに建ってるんじゃなくて」と、傘で景色全体をさっと示した。「あんなちっぽけなお池じゃなくて」と、湖水のほうを傘の先端でつつくようにして、「だけど川がね、かわいこちゃん、ゆーったりした、こーんなおっきな川がうねーっとあってね、そこからくしゅくしゅしたちっちゃい入り江があって、睡《すい》蓮《れん》だけがびーっしりと生えてたの。びーっしりよ。ぽんぽんぽんと三段飛びで向こう岸に行けちゃうの。それに魚が――跳ねてぽっちゃんぽっちゃん、アヒルはガーガー――ガーでしょ！　もこもこの羊もいてね、かわいこちゃん、鹿もよ！　群れてたわ、ぶちの毛皮にピョイピョイと尾を振って、何頭かは角があって、風車みたいな耳なの。だけどね、ポリーちゃん、指をひと振りしただけで、あっというまに全部いなくなっちゃうの！　それはそうと、鹿じゃなくて屋敷の話だったわね。窓がもう何百も何百も何百もあって、もちろん二階はとりわけ廊下だらけよ――次から次へと屋敷中につながってるの」ミス・ミラーはどんなふうかを正確に表現しようとするみたいに、黒手袋をはめた左手をいっぱいに広げた。「そうしてどの窓も――二つか――なんなら場合によっては三つずつに部屋か個室がついてて。個室ってまあ主にベッドよね。正確に何部屋あったかを教えようってわけじゃないのよ。間違ったっていつも直せるとは限らないし。でもよかったら想像してみて、その屋敷で窓越しに景色を眺めているわたしと、『他の家族』が『大広間』で宴会をしているところを」

「わたしの大きいお食事《ディナー》は」小さなお客が言う。「子供部屋よ。日曜は違うけど。その日だけはパパといっしょだから」

「大広間と食堂は――大体同じね」と、ミス・ミラー。「お付きの召使で名前が変わる。でね」と、やや力をこめてベンチ回りの砂利を片足で踏みしめ、「そういった部屋の窓からだったの、初めて逃げだす『それ』が見えたのは」

「逃げだす何が見えたって？」

「それはね、いい子ちゃん、わたしじゃ絶対にこれって言えないものよ」ミス・ミラーはまるで止まり木のオウムみたいに、長い鼻と帽子のつばを女の子のほうへかがめた。「逃げるものがいて、逃げられたものがいて、その距離が魅力ある景色を作るの。わたしに言えるのは、どうやら自分には逃げてほしくない物だか人だかがいたらしいことだけ。それにあの輝くお月さま！　なにもかも、あの詩の通りよ」と、またしても暗誦にかかった。

「梢《こずえ》は白銀に葉を煌《きら》めかせ
露芝は霜立つ如くに重く
月はひとりでただ照らし
われは窓辺でただ見入る

今『見入る』とは言ったけど、ポリーちゃん、じろじろ見たんじゃお月さまに失礼よね。けどまあ、理髪師さんが言うようにお行儀はいったんおいといても、あの窓からじゃ見えないでしょ。どうしてかって？　見えないところに行っちゃったんだもの。わたしたちが今いるのはそういう見通しのきかない場所なの」

「どのへん？」と女の子が尋ねる。

「そら、そこいらへん」ミス・ミラーが言う。

「それからどうしたの?」

「そこなのよ」と、ミス・ミラー。「あなたならどう? 答えはね、『あれ』とまったく同じことをしたの。脚の速い馬で走るのと同じ速さで、次へ——また次へって調子で最後の窓までね。小さな窓ばっかりでね、どれもこれもてっぺんが丸くて——ええと——小さいガラス板がはまってるの。でもだめね。だめ——わざわざ繰り返したのよ——ちらりとも見えなかった。こう言っちゃなんだけど」と、これまでになく顔を長く伸ばして、大まじめに続ける。「なにも小さい寝室全部にベッドや洗面台や衣裳箪笥まであったなんて言う気はないのよ。ごめんなさいね、でも本当に見てないの。けど、出入りはした、入っては出たし、もちろんまた出てきてっていうのをそこの部屋全部でやり、屋敷のうらおもてを二周して廊下も一度だけ数えるうちに、いつの間にか元の場所に戻ってたとは言える。だからね、ちっちゃな紐結びちゃん、早い話がそれ全部をやってのけたの。うまいこと間に合ったわ」

ミス・ミラーがそこで大笑いするものだから、紐結びちゃん呼ばわりされた女の子さえ開いた口がふさがらなくなり——笑うからではなく、新しい知り合いに気をとられ、ついつられてしまったせいだ。

「それで?」と尋ねる。

「ああ、それでね」とミス・ミラーは木綿の手袋をはめた人差し指で、思い入れたっぷりに鼻筋をゆっくりなぞり、色あせた黒手袋の先がもう片手と直角になるように合わせた。「そこで――やめといたの。そしたら向こうもやめた。そういうのを双方向って言うのよ、お人形さん。だいたいそのころ、うちも越さなきゃいけなくなって――一家そろって。浮いて沈んでまた沈みって調子よ。それで、あの、その――なんだ――召使全員にひまをやって。そうするのがいちばんだったの、そうは思わない？」

ネラはうなずいた。

「ホーホーホーと鳴くフクロウ
すぐ来るかい、じき来るかい
お日さまなんか恋しくないよ
お月さまさえお顔を拝めれば

そういう」と、ミス・ミラー。「詩なの。でもねえ、ポリーちゃん、舗装道路の幽霊たちや、カタツムリが這《は》った跡の銀の筋を見たことあればねえ！」

「うーん」と、ネラ。「カタツムリはあんまり好きじゃない」

ミス・ミラーはこの客人と意見が全然折り合わなくても、生理的な嫌悪感はこれ以上ないくらいわかるというように満面の笑みを向けただけだった。「そういう人もいるわね、それはそう」と、もろ手を挙げて受け入れる。

「東へ行こうが西へ行こうが
おれのこだわりは、と船乗りが言う、正直が一番さ

でも、さっき言ったように」と、あわてて続ける。「夜露で濡れたり、カタツムリもいたかも。でも、それ以外はどうってことなかったわよ。『あれ』があらわれて消えた時はね、小鳩ちゃん。だから、『あれ』ってどういうものかと尋ねられれば、『若さ』と答えるべきね——ちょうどあなたとわたしみたいに、片方にはあるけど片方にはない。だからあの件では子守りたちもすごく頑張ったと思うけど、初めのほうが終わりよりはるかによくなりがちなの」

こんな突拍子もないことを言いながら、鉄の猫脚に巻き上がった背もたれつきの砂利道のベンチにしゃきっと座るミス・ミラーを、幼女はつくづく見ていた。とんがった大きな実をつけた栗の木が、頭上で扇のような葉っぱを広げてくれているおかげで、木陰ははっきりと涼しい。葉っぱが放つ乾いた香りに、日にあぶられた草の香りが混じる。遠くから漂う、初秋ならではの焚き

火の煙くささがなんとなく眠けを誘った。

ミス・ミラーはひとりきりでないのをしばし忘れたふうで、幼女のつぶらな青い目で頭から足の先までじろじろ見られてもお構いなしだ。

「今も超大きな豪邸に住んでるの？」間もなくネラがたずねた。

「ううん、全然」と答えながら、ミス・ミラーの黒い目はどこか遠くを見ている。「でも、いわゆるエリマン家の作るお薬から隠れるには、壁が四方にあればいいの。床と天井は別よ。広くたって、どうかなるもんじゃなし」

「だけどね」とネラ。「さっぱりわかんない。見えない何が、いつ、そのちっちゃい窓をいちいちなぞって逃げてったのか」

ミス・ミラーは針でつつくみたいにして、今の発言に含まれたかすかな曖昧さを検討した。

「『何』ってもっというと？」と相槌を打つ。「さあ、わたしにも。でもね、ずっとあそこにいてもあんまり気づかなかったし、消えた時に風に逆らって嘆きながら上下に進んでったのも、いいことでもないし適切でもないじゃない。どっちのほうがいわゆる筋が通るかしらね、ロージーちゃん。それにさっき話したでしょ、うちは越したのよ。五十五から十七を引いたらいくつ？」

「たぶん」ネラは長いことかかって、「三十いくつのはずよ」

「ふうん。じゃ、わたしが最後に『塔』にあがってから、あなたに言わせれば三十いくつ年たったのね」ミス・ミラーはいきなりかがんで、右手の指で左足の爪先を押した。ちょっと表情をこわばらせ、びっくりしているらしい。

「爪先のそのこぶ、痛い？」女の子が礼儀正しく尋ねた。

「たまにね」ミス・ミラーがせいぜい深みのある声を出して、「今いちばん頑張ってるかな。まめ《バニオン》って言うのよ。もちろんジョンじゃないし（『天路歴程』の作者ジョン・バニヤンにかけたしゃれ）、歩き回るからできるんだって。でもねえ、いい子ちゃん、これでもだいぶ慣れたのよ。それで『塔』の話だったわね。ここはぜひわかってほしいんだけど、うちのお庭にあったの。言ったら庭のど真ん中にね、ロージー。次に越した場所のね。お庭がふたつもあったから。だけどさっき言ったように、こんなんじゃないから！」と、またしても傘の一振りでパノラマ図を描いてみせる。「今言った『塔』は東向きでね、想像してくださる、最高級のまっ白な大理石なの。象牙と変わらないわね。ローリー・ポーリーのジャム・プディングみたいだけど、こっちはもっとピンクがかってて、言ってみれば、ずっと締まりがない感じ。塔のてっぺんは胡椒《こしょう》入れみたいな格好で、やっぱり大理石なの。尖塔《あたま》も翼棟《つばさ》も正面《おかお》もあって、のぞき窓にお花みたいな形の穴が開いてて、それ全部が石なのよ。めちゃくちゃ頑丈よね。それに——」言葉を切り、自分の足先を見おろして——「ツゲの森の中央に立ってるって言わなきゃだめかな。大好きなアルフレッド・ロード・テニソンに言わせればこうよ。

そちこちに点を打つ糸杉が、
蒼天にひときわ黒々と、
はたまた黒く点在するはさらに古さびた
その名もイチイなる木なり

ツゲの森のただなかよ、ロージーちゃん。何マイルも先から見える――つまりね、ごめんをこうむって言うと、ちょっと見つけにくいの。さて、ある朝わたしはその塔に登ってね、小鳥はチュンチュン、キリギリスはジリジリ鳴いて、ヒバリはお空でさえずり、かんかん照りのいいお日和でね。らせん階段を見上げたら――コルク抜きってわかるでしょ、お嬢ちゃん――ねじってキュッとひねればポンと開くやつ?」

ネラはぽっちゃりした小さな人差し指をかかげ、上向きにぐるぐる回してみせた。

「そう、それそれ。いちばん上のぐるぐるにさしかかったら、もう心臓がね、もう二度と見に行かなくてもいい！　って感じよ。というか、まあそんな感じ。とにかく似ていて、どれがどれだか見分けがつかなかったからね。最初はね」

「『あれ』はその時どうしてた?」

「いつも通りよ」とミス・ミラーは軽く言った。「逃げ出そうとしてた。なにもかも古い歌そっくり」と、本当に歌ってみせたが、当人なりの体面を考えて、栗の木陰から洩れないように声量を抑えたものの、時々は自分でもずいぶん大きいなと思うぐらい朗々たる声になった。

「その喜び思い、いーさーかいをー、
あーなーたーに歌いましょー
人によってはじーんせいと
人によっては愛とー呼ばれる

で、もちろんのぼったわけよ。ぐるぐるどんどんの末にとうとう上に出るまで。でも、あれのいた形跡はどこにもなかった」

ミス・ミラーは秋のはかない空気をうんと深呼吸した。まるで思い出のきつい階段上りから回復しようとするみたいだ。だが、ネラはずっと立ったままだった。

「わたしなら、言わないかもね」幼女の新しい友人は小ずるそうに、「いたかもしれない痕跡がほんの少しもなかったなんて。だけど、その時はいなかったの。なにもかも静か過ぎて、アザミの冠毛だってむしゃむしゃやれたわよ。うーん、そいつが寝てる間にどこかへ移されたのかなあ、ちょうどわたしが階段の上にたどりついてバルコニーに出た瞬間に。だからね、また別の言葉にすると、まだまだよ」——と、不吉なホップ乾燥小屋の屋根みたいにげっそりと長い顔を幼女に向けた——「全部ズルだったの、なにもかも。

だめだめ、パパ、お受けできません。わたしはね
王子さまでなくっちゃ、お嫁に行ってあげないわ

ハートの女王からスペードのエースまで、カードが残らず表に向けてあったら、ズル呼ばわりはされるかもしれないけど、ロージー、たとえ見えてもわたしは絶対見るもんですか。きつい言い方になっちゃったけど、できれば許してね。

さて、あなたが『あれ』というあれだけどね、結び目ちゃん」ミス・ミラーは考えこんで続けた。「何の話をしているのか、たぶん二人ともよくわかってないでしょう。つまりね、わたし、わたしたち、『あれ』が、何年も何年も毎週月曜、水曜、金曜日にたっぷりの夕食とふかふかのベッドをあてがわれて夢に見るような結構なしろものであってもね。火曜と木曜と土曜は安息日の日曜も含めて心置きなく忘れましょう。でも、なにもいばったりするまでもないわ、これっぽっちも。

来るなら来るし、去りたきゃ去れ
それよりしかたがないものもある
ならばなぜそんな悟達の境地に至れるのか
これだけ公正めざしてあがいているのに？

話についてこられてる？」

ボンネットからのぞく、ぱつんと切った淡い直毛の下で、小ぶりな眉におさまったつぶらな目がゆるぎなく見返す。やがてネラはうなずいた。

「その通りよ」ミス・ミラーはヘイスティングズの戦い（一〇六六年、ウィリアム征服王率いるノルマン軍がアングロサクソン軍を撃破）の勝者そっくりに会心の笑みをもらすと、傘の尖端を足元の砂利にぐさりと突き立てた。「その通りよ。それからというもの、『あれ』はあなたとわたしと門柱の間にずっといるの。わかると思うけど、ここの草地や、ここの人たちや、このあたりの木にももれなく。座るでしょう、見るまでもなく『あれ』が近づいてきて遠ざかるのがわかるの。うちにいた者たちは散り散りばらばらになってしまって！　実際だれにも信じてもらえやしないわ、ロージーちゃん、屋根裏部屋のちっぽけな窓、もちろん四角い、というか長方形の窓辺にゼラニウムやモクセイソウの鉢があって

――庭の手入れをする若い人にはうんと礼儀正しい人もいるのを言っておかなくちゃ――屋根の上に何百万も突き出た、思い思いの形や大きさや臭いがする煙突の通風管や、そよ風にかすかなうなりを上げる電線や、下の騒音やら――うーん――臭さは言わずもがな、たった二ペンス半の支払いに小銭の持ち合わせがない大家さんとか――ねえ、だれが信じてくれる？　それでも残るものは残る、なんて？」

「煙突の通風管に？」

「煙突の通風管に」

「煤がうんとあるでしょ？」

「冬はね」とミス・ミラー。「夏は少ないけど」

「つまり、『あれ』は全然見えないって話なの？　今でも？」おかっぱの小さな客人は心配でたまらないという顔をした。

「そうなのよ、これっぽっちも。だけど、気配は千回に一回の割でわかるかな。じゃ、これ見てみて」ミス・ミラーは腕からぶらさげていた古い革の化粧道具入れをちょっといじって、どうにか開けた。「これよ、見てて」

ネラが深いため息まじりに一、二歩ほど遠慮がちに寄ったところ、この変わり者の友は手袋の指で長い枝つきのドングリを一個出した。「それね」ミス・ミラーはドングリをくるくる回しながらおもねるように、「これはドングリよね、まちがいなく。これまで――ジョン・バニヤンは別にして――生まれてから、本当にしっくり合うものを見たことある？　ドングリの帽子と実が、つまり、『ドン』と『グリ』が、とうとう自分を抑えられなくなるまで何年も何年も待ち続けてきたみたいに。でね、ロージー、ちょうどそこの親木の下を歩いてたら――この帽子にぽとんと落ちてきてくれたの、一時間もたってないわ。言ってみれば青空から降ってわいたのを見て、わたしは何て言ったかしら？　こう言ったのよ、よく見なさい、ミス・ミラー、ぴったり合ってるぞ！

琥珀《こはく》は山ほどあるでしょう
珊瑚《さんご》も一枝ありそうです
ですが奥様、お忘れめさるな
くれぐれも人の道だけは片時も

そうだったわね、ロージーちゃん。時計が正午を鳴らすころには『塔』の上にいてね、夏たけなわで――盛夏って言うほうが好きだけど――ツゲの森でさえずるナイチンゲールが聞こえたわ、もちろん、とびきりいいおうちなら夜に来る鳥だけど、ここで詩的になるのは禁物ね。あらあら

──あなたのほっぺも涙がすっかり引いたわね──わたしのほうは、あのことを考えただけでバケツ一杯は泣けるんだけど──ぴったり合わなかったのも理由にしてね──ここみたいに公共の場で泣くのがみっともなくなければなあ」

ネラはじっと相手を見守り、大粒の涙がひとつぐらいは頬をつたってこないかなあという顔をしていた。もしかしたら、あのとんでもなく長い鼻の真横を流れたために見えにくかったのかも。ところが当のミス・ミラーは泣くどころか、栗の木陰で小さな客人にあの鼻を横向きに見せながら、前にもまして懸命な笑顔を向けていた。

「さてと」と言う。「スージーちゃん、これはあげるかわりにわたしのバッグにしまっちゃうわね、もめたりするといけないから。本当を言うとこれは植えるつもりよ、鉢植えにしたら葉っぱが二、三枚出てきて枯れちゃうわ。そういうものなの、お嬢さん。来たわよ」細い眉を両方ともつりあげ、「また行っちゃった。だからさ、どうして、どうして、そんなことで大げさに騒いだりするのよ?」

栗の天蓋のさきの広い草地を折に触れてそれとなく哨戒中だったミス・ミラーのとびきり注意深い目は、「来たわよ」であたふた近づいてくる敵を目ざとくとらえた。

「騒ぐの? とんでもない」力をこめて、「わたしたちから品位を落とす気はみじんもございませんよ。おっそろしい子守りがみっともない灰色の長い仕事着に小ざっぱりしたボンネットを合わせてさ、今この時も西部の大草原のバッファロー顔負けにのしのしやってくるのよ、ふるふるごめんだわ。騒ぎはまっぴら、冗談じゃない！　なにもプライドばかりが歯止めになるわけじゃなし。え？　何か言った？」

ネラは大急ぎで振り向き、小さな頭をそっちへ向けた。

「もうバイバイって言わなきゃ」ネラはまた友人に向いて、少し薄情なほど淡々と伝えた。「子守りが迎えに来たの。もうじきお昼飯《ひる》だからでしょ。じゃあね」

「お昼飯ね」ミス・ミラーは楽しそうに大声で応じた。「いいじゃないの。わたしは現物が目の前にないと気づくまではめったに考えたりしないけど。それにね、『長い道のりに紆余曲折はつきもの』って言うじゃないの、結び目ちゃん。あ、これ、べつに食道の話じゃないのよ」

川にかかった橋の脇にある花模様の石の大壺までくると——散歩中に何かにつけガミガミまくしたてる子守りの声はいいかげんに聞き流しながら——ネラは後ろを振り向いた。だが、栗の木陰のあのベンチは無人となり、ついさっきまで人がいた気配もない。

ただしその瞬間なら、草地の木のどれでもあっさり隠せたはずだ。いくらあんな鼻がついていても、あれほどひょろ長く痩せこけた人ひとりぐらいなら。今しがたの風変わりな人とのやりとりでネラの小さな頭はいっぱいになり、ぜんまい人形よろしく危なっかしい足どりで景観用のあの池を飛び越えようとする矢先に、子守りにぐいと腕をつかまれた。「そらそら、足元に気をつけてよ、このいたずらっ子！　お家に戻るまで待ちなさいってば、お嬢ちゃま。んもう、でもこれだけは聞いてもらいますよ！　ちゃんと――聞きなさいってば！」――などと怒られても、子供の顔はみじんも動かなかった。まるで無料開放の授業をひとつ受けたら、「悟達」に至った人に限りなく近かった。

お好み三昧——風流小景

The Orgy: An Idyll

水曜日の午前中、メーデーのロンドン――さらにウエストエンドとあって、軽やかに行きかう人々は活気に満ちてきらびやかだ。馬たちまで日曜の盛装でおめかししている。満艦飾の花束やリボンやロゼット結びで飾りたて、これから結婚式――おそらくは労働と資本の婚礼か――にでも繰り出しそうに賑々《にぎにぎ》しい。人はというと、目抜きの広い歩道がすし詰めだ。もちろんまだ午前も早いので――漆黒のシルクハットやパールグレイのホンブルク帽も人波にちらほらいるが、それよりもアルプス山間部の盛夏を彩る蝶もかくやの華やかな女性連が圧倒的で、さなぎを脱するヒメアカタテハのように小型ランド馬車からしずしずとお出ましの貴婦人たち以外にも、世界各地やロンドン郊外からこぞって集結した数千人が、青や、茶や、まだら模様や、黒や、渋黄色や、くるみ色や、乙女ピンクに装いを凝らしてあっちでもこっちでも押し合いへし合い、目をぎょろつかせて舌をさかんに舞わせながらもおおかたは路上に目もくれず、沿道の美しいショーウインドウの目もあやな商品に魂を奪われていた。マネキンの肢体や笑みをたたえた顔の多くはまるで生きているようだが、沿道の女どもの活気には及ばない。

閉じた雲を必死でかきわけてのぞくぐらいだから、お天道さま自身はこの大群衆をほほえましく思っているらしい。未来を担う世代にお気がね無用とばかりに、子守り女たちもめいめい乳母車を押して舗道を練り歩き、えくぼを浮かべた大事なお預かりものを、絹の日よけとおくるみの陰でぐっすり寝んねさせるかたわら、チビたちにはほうぼうでムクドリそっくりの歓声をあげさせている。

教会の時計だろうか、十時を打つ音がかろうじて聞こえる。屋根のはるか上から見おろす太陽が滑らかなアスファルトや壁をまばゆく照らすせいで、そこらじゅうが夜のうちに水晶の薄膜を張って凍った海水をかけたみたいにキラキラしている。見渡す限りだれもかれもが、時ならぬ短い好天にうんと羽を伸ばして盛り上がっているらしかった。だれもかれも——ただひとりを除いて——哀れなフィリップ・ピムだ。

どうしてそうなった？　若いのに——見るからに若盛りで、美青年の代名詞アドニスと並んで歩けば親類で通りそうだ。身なりもいい。硬めのフェルトの小さな丸帽——おなじみのマーキュリー神の帽子になんだか似ている、翼はついてないが——から、垢抜けたブローグシューズに至るまで隙はない。しかもピンクの頰に髪も眉もまつ毛も生まれつき亜麻色のブロンドで、絹糸のような眉やまつ毛は一見すると目立たないが、見直せばはっきり美しい。苦労とは無縁そうな若さをたたえた顔は、人を傷つけたことも傷つけられたこともなさそうだ。

ああ！　残念ながら、人とはまことに見かけによらない。フィリップは、自分そっちのけで蜂の巣をつついたような賑わいにうつろな目を向けていた。その一、今日は丸ごとぽっかり予定がないのに、どうやって時間をつぶせばいいかわからない。その二、それもこれもつい昨日の午後に、専用の腰かけを与えられて毎日通勤していた銀行の支店長から、元気でなと握手されて――ひまを出されたせいである。当行としてはこれ以上、フィリップをずるずると雇い続けるわけにはいかず、深く遺憾ではあるがときたもんだ。なるほど、欠員が出れば困るだろう。そこは実にごもっとも――ではあるが、出されたほうは困るどころではない。

ありていに言えば、フィリップはポンド・シリング・ペンスの合算すら正確にできない。しかも9と書けば7に見えることがよくあり、5は3とまぎらわしい。業務内容は「ただの足し算」でほぼ間に合うのだから、伯父のクランプトン・ピム大佐が銀行きっての体裁屋の重役と知り合いでなければ、また、かなりの資産をずっと預金していなければ、一週間もせずにお払い箱だったはずだ。フィリップにチャンスを与えてくれと、重役のバンブルトン氏に口利きをしてくれたのは伯父だった。だが――マンクス猫のように――しっぽのないチャンスもある。フィリップのがそうだった。

そこはそれ、ピム大佐が甥を早くからまともなパブリック・スクールにやっていれば、今ごろ単純計算なんか余裕でこなし、集計に寸分の狂いもなかっただろう。物事の明るい面を見るのはいいことだ。が、あいにくフィリップは小さいころあまり丈夫ではなく――未亡人だった母親にそう思われて――私塾へやられた。そこの数学教師はブラウンといい――代数にやたらこだわって算数の基礎なんか眼中になく、授業そっちのけでタイムズ紙に読みふけるような先生だった。「足せばいいんだよ、足せば」が口癖だ。「足したら答えを見なさい。合ってなければやり直し」

浅知恵と言ってしまえばそれまでだが、子供時代のフィリップは、いつか事務の腰かけで日がな一日過ごすなんて夢にも思わなかった。そうと知っていれば、答えばかり見ずにちゃんと勉強していただろう。とはいえ、伯父はうなるほど金があるのに嫁のきてもないような人で、甥はフィリップひとりだ。ならば「夏の夜の夢」ではないが、野生のタイムが生い茂る堤《バンク》をさておいて他の銀行《バンク》に目を向けるいわれはないだろう?

学期が移り変わるにつれ、フィリップは「やればできる子」と言われながらも落ちこぼれていった――読み・書き・算数の中でもことに最後が壊滅的で、いわゆる長期休暇の補習にこんなお題を出されたものだ。(a)ニシン一本半が三ペンス半とすると、一シリングでニシンは何本買えるか。(b)レンガ一個の重さがちょうど一ポンドとレンガ半個分なら、重さはどれくらい?(c)モーゼがファラオの娘の子なら、娘の何にあたるか。(d)伯叔父も兄弟もいない人を何と呼ぶか。フィリップが連日の午前中に劣等生の紙帽子をかぶって、ちびた鉛筆でせっせと出す答えはほぼ毎回、(a)十八本、(b)一・五ポンド、(c)弟、(d)自分、ときて、ピム大佐はどんどん怒りっぽく邪険になったし、それでなくても昔から短気なたちだった。

しかも伯父は叱責中にフィリップの白黒チェックのズボンをハンカチで叩くものだから、だれだってよけいに身構えてしまう。とうとう甥をブラウン先生のところから引っぱがして、かわりにオックスフォードのクライスト・チャーチかケンブリッジのトリニティ・カレッジか、はたまたもっと退屈な片田舎の三流大学に鞍替えさせるのを取りやめ、まずは（世界一周かたがた大型動物狙いの狩猟旅行に出る前に）、大佐の長期不在をもっけの幸いと喜ぶような家庭教師に丸投げし、戻ったら戻ったで師弟ともどもずっと野放しにしたのである。

やがて青天の霹靂《へきれき》が訪れた。夜まで続く冬晴れが確実な、二十一歳の誕生日を迎えた静かな朝、伯父からの手紙が届いたのだ。喜んで開けて読んでびっくりだ。言葉足らずでわかりにくい書き方だが、おまえに「役職」（実際は腰かけ仕事だが）を確保してやった、そこで十二ヶ月踏みとどまらなければ、一シリングをくれてやって絶縁するとだけあった。

味気ない日々を辛抱して二ヶ月半はどうにかしのいだのに、腰かけ仕事はさっさと過去になって忘れ去られたばかりか、おおかた大佐はいつもの調子ですぐさま言葉通りにやるだろう。だから、この人でにぎわうまばゆい五月の朝に、おもてを何となくぶらつきながら、屈託ない若者らしさとは無縁の心境になっても無理はない。幸せ気分に――こぞって浮かれる周囲とはうらはらに――なれる材料とてないが、朝食前にほんのささやかなツキにひとつだけ恵まれていた。

ロンドンの下宿の寝乱れたベッドで目をさました拍子に、銀行員用のストライプのズボンと黒ジャケットとジレが目に入ってげんなりする。衣裳簞笥《だんす》がわりにしている木目調の食器戸棚――仕事熱心な仕立屋のせいで相当いっぱいになっている――から、イースターからこっちご無沙汰だった晴れ着を取り出して着ることにした。おかげで、ボタンをかける途中でかすかな口笛が出てくるほどに気分が戻っていたが、たまたまジレの上ポケットに入れた親指が――ソヴリン金貨に当たった時の喜びようはご想像いただけるだろう。しかも質のいい一枚――マントをひるがえした聖ジョージとドラゴンが片面に、エドワード七世の頭部――入浴中をデザインさせたみたいに、スパッと首から上だけを切り取った絵――がもう片面にある。これは何ヶ月も前にチャールズ伯父――母方の伯父で、その後パリで客死――がお小遣いに五枚くれた金貨の最後の一枚だった。他のポケットに入っていたのはしめてたったの七ペンス半だから、この金貨は――なぜ忘れていたのかは自分でもさっぱりだが――大朗報だった。

さて、フィリップは真剣な金の悩みを経験したことがなかった。いつも、金というとニシンやレンガ半個がついて回ったせいだろうか。シャレにならない金欠を知らなかったせいだろうか。さらに、銀行の腰かけの真向かいにかかっていた古い絵のせいもある。石炭入れそっくりの器からざくざくとスコップで金をすくい出し、ピカピカのカウンターにぶかっこうな山積みにしてからラードやグルコースなみに真鍮のはかりにかけるという、見ているだけで金のありがたみが薄れる絵だった。ところが、金を遣うのは大好きときている。エデンの園で、幸せな鳥たち——アカヒワやチョウゲンボウやミソサザイ——と一緒にいたころのアダムのように、フィリップは金に羽が生えて飛ぶのを見て楽しんだ。この点は伯父と正反対だ。

クランプトン・ピム大佐は金が大好きだった。ファラオがピラミッドで大喜びしたように、蓄財の積み上げに大喜びし（もちろん口には出さなかったが）、いきおい散財を忌み嫌った。そのために（他のためもいろいろあるが）——ゴルフクラブ、狩猟用の靴、カバのひづめのインクスタンドなどを別として、物へのこだわりがほとんどない。物を買うという行為自体をこれっぽっちも楽しいとは思わなかった。

たしかに伯父はチェルトナム近くに豪邸を構えており、家具はふんだんにあったが一八六〇年代ぐらいに購入した実用本位の品ばかりだった。豚革張りの超大型椅子、古びてもがたが来ず、虫でも歯が立たない無垢材のテーブル、巨人仕様のベッド、アッシリアの石棺に酷似した衣裳簞笥、王族総出で鎮座してもお釣りがくるオットマン・ソファ一式。「装飾品」はおおむねインドのヴァーラーナシー産だ。

そこへいくとフィリップはとにかく遣うのが楽しく、そんな邪魔っけな家具調度品にはハチドリが血入りプディングに感じて当然の相容れない軽蔑しかなく、伯父とはどうにも反りが合わなかった——いくら金を持っていても。それに——伯父が人に好かれる要因など——金の他にありえない。わずかな血のつながり以外におよそ共通点のない二人だった。しかもそんな血縁など、大佐のほうはとうに火にくべてしまいかねない。

ポケットにしまったチャールズ伯父のソヴリン金貨を指で確かめながら、不遇なフィリップが何となく歩いていくうちに、世界中の品々をよろず取りそろえた――白象から曲芸するノミまで、船いっぱいのココナツから錫《すず》メッキの鋲《びょう》まで大小さまざまに――巨大デパートのひとつに行き会った。ここは伯父「御用達」の「店」である。いつもの習慣で、フィリップは来るもの拒まずの階段をのぼり、大きなゴムマットを踏み越えて店内に入った。

そうして無事に入ったとたん、今度は無事に出る算段を思案にかかる――虎の子のソヴリン金貨をわずかでも温存して生還する作戦だ。昨夜未明にいやというほど思い知ったのだが、使えるものは無尽蔵の暇以外にほとんどない身の上だから、なけなしの金は熟慮の上で、爪に火を灯しながら使うしかない。

けさの朝食は下宿のおばさんが出してくれた黒焦げニシンのチコリ添えを横目に見ただけなので、まずは大きな金ぴかのリフト、重役連はエレベーターと呼びたがるあれでレストランへ行った。空席を勝手に見つけ、丁寧な物言いでウェイトレスにミルクと菓子パンを頼む。大事に飲み食いしながら周囲の人々を眺め――周囲が本当に人であればだが、むしろ教会用品やスポーツ用品や地方特産品や骨董や輸出品や鋳鉄製品を扱う各売場の宣伝用自動人形《オートマタ》に見えた。

ミルクの初めの一口で、伯父にささやかな餞別《せんべつ》でも買おうかという気を起こした。そうしたほうが優しい甥という感じはする。二口めで、大佐なら、ビロードの喫煙帽か真珠貝のカフスボタンを添えるよりも手紙だけにしておくほうが無難かなという気がした。で、菓子パンを食べ終わるころには自分用にちょっとしたものを買おうかという気になっていた。でもいくら考えても(予算一ギニー未満では)、大好きなチャールズ伯父を偲《しの》ぶに足る品を思いつかない。だから、そばかすのウェイトレスへのチップとして手持ちのバラ銭の十五分の七を皿の下に忍ばせ、残った四ペンスでお勘定してのんびり階段をおりた。十時十九分だ——まずはじっくり見て回った上で決めよう。

空腹は感覚を研ぎすますというが、神経を苛立たせるきらいもある。だからその日の朝食がそこまで貧弱でないか、不足分をランチで補えていれば、フィリップはこのすてきな五月の午前中を若者らしく戸外で過ごしただろう——大英博物館やナショナルギャラリーやウェストミンスター寺院に詣でたかもしれない。とにかく、あたらはかない人生で、正午までというつかの間を、恐怖・恥辱・歓喜・驚きで何度も死ぬような目に遭わなくてもすんだはずだ。絶対あんなはずは……だが、そっちはおいおい話していこう。

特に当てもないこういう時に限って、いつもの習い性が顔を出す。数ある中でいちばん気に入っていたのは、伯父の代理でおこなう「商品」注文だった。大佐はひどい字の手書きで週のリストを二枚郵送してくる——一枚は「切らした品」リスト、もう一枚は先週「届いた品」への苦情一覧だ。フィリップはこの二枚を武器に、これから館内一巡に出発する気だった。一枚めのリストは地味だが、続く間は楽しめる。二枚めに伯父が書いてよこしたきつい苦情をそのまま右から左へ売場係や平社員に伝えるのは平にごめんこうむり、外商部にいる宿敵のサー・レオポルド・ブル用にとっておく。サー・レオポルドは毎週の面談のたびに激怒と屈辱を味わっているかもしれないが、おくびにも出さない。ピムの名は大株主として外商部では重みがあるし、大佐はなんだかんだで要望を必ず通した。たとえば、「味に深みと華やかさがあり、澄んだ水色の」セイロン茶の大箱、狩猟用ステッキ（やたら重いブラグルスドンの仕込み杖タイプ）、結婚祝いに二重スプリングの純銀ブラーミン錠がついた、タンタロスと呼ぶ木製ケース入り一クォート用デカンタセット、サゴでんぷん百ポンド、キューバ産の両切り黒葉巻千本、だめもとの打開策を――といった調子だ。

この「注文日」は、最近のフィリップの生きがいだった。帳簿とにらめっこ中でも、頭の中は「馬具売場」や「スポーツ用品」のことばかりで、水曜が待ち遠しく――渇望していた。銀行時代の最大の悩みは、数字の9や3の問題はさておき、伯父御用達デパートの定休日が土曜午後と日曜だという点にあった。だから、デパートへ行って趣味にどっぷり浸れるのは平日の昼休みの一時から二時に限るので、不完全燃焼を起こすこともしょっちゅうだった。もちろんピム大佐の注文品がいかにも少なくて、ずいぶん偏っているのも困りものだった。それ以外は、おそらくインドの太陽に当たりすぎて蒸発してしまったのだろう。だが、フィリップにとってはどんな買い物でも、お使いの用がないよりましだった。

それなのに、この喜びとも訣別《けつべつ》の時がきた。こちらの井戸は涸《か》れたのだ。サー・レオポルドの完勝だった。

ふと気づけば、皮革かばん類の売場に迷いこんでいた。革は本当にいいが、ここは革製品だらけで、世界一太った男ダニエル・ランバートの死体を入れられそうなトランクから、何も入りそうにない名刺入れまで大小さまざまな革製品が網羅されていた。やぶからぼうにシガレットケースを買いたくなる。エナメルか純金か象牙製かべっこうかトカゲ革かサメ皮が好みだが、なんなら純銀かスエード製でもいい。だが、どれもこれも高い。買えそうなシガレットケースを夢見る目で物色するうちに、「紳士用化粧ケース」にたまたま目がとまった。

豚革張りで、レンブラントの「解剖学講義」中央の死体と違い、くまなく見えるように中身を残らず外に並べてあり、ぎょうぎょうしくない銀蓋の壜類、石鹸入れ、歯ブラシ、ポマードなどの整髪料、靴べら、ブーツのボタンかけ、象牙のペーパーナイフ、ヘアブラシが「一式揃い」の誂《あつら》えセットだ。ほんのしばらく思い巡らすうちに、フィリップの体内になんともふしぎな感覚が戸惑うほどふつふつと沸いてきた。そこでカウンターに近寄って値段を尋ねた。

「お値段でございますか？」と応じた売場係が、かばんの持ち手に糸でつけてあった定価の紙札をちらりと見た。「こちらは十七ポンド十六シリング六ペンスになります」

ブーツのボタンみたいな目の太った小男で、鼻息がほんの少し耳につくなあとフィリップは思った。

「ふうん」と、空とぼけてうそぶく。「ありふれた品のないかばんで、面白みはなさそうだ。ちょっとつまらないかな。何かもう少し——平凡でないのは？」

「もっとお高い品をお探しでしょうか？　はい、それはもう。これはただの定番品で——『大執事』ですとか『地方の事務弁護士』向けのモデルでございますね。当店ではあらゆる御予算に応じて承っております。いわゆる無二の逸品をお考えでしたら」——こうなったらそうする——「奥の窓の下に化粧ケースがございまして、ジョルホポロールリ藩王のマハラジャさまの特注でお作りいたしました。ですがあいにく一、二週間前に急死なさいまして。気候のせいでございましょうかね。ご記憶でしょうか、新聞にお悔やみ記事が出ておりました。お妃さま方のご意見が、まあいわば割れておりまして、わたくしどもに委託され——かなりお値引きいたしております。たったの六百七十五ギニーか、その価格相当のルピーでもお支払いいただけます」

「見せてもらえる？」と、フィリップ。「クランプトン・ピム大佐だ」

「はい、どうぞどうぞ」フィリップが長らく行方不明の息子だと、今さら気づいたみたいな大声だ。「クランプトン・ピム大佐、もちろんでございます。こちらです、どうぞ。実に立派なケースですね、本当に二つとないお品で、正直申しまして、これほどの名品にお目にかかったのは、当デパートのスポーツ用品売場からこちらに異動して以来でございます」

小さなノブを押して開けてもらうと、フィリップはよだれが出そうになった。その化粧ケースはお世辞抜きの逸品で、窓から斜めに入る光さえ、いそいそと中をのぞきたがっているようだ。極上のレバントモロッコ赤革張りで、錠と留め金は純金、裏地は朱の波紋絹に金彩で蓮や孔雀や天女の連続文様が浮き上がり、付属品一式は純金とべっ甲に小粒貴石やエメラルドをふんだんに散りばめ、こんな薄暗い館内でさえ妙なるきらめきを放って燃えていた。

呪縛のような沈黙の中、絹のまつ毛の陰でフィリップの水色の瞳がその品に魅入られ続け、売場係は青年が卒倒するのではないかと一瞬思った。

「いやあ、眼福だった」フィリップはとうとうそう言うと、子鹿か、退場するプリマバレリーナのように優雅な身ごなしで未練たっぷりに目を離した。「覚えておこう。値引きしてくれるのは確かなんだね?」

こんな偉そうなセリフのあとで、手近な盆にごたごた積み上げてあった「おつとめ品」のまがい山羊革シガレットケースの値段を尋ねるのは、不可能と言わないまでもマナーに反するように思えた。それで次に移動したら、たまたま「ファンシーグッズ」などという、どうも感心しない呼び名の小物売場だった。

急ぎ足で通り過ぎながらざっと見たが、老いて無力か、はたまた若く無防備ゆえに、いつの日かこんな悪質で野蛮な冗談を贈られても喜ばざるをえない不幸な人々を思うと、心から血がにじむようだった。とはいえ「ポシェット・アール・ヌーヴォー風」と目立つラベルのついたふわふわの形状不明な栗色の物体などは鳥肌もののおぞましさで、大きなヴェールをかぶって黒檀の杖をつき、祈禱台でも探しによたよた通りかかった老婦人にあやうく詰め寄るところだった。このようなおぞましい代物は、「どのように生まれ、どのように育まれたのですか」、まさにそう言いかけた矢先に、やや先にあった極小の筆記具ケースが目をひいた。とても繊細な仕上げでおよそ実用には向かず、ひたすら目と手触りと匂いを楽しむための、妖精女王タイターニアさえじきじきに歩みを止めて愛《め》でたかもしれない一品だ。フィリップは喉から手が出そうな思いを目に浮かべて見入った。子供のころ、ドーナツよりエクレアが好きだとチャールズ伯父にこっそり打ち明けたのと同じ笑顔になっている。法外に安い、などと思いながら。わずか六十七ポンド十シリングだ。

「装飾小物でございまして――もちろんパリ風ですので――お値段は少々張ります」売場係が説明する。「ですが、お洒落なだけでなくちゃんと使えますし、お若いご婦人のお居間や寝室やお膝にあれば、差がつくこと請け合いです。ケースの右を上にして持てば、インク壺は絶対に液漏れいたしません――こうです。ごらんのように『サン・メルシイ』のシャープペンシルは純金です。ペン先に保証はつきませんが、ペンの本体にはトルコ石がちりばめてございます。はね上げ式のふたには小さい用箋六枚と、そろいの封筒が入っております。ここはちょっとしたカレンダーになっておりまして、紀元一年から紀元九十九万九千九百九十九年までの曜日が全部わかります。新しいカレンダーにお取り替えもできます」

「ふーん、よく考えてあるなあ」フィリップがつぶやく。「閏年《うるうどし》まで。ふたつとない品だろうね?」

「どうやらそのようでございますね。実は、フィラデルフィアのさる御婦人が――合衆国でございますよ――プラチナの台をつけた――このカレンダーの複製を五十部注文なさいまして。つい昨日の午後です。むこうではご婚礼が多いそうで、結婚祝いにするとおっしゃっていました」

「なるほどね、ありがとう」フィリップはしっかりと感じよく答えた。「数が多ければ安心というけど、アメリカは数より他にないからなあ。模倣できないものは他にも何かある?」

「模倣できないものですか? はい、もちろん。こちらはただの展示用でございます。当店では多数のご用だけでなく、特別なお得意様方もなおざりにはいたしません。まさにそうした理由から、高額商品はふだん表に出さないようにと上から言われております」

「重ね重ねありがとう」フィリップはあわてた。「おお、フィラデルフィア、汝の名において何という悪がなされるのか！　後でまた寄るよ」

　意気消沈しながらも妙に高揚した気分を抱えて、ファンシーグッズ売場を抜け出す。実際、大噴火直前の鬱屈をためこんだ火山の気分だ。自分の置かれた危険を何となくだがうすうす察知し、まさに落ち着きたい客のためにデパート側が置いたマデイラ籐椅子にしばし腰をおろして落ち着こうとした。ふと見れば、ばかにつやつやの釉薬をかけた大きな中国陶器の黒猫が、東洋の様式の許す限りで生きた猫そっくりにじっと見ている。大きなシュロの鉢植えに隠れた片隅から、もしかしてチェシャ出身ですかと言いたくなるニヤニヤ顔だが、消えうせる気配はない。それを見て――フィリップは猫好きなだけでなく、黒猫の良さも知っていたから――頭に隠れた神経がパチンとはじけた。「がんばれよ！」と、猫が大きく笑いかける。フィリップも大きく笑い返した。怒りと反抗心と欲望が体内でめらめらと燃え上がる。伯父に思い知らせてやろう。一シリングで勘当なんかしたらどんな目に遭うか。死んだ気でやってやるぞ！

　フィリップは決意も新たに立ち上がった。まるで一〇六六年の「ヴーヴ・クリコ」を一気飲みした気分だ。こうなったらウィリアム征服王とともに乗りこんでやる。手近な売場主任は、大あくびのさなかにこのアポロンのような若者が自分の売場――ピアノ・簡易オルガン売場に入ってくる姿を見て、あわてて居ずまいを正した。豹のような風貌と、どことなく捕食者の王者をほうふつとさせるゆったりした歩みには、このジャクソン氏も感嘆をあやうく洩らしそうになった。

フランス流の憂鬱と、フランス流のなめらかな身ごなしでもって、フィリップを最敬礼で迎える。

「ご用をお申しつけくださいませ」はっきりと声に出す。

「ピアノを見せてもらえるかな」とフィリップ。「グランドを」

「ありがとうございます。どうぞこちらへ。グランドピアノだ、スミザーズ君」

「グランドピアノを」フィリップは売場係のスミザーズに繰り返した。左眼が軽い斜視で、赤毛の無難な口ひげ。ささいな点はあれこれ目につくが、それでもジャクソンよりははるかに感じがいい。ハックニーかブロンズベリーあたりのつましい郊外で、日曜だけのマトンの脚を囲んでテーブルについた、スミザーズ家の女房子供らの顔が遠目にちらりと浮かぶせいだろう。

「グランドピアノでございますね」スミザーズは唇を回すような変わったしゃべり方で、口ひげを上下させて声を張り上げた。「こちらへどうぞ」

若者は、ずらりと整列したグランドピアノの間を先導されていった。三本足でぴったりと口をつぐんだピアノたちは、パレードする軍隊のようにしんとしている。フィリップは近衛隊を閲兵中の故ケンブリッジ公爵ばりにひたすら歩いた。ようやく足を止めたのは、とあるピアノの前だ。

「八型、七フィート九インチ四角脚、黒檀マホガニー仕上げのビスマルク」

「ずいぶんかさばるんだね」と、気さくな笑顔になる。「でも仕上げがなあ！　どうして張り出《オーバーハ》すん《ング》だろう？」

「交差弦方式《オーバーストラング》（弦を斜めに交差して張ったピアノ）でございますね？」スミザーズが応じる。「そこは単なる言葉の綾《あや》でございまして、内部構造だけにとどまっております。ですが、もちろんこれは当店の基準では大型グランドではございませんので。音色、材質、響き、ペダルワーク、堅牢性、摩耗性など――市場においてこれ以上のお品はございません。つまり、当店以外の市場でございますね。もしも子供部屋や練習室用にずっと長くお使いになれる楽器をお考えでしたら、当店では新式の防音隔壁も扱っておりますが、こちらがまさにぴったりかと。お若い方々はいささか強めに弾かれる場合もございます。悪気はなくても子供さんですからね。それに――」

「えーと――ちょっと――いいかな」フィリップがさえぎって、「はっきり言ってしまうと、その手のピアノは全くの検討外だ。イギリス人にはイギリス製をというのがこだわりでね。宰相のビスマルクはものすごい恰幅だったけど、他の点ではちょっと雑な感じだったじゃない。なんでもシャンパンをスタウトで割ったとか――いや、ココアだっけ？　だけど、それでも島国根性はよくないし、のちほどこういうピアノをひとつ頼むつもりではいるんだ――あるご婦人用に。実は、伯父のクランプトン・ピム大佐が昔に習った家庭教師の姪御さんで――少なくとも子供時代だね、あの伯父にそんなものがあればだけど――その人ね、検討中なんだって――自宅で――弟子をとってお教室を開こうかって。だけど、そっちは後回しでいいよ。他に現物を見せてもらえるピアノはあるかな？」

スミザーズの口ひげは風見鶏のように回った。「ございますとも。現在ただ今はピアノの――洪水にどっぷり浸かっておいでですからな。僭越《せんえつ》ながら、実は手前もビスマルクとはどうも反りが合いません。これ全部が」はるか奥までずらりと並ぶピアノを、親指の一振りで示してみせた。「グランドではございますが、大半は今出来の品でして。聴いても眺めても美しく、ミュージックホールに似合いのどんちゃん系楽器でない小ぶりなものをお探しでしたら、やや離れたあちらにハープシコードというお品がございます。ポンパドゥール様式のケース全面に、キューピッドやホタテ貝などをすべて手描きで施した珠玉《ビジュー》モデルで、ガット、ワイヤー、金属部、ジャックはすべてイギリス製を使っており、お客様なら『すっきりした』とおっしゃりそうなこの形を出せるピアノ業者はロンドンに当店しかございません。雑味のない美しい音は、どこから聞こえてくるのかというほどまろやかです。ご婦人向き――それも爵位あるご婦人向きでございます。すべてひっくるめて、たったの七百七十七ギニーとなっております」

「他にない品かい?」フィリップが尋ねる。

「他にですか?　ヨーロッパにふたつとございません」

フィリップは青い目で優しく笑いかけた。「そう。でも、アメリカには?」

スミザーズは不必要なほど大きな手を丸めて口元をかばうと、「お客さま、ここだけのお話ですが、アメリカなるお言葉で合衆国をさしておられるのでしたら、モンフェラス&ド・ボーギュユー社はそちら方面へ全く輸出しておりません。音が台なしになってしまいますので。実にどうも気難しい社風でございまして、不特定多数の人や場所でなく、気に入った方にだけ作っております。そしてあちらの楽器をお作りした方は――！」

うんと声を落として呪文めいたことをささやかれたが、フィリップの耳には小石の浜に寄せるさざ波より聞きとりにくかった。だがスミザーズの目つきからすると、注文主はよほどの身分で、社交範囲がごく一部に限られる上流婦人らしい。

「ああ！」とフィリップ。「それに決めた。家庭の外に家庭あり、慈善はそこに始まる。明日届けてくれ、二台ともほしい。ピアノのことだよ。使用人の食堂用にはもっと庶民的な楽器がいいかな。でも、そっちは君にお任せするよ」

スミザーズは目をむかないよう、何食わぬ顔を装った。「は、それはもうおやすい御用で。お届け先はロンドンで――ロンドンでございましょうね？」

「ロンドンだよ」とフィリップ。「グローヴナー・スクエアだ」その瞬間、魔神《ジン》のしわざのように蘇ったのは、つい前日の午後にたまたま見かけた「超高級住宅街」の空き屋敷で、こんな立て看板があった。「貸家」

「グローヴナー・スクエアでございますね？」注文控え帳を構えたスミザーズの声がひときわ大きくなった。「ただちに手配いたします。三台とも――本当に素敵な取り合わせでございますね」

「ピム、クランプトン、大佐、クランプトンの綴りはR-O-Mだよ。延払いでね、ありがとう。四―四―四、そう、グローヴナー・スクエア四四四番地だ。ぼく――その、ぼくたちは家具調達に来たんだよ」

「ぼくたち」の強調のしかたがすこぶる丁寧で、情報というより考え直した結果の補足に聞こえた。それでもスミザーズは読み違え、やや出っぱったおでこの陰の目に濃い共感の笑みを浮かべた。「僭越ながら、おふたりの御幸福をぜひお祈りいたします。かくいう手前も婿養子でして。それで後悔ですか？　みじんもございません！　いつも言うんですが、肝腎なのは――」

「本当にご親切に」フィリップは紅潮から一転して少し青ざめた若々しい顔をそむけた。「それに僭越ながら、おたくの奥さんも絶対の絶対に同意見だと思うよ。ところで花婿介添人の用品売場へは、旅行かばん売場とファンシーグッズ売場のどっち経由で行ったほうがいいかな？」

スミザーズは無上の称賛をこめた目になった。「チャペルズ・ピアノのさきを左に直進なさいませ。ここと同じフロアでございますが、いちばん奥の右つきあたりにございます。行けるところまでおいでくださいませ」

「まさにそこを心配し始めていたんだ――どこまで行けるだろうかと。このささやかな冒険にはあまりなじみがなくてね、現状ではどんなお沙汰《さた》が降りることやら。ところで、発明好きのアメリカ人がまだ横に動くエレベーターを発明していないのはどうしてかな」

「いやあ、誠におっしゃる通り、どうしてでしょうか。手前もよく同じことを考えます」と、スミザーズ。「ですが、この売場におりますと静かにものを考える暇もろくにございません。いわゆる、こもったような音がしじゅう響いてまいりますので。実はこれでも若いころは――足踏みオルガンのキー・スタイフラーを――ゴムや芯木や羊毛――その他――で作ったり、目立たないほど小型の鋼鉄製スプリングを考案いたしまして。業者には見向きもされませんでしたが、はい、もう全く目もくれず！」

「うーん」フィリップは控えをたたみながら、「ああいった手合いに何かを見る目があるとは思わないな。ろくに見ないから。でも、ぼくがオルガンを買うとしたら」と、小首をかしげてまたスミザーズに笑いかけた。「スタイフラーは外せない見どころだよね」何やら考え込むように、「あのね、もしかして鑑定書つきのアマティかストラディヴァリウスの逸品はある？　ヴァイオリンには目がないんだ」

スミザーズはカウンターに両親指をついて身を乗り出すと、笑顔でわずかにかぶりを振った。

「だろうと思った」とフィリップ。「あっちのあれは？　あのガラスケースの中だけど？」

「あれでございますか？」スミザーズはまばたきした。「あちらのケースの？　あれはハープでございます。小ぶりですが美しい品です。お子さまサイズでして。ミニコーレと申しまして百年前の作ですが、音だけは今もカナリヤのように美しいですよ。なんでも、一七八一年に作曲家のモーツァルトのために作られたそうで、上端に引っかき傷でA.W.のイニシャルが入っております。はい、まちがいなく――A.W.と読めますね。七歳にもならないちびっ子のモーツァルトが、ナイトキャップをかぶった天使のようにあれを奏でる姿を、ドアの陰から両親がこっそり聞き入るという絵を見たことがございます。びっくりですね。それからシューマンが入手しまして――このハープをです。どうして手離す気になったのかは不明でございますが、別の作曲家――しかも現代にやや近いぐらいのブラームスに譲りました。そうした来歴はハープの台についた黄銅の銘板にきちんと書いてございます。全部です。たくさんのお客さ――」

「なるほど！　ブラームスにシューマンにモーツァルトか、思い描くだけでうっとりするね！それがとうとうこんなところに安置されて。解体業者の資材置き場にね。悲しい話じゃないか。さあ、これももちろん届けてもらわなくては――くれぐれもよく気をつけて梱包してくれたまえよ。ガラスケースは別料金かな？」

スミザーズは息を呑んだ。「まことに申し訳ございません。大変恐縮ながら、こちらは非売品でございます。つまり――ケース以外は」

「非売品とはね」フィリップはとっさに言い返した。「スミザーズさん、ここみたいな営利企業が手持ちをすべて売らないでどうするの？　まさか現物広告でもあるまい？」

スミザーズはいたく戸惑っていた。「たしかに、重役たちならお客さまのご要望を最大限に検討するかと。喜んでそうするはずです。ですが、こう申し上げてもお気を損ねないでいただきたいのですが、手前自身がこのハープとどうにも別れがたいのです。この売場に配属されて十三年になりますが……うちのチビがですね……これだけを……」

今度はフィリップが戸惑う番だ。「いやはや、よくわかった」となだめる。「もう言わなくていいから、スミザーズさん。そこでごり押す気は毛頭ないよ。たとえこれが売り物であっても、君がそうしたければグローヴナー・スクエアに来て、このハープに再会してくれて全然構わないんだ。もちろんおチビさんの坊やも——子供たち全員でも連れてきていいよ」

スミザーズは破格の厚意に茫然としていた。「ぜひ」と言いかけた片目が海でも陸でも見たためしのない光を宿し——が、言葉にはならなかった。

フィリップはずらりと並んだチャペルズ・ピアノの向こう端を歩いていたジャクソン氏に再会した。相変わらず冷静な花婿のように見えるものの、管理職か床屋ならではの落ちつきぶりだ。

「ふうん、チューバフォン（ところで、綴りはバーじゃなくてバじゃないかな）——に木魚にボンバブーも並べてあるのか。有色人種の伝統楽器だよね、でも最近ブダペストへ行ったら、あの町いちばんの目抜きで、そら、ウッフェルガングのボダイジュ並木の木陰でかわいい店がいくつも並ぶ界隈——ハバシュタインのモデルだらけだったよ。キーボード五個のヒンズー風単音楽器でね、音楽偏狭派の多音分解に対抗するにはいい――すごく面白いのに、ここにはないね。なにもむやみに新しがるわけじゃないけど、遅れをとっちゃだめだ！　遅れをとっちゃだめだよ！」

フィリップは手袋をはめた手を頭上でそこそこ愛想よく振り、ごきげんで歩いていった。

スミザーズも、ほっそりした灰色の若者が角を曲がって消えるまで見送った。それから、「売場主任」に話しかけた。

「ピム、ええと、クランプトンか」ジャクソンは部下が開いてみせた注文帳にいやな顔をした。「新所帯だって？　じゃあたぶん、あいつの伯父貴もいよいよ年貢の納め時かな。それなら早く喪服を買ったらいいのに。ケチで赤鼻のガミガミじじいめ！　あいつの葬式のアルムやクチナシの献花を見て泣く人間はそんなにいないさ」

スミザーズは所帯持ちだから、せいぜい直属の上司と一緒にいて楽しいふりをするほかない。「まあ、これだけは言えますね」思い切って、「育ちのいい若者ですが、ずいぶんな金遣いですな」

まさに。フィリップはかばん売場の売場係六番に、ジョルホポロールリ藩王の化粧ケースを明日のお茶の時間までに間違いなくグローヴナー・スクエア四四四番地に届けてほしい、でないと買わないと話しているところだった。「同じ時間帯に、他にもちょっとした品物を届けてもらうはずなんだ」六番氏はさっそく外商へ内線電話をかけたが通話中だった。

だが、ためらうには及ばない。ピムという伯父がいて、愛嬌にも才気にも恵まれた青年のご要望なら世間はもろ手を挙げて迎える。フィリップはどんどん調子を上げてきた。外からはいくら淡々としていても、内心は燃えさかっていたのだ。いわゆる毒食らわば皿までというのに加えて、ぜがひでも率先垂範しようという気を起こしたのである。お客とは、ふつうウサギなみに気弱な生き物だ。フィリップのささやかな突撃は十字軍に変貌しかかっていた。

家具売場でのお楽しみは、そろそろ終盤にさしかかっていた。「大きな応接間が三つ、うちひとつは特別広い」売場係に伝えた間取りはわりあいはっきりしていた。「舞踏室、食堂、朝食室、ラピスラズリとガラスが基調のモーニングルームはケルビーニの天井と十八世紀ヴェネチア製の煙突つきで、小ぎれいで幅も奥行きもあり、全方位の景色が楽しめる。寝室はまあ二十二室かな——使える（が、無人の）うち十一が個室で残りが召使用だ。今はそれくらいでいいんじゃないかな。いちおう言っておくと、うちの屋敷は東向きか西向きだ。それと、ごてごてした飾りや、奇異なもの、やたら目新しいものは絶対にやめてほしい。安物、不格好なもの、偽物もお断りだ。堅苦しいのとか、うるさいのとか、無意味な尾ひれは性に合わない。あと、ベッドはベッドらしく。正直言って、ここで見せてもらった骨董家具には少々がっかりした。選択範囲が狭すぎるし、野暮でちぐはぐでね、博物館でもちょっとないような逸品は見かけなかった。とはいえ、なるべく骨董家具を入れてほしい。なるべく古いものを。時代と産地とデザインと全体の調和を——くれぐれも心がけてくれたまえ」

周囲に群がる売場係一同がおじぎした。

「時間があれば帰りにまた寄らせてもらうよ。チッペンデールの四柱ベッドの安いほうに八百ギニーはちょっと吹っかけすぎじゃないのか。ウィリアムとメアリ両王時代の壁掛け鏡に三百五十ギニーねえ——銀の塗り直しや繕《つくろ》いがありそうだけど。それでも君らはできるだけ勉強してくれてるよな——だから、そこはこっちも意を汲んで折り合わないと。ただしこれだけは譲れないのが、今言った全部——ひとつ残らず——明日の午後には必ず搬入と設置を終えてほしい——もちろんカーペット類やなんかは先に搬入してね——四時までに終えるように。それと、あの何ともひどい悪臭の藁《わら》や茶紙の包材——おおかたデリー産じゃないかな——はまとめてきれいに処分しておいてくれ。四四四番地、グローヴナー・スクエア。ピム——クランプトン——大佐、R-O-M のクランプトンね。お世話さま。左かい？　お手数かけるね」

ナアマンに仕えるゲハージ（旧約聖書、列王紀二の登場人物）のように、売場主任が急いでフィリップを先導し、やがて出たのはオリエントの香りこそないが、目もくらむようなオリエントの色彩乱舞する売場だった。たっぷり十五分は夢心地に堪能させてもらう。ただの木造家具はたとえ金箔や漆《うるし》や象牙や大理石で飾られていても、わりと気楽に処理できる。我慢の在庫がみるみる切れてしまった場合は特に。だが、トルコは言わずもがな、ペルシア絨毯や中国絨毯となればまた別格だ。

左手にステッキと帽子を持ち、右手に手袋を持ってキンキラした安い椅子に姿勢よく座ったフィリップを、羅紗《らしゃ》エプロンの売場係がいちどきに三人もとりまいて絢爛豪華な貢ぎ物を次々と足元に広げてみせては、床用ぞうきんや、リノリウムやココナツのマットを買いにきて、ふくれあがる一方の行列で待たされっぱなしの客たちをかんかんに怒らせた。しかし、先着順優先は古来の金科玉条というのをさておいても、そうした客はまったくフィリップの眼中になく、眉を動かしもしなかった。

ただ、その間にピム伯父の銀行残高その他の資産は、暑い夏の日に機関車がたてた蒸気のようにあっけなく消えていった。時間不足につき絨毯売場からロンドン屈指のお宝をひとつしか略奪できないことに苛立《いらだ》ちながらも――ブハラ絨毯とイスパハーン絨毯の名品がこれだけそろっているのに――ワイン売場へと急いだ。ここでは四四四四番地のワイン貯蔵室の立派さを無邪気にもあてこんで、伯父とは一味も二味も違う高級好みのワインをしこたま買った。ボルドーの赤、ブルゴーニュ、ラインワインの白、シェリー、チェリーブランデー、緑のシャトルーズなど、会話や思索を助ける美酒ばかりだ。独創的でありながら熱のこもった選び方だった。ポートは無視した。

ワインのあとはカーテンや各種壁かけ《ハンギング》(ぞっとしない名だ)売場から陶器やガラス食器を陳列した売場の各ギャラリーを回る――「退屈の極み」。車売場で少し元気を回復した。またしても故人となった蛮族の王侯が、今回はアビシニアの皇太子だが、注文した車が自動車売場にそのまま残っていた。ダッシュボードの貧弱さ、エンジンの単純さ、そして価格から判断して、この世からあの世への旅にしか使えまい。それなのに皇太子殿下は車を残して、ひと足先にあの世へ旅立ってしまったというわけだ。

金物類、旋盤、台所用品、「食料品」でごった返すカウンターを駆け足で回り――フィリップは主義としてインドのマリガトーニ・ペースト、チャツネ、西インドのピクルス等の強烈な異国風食品は話題にもせず、万華鏡の模様のようにおのずと記憶から消し去った。家畜を扱う別館はかなり騒がしいために訪問せずじまいになった。死んだ商品の砂漠のあとで気をそそられはしたものの、フィリップの鋭敏な嗅覚にオランウータンの臭いは酷だろう。ナフキンやダマスク織テーブルクロスの売場もパスしたのは、彼なりの反抗だった。

それを言うなら書籍もだ。紳士の書斎に置くべきでない本に関する明確な信念はあるが、売場係に説明しようにも、今日は時間不足だろうと判断した。だが、辞典は見ただけで落ち着く。フィリップは絶版になった選りすぐりの辞書類、古地図、百科事典、鳥類図鑑、花卉《かき》図鑑、古めかしい料理書を注文し、「紳士録」には知らん顔して店を出た。

絵画および彫像売場では、「芸術」に捧げられた鳥肌ものの部屋を、苦悶の表情で一瞬のぞいたきり、アリスの三月ウサギのようにすたこら逃げ出した。だって、と相当にしょんぼりしながら思うに、墓石売場の入口でぐずぐず粘ったってしかたないじゃないか。などと思ううちにふと気づけば、きらびやかな貴金属やさらに貴重な宝石類が燃えるような光を放つきらびやかな一画のただ中にいた。迷いこんだ先は「宝飾品売場」――アラジンの饗宴だ。特に純金製品がすごい――ゴブレット、ボウル、ビールジョッキ、銘々皿、大皿に取り皿、置き時計、クロノメーター――懐中時計は大かぶらをかたどった品に始まり、ジョージ王朝時代の記念時計や、クリスタルとエナメル製の小さな安物まで勢ぞろいして、多くの時計が蜂のうなりのようにぶんぶんと時を刻み、すべての時計が常に荒々しいとも甘やかとも限らない時の流れを体現していた。無尽蔵だとフィリップがいつも思ってきた時の流れを。ただし、残念ながらどんな「時」にも対応してくれる時計はない。よってたかって、これでもかと差し出がましく実際の時刻を教えられたおかげで、フィリップは初めて少しだけ怖くなった。

さっき通ってきた売場ではサゴでんぷん、調理ずみの肉、蠟燭、ビスケット、コーヒー、紅茶、ショウガなどがふんだんに並ぶ独特の雰囲気にのまれて、これから新所帯を考えようかという若い独身男にしかなりきれなかった。それが、こうして広く明るい売場で実用性のかけらもないキンキラした品の実用性皆無な陳列を眺めていると、想像上の花嫁がひょっこりできあがってしまった。色白金髪の絶世の美人だ。そう思いついたとたん、ようやく全身のこわばりがあらかたほぐれた。もう頭もまともに働かず――お気楽な心もなく――食指も動かない。だからアラビアの風のように、けだるい一本調子な声でさっさと注文にかかる。彼女のための指輪を、ブレスレットを、ネックレスを、ペンダントを、ブローチを、イヤリングを、そしてもちろん、ブエノスアイレスはもとより――イギリスの舞台で活躍するミュージカル・コメディの若手女優たちの夢さえも顔色をなくすようなダイヤモンドだらけの羽飾りとティアラを。そこでふと、不思議にも我に返ってひと息ついた。

さんざん繰り返してもうすっかりおなじみの――「R-O-M」などを――言おうとして口を開きかけ、カウンターの奥にいた、見るからに只者でない長身で物静かな禿頭の老紳士に気づいて赤くなった。

「あの――」すぐそばのガラスケースに置いてあった品のいい銀食器やカトラリー一覧に目を貼りつけておずおずと訊いた。「婦人向きの美しくシンプルで希少な、ええと、他にふたつとない小ぶりなアクセサリーはあるだろうか？　若い人向きの？　誕生日ではないプレゼント用に？」

顔を上げた老紳士がフィリップの内奥まで見通すような目をすると、何かを思い出したように優しく破顔して、ポケットから出した鍵束からごく小さな鍵をひとつ選び、六ヤードと離れていない場所の金庫を開けた。「ございます、こちらに」

初見の「こちら」はコロンとしたモロッコ革の小箱だった。老紳士がばねを押してふたを開く。

フィリップの目が一瞬くらんだ。ただし、想像豊かなフィリップの目をくらませたのは抑えた光を放つ宝石自体でなく、繊細で絶妙なセッティングを施した台のほうだ。その上で、石たちが花びらに置いた露とまごう儚《はかな》いきらめきを放っている。老紳士も見とれていた。

「ひとくちに『シンプル』と申しましても」黙想するようにそれとなく、「いろいろございますので。こちらはベンヴェヌート・チェッリーニの作です」最後は声をささやき近くに落とし、さもさもこんな比類ない名品を買える人間など存在しないが、せっかくだから高嶺の花の素姓をこっそり明かしてやろうといわんばかりの口ぶりだった。その態度にフィリップの反骨心が少しだけ動く。

「きれいだね」と応じる。「でも、じゃあジャック・ド・ラ・トクヴィルやルドルフ・フォン・ヒンメルデマーの作品とかはないの、それから——ああっと、名前を度忘れしてしまったけど。覚えてないかな、ほら、ブラウニングの『ソルデッロ』に確かに出てきたフィレンツェ揺籃期の人で、ボッティチェッリの婚礼用に金と象牙の鉢を作った。それはそれとして。ギリシアは？　エトルリアは——金粉細工（金線の間違い。古代エトルリアの宝飾品は金線細工で名高い）とか？　三度のロシア冬宮劫掠《ごうりゃく》も収穫なしだったたってこと？」

うんちく顧客の知ったかぶりなら慣れっこの老紳士は、言いつのるフィリップを笑顔でいなした。「お客さまもよくご存じの通り、至近距離から賊どもに綿火薬やアセチレンランプを突っこまれるような場所にはもっとお安い品しか置いておけません。こちらは」――と、鼠の死骸をもてあそぶ猫の手つきでちょいちょいと軽く触れると、薔薇色や琥珀《こはく》色や青の抑えた炎をあげてそっと燃えたつ――「こちらは当店所有でなく、たまたまお預かりしております。こんな名品に値つけなど愚かしくはございますけれども、売却を依頼されておりまして――わたくしどもにはきわめて大事な、あるお客さまからでございます」

「そうなんだ」内心では欲望と賞賛がぐるぐるせめぎあっていたが、フィリップは表向き、たかが小間物という態度で冷たくあしらった。生唾をのみこめば、ナイチンゲールともヒバリともつかない、片方か両方の声かも定かでない鳥のかすかな呼び声が、未来の霧に隠れた遠い楽園の島から聞こえてくる。老紳士を盗み見れば、さっきから禿頭の下で灰色にくすんだ面長な顔はずっと無表情だ。

「買うよ」と言うと、フィリップはしばらく二の句が継げなかった。また口がきけるようになると、「他の買い物と一緒くたに」届けてもらっては困るし、四四四番地の取り次ぎに出てくる家令や執事その他の甲殻類そっくりな召使に渡すのもだめで、特別の使いを立てて自分に直接手渡しするように頼んだ。

「では、およろしければちょうど四時半に」と老紳士が一礼する。注文控えの金額欄にはゼロを書き切れず、アラビア数字でない表記法で額面を、それから顧客の住所欄に四四四と書きこんでいると、小さいが明らかに現実の高い声が、フィリップのすぐそばでそっと震えて――「あの、フィリップ・ピムさまですね?」そう聞いたフィリップはとっさに身をこわばらせ、心臓が耳から飛び出るかと思った。「外商部からおことづてです。お帰りの前に、部長のオフィスにお寄りいただけましたら幸いです」

軽いロンドン訛《なま》りながら素直で鄭重《ていちょう》な使いだった。なのに、その声にフィリップの全身の血は凍った。もうおしまいだ。お好み三昧《ざんまい》の豪遊はここで打ち止め。人生最高の午前のひとときに幕が引かれた。風のまにまにデパートのフロアからフロアを回遊してきたのに、心にともった蠟燭をその風に吹き消され、煙もろとも萎え果てた。それでも、こんな明るい思いに活を入れられた。散財の楽しみなら堪能したじゃないか、いや、それよりすごい。自分のふところは全く傷めずに堪能したんだぞ。

気分を立て直さなくては、意気地もなにも消えてしまっている。フィリップはようやくえんじ色のチュニックの制服にリンゴの頰をした小柄なボーイに向いた――リンゴの頰は、その週に片田舎から出てきて外商部《ガイッショーブ》の使い走りになりたての新米だからだ。

「サー・レオポルド・ブルに伝えておいてくれたまえ」フィリップは少年に笑顔を向けた――「昼過ぎに都合をつけて行くよ。お使いご苦労さん。それと、あとの住所がすんだら」と、カウンターの老紳士に耳打ちして、「そっちはもういいね」

でも、そこを離れるのは嫌だ。「そっちはもういい」が弔鐘のようにいつまでも耳に残る。このままカウンターを離れたらどうなってしまうのか、ひざが笑っているのに。眩暈《めまい》とともに虚無感に包まれる。かろうじて老紳士にゆがんだ笑いを向けたものの、あちらは宝石を金庫にしまうのにすっかり気を取られており、そのすきにフィリップはどうにかカウンターをじりじりと離れた。

金ピカの天井から大きな柱時計まで、現実界の周囲すべてが回っている。船酔いした船客が上部デッキから海を見おろせばこんな感じだろう。胸騒ぎがする。

だが、氏素性は争えない。そして、勇気は誠実な心を絶対に折らない伴侶だ。ジャワの鬼面そっくりの赤ら顔でロンドン塔の衛兵もつとまりそうな図体をした、プロシアの竜騎兵に瓜二つの大男がふいにあらわれた時、フィリップはその格言を思い出した。その男は入口に立ちはだかり、相手が英国皇太子かどうか（それともシカゴきっての札つきギャングか）を確かめるみたいに、すぐ間近でじろじろ品定めしている。フィリップのほうでも距離を詰めながら、他にどうしようもなかったので、魚のような相手の目をまともに睨んでやった。どうがんばっても無言で素通りは無理だからだ。

「サー・レオポルド・ブルに問い合わせてくれないか」と言ってやる。「外商部のオフィスへの案内役をよこしてほしいと。ぼくはこの建物のどこかにいるから」

「おれがお連れしてもいいですよ」大男がだみ声で応じる。こいつならやるだろう——しかも体ごと抱きかかえて。

「ありがとう」フィリップが応じる。「君なら間違いなさそうだ。でも、すぐ伝言を届けてくれれば、そのほうがありがたい」

あとは、さほど離れていない通路の籐椅子によろよろと行きついた。そこの通路沿いには日本や中近東産の雑多なガラクタがぶらさがり、さっさと売っぱらってしまいたい本音が見え見えだ。げんなりしながら腰をおろす。

「せっかくだけど、何もいらない」ソフトドリンクのメニューを持ってきたウェイトレスに小声で言ってやる。禁欲にこれほどの喜びを覚えたのは生まれて初めてだ。同時にジレのポケットに指を入れ、チャールズ伯父の金貨の感触を確かめた。現物をどうこうしようというのではなく、倫理的な支えにするためだ。暗がりが死ぬほど怖い子だった大昔に、よく同じ手を使った。ベッドで熱く温めた頭をなんとか突き出し、わざとらしく咳をしたものだ。やれば絶対うまくいき、母がそばに来てくれればいつでも安心した。

チャールズ伯父の金貨も同じだ、いるだけで安心する。今のフィリップが怖いのは、暗がりでなく明るいところだが。散歩用ステッキの象牙の握りを下唇に当てて思案にかかった。判決はどうなる？　初犯だが、ずぶの素人ではない。とにかく美に対する見識と選球眼では素人と思われたくない。数ヶ月か数年か？　重労働か懲役か？　めくるめく想像の中で、刑期を終えて刑務所長からにこやかな握手ののちに釈放されたはいいが、略奪品をひとつも手に入れられずに怒る自分の姿が浮かんだ。たとえばジョブリ製の衣類かばんか、極小でありながら完全無欠で他の追随を許さない独自性をそなえたシェラトン製のシェリダン書類机くらいは手元に残したい。

こんな未来探検からささやかな力を得て現実に立ち返る。希望と同じで、安心は人間の胸にいついつまでも湧きあがる。ただひとつの後悔は、バレたことより（いずれは露見するだろうが）、バレるのがこんなに早かったことだ。それより敵の根城に乗りこんで、魑魅魍魎《ちみもうりょう》を従えた意地悪じじいの伯父とまっこうから対決したほうが、どれほど男らしく名誉なふるまいだったろうか！

いずれにせよ、明日の四四四番地に最初の貨物車が到着した時点で「バレる」のはとうに覚悟している。そこの住人では絶対ないと確実にバレる。だが、五月のわずか一夜の間でも、伝説の富豪クロイソスからペントンヴィル監獄の囚人へ失墜するまでにはかなりの有為転変がありそうだ。

こうした物思いを中断させたのは、モーニングの後ろスリットに合わせたように、黒髪をくっきりとまん中分けにした若い男だった。数歩離れて金ピカ漬物石の巨大版みたいに付き添っているのは、さっき宝飾品売場の入口で通せんぼをしていた大男だ。ふたりがかりで身柄確保にきたのか？　なんとも判断できない。

「こちらへお運びいただけますか、外商部の専用オフィスへ御案内いたします」若者に言われた。「サー・レオポルド・ブルがくれぐれもよろしくと申しておりました」

フィリップは立ち上がり、内心ではこれっぽっちも行きたくはなかったが、若者のあとについて――破滅へと向かった。ただし即刻御用ではなかった。サー・レオポルドはさっそくロールトップ式デスクから立って迎えると、一瞬だがカミソリのような笑顔をのぞかせ、肉づきのいい白い手で握手を求めてから椅子を勧めた。これからの面談の前置きにしては、なんだか無駄に鄭重すぎる。フィリップは握手には応じずに席についた。

「ありがとう。いつかぼくの忠告を聞いて、この建物内をすっきり改装してくれれば本当に助かるんだけど、サー・レオポルド。完全に迷路だもの、いつも道に迷っちゃうんだ」と、溜息まじりにクッションに沈みこむ。ああ、くたびれた。

「伯父のクランプトン・ピム大佐がね」と続けて、「今日の午前中はお会いする時間を取れそうにないんだって。だから、かわってお伝えしないといけないんだけど、金曜日に送ってくれたボンベイダック（インド産のテナガミズテングという魚の干物）だかクラムチャウダーだかが全然お話にならないって。もう言語道断だってさ」

サー・レオポルドがまた笑顔になったが、今度のはなだめるような感じだ。「つい昨日の午後にクランプトン・ピム大佐に会うお時間を取っていただきましたが」と応じる。「その時は一、二週間前に無料のおまけを一個おつけしたゴルフボールセット――エクセルシオール・ブランドの新品です――がとてもよかったとおっしゃって、しばらくご満悦でした。ボンベイダックはさっそく引きとらせます。わたくしが自分でお迎えに上がりませんで失礼いたしました、ピムさま。内々でどうしてもお話ししたいことがございましてーー」

「いいですよ」と受けながらも、サー・レオポルドが一瞬で、実にさりげなく巧妙に当面の問題に切りこんだのを感じていた。「いいですとも」邪気のない青い眼をせいぜい大きくみはり、まばたきを抑える。そして相手をじっと見続ける。抑えきれないほどの嫌悪をこめて、きれいにカミソリを当てた相手の顔を、タコのような口を、出っぱった目を。むざむざとこんな蜘蛛に餌食にされるハエの役回りなんて！

「できれば」と続ける。「話したい件というのを、なるべくさっさとすませてくれたほうが助かるんだがなあ。五分しかひまがなくてね、あまり時間をむだにしないでくれないか。それと、あっちのポーターには席を外すように言ってやって。どなりつけたくはないから」

図体だけが取り柄らしいポーターの顔は、牛血紅の標本ですかというほどいい色になっていた。明らかに気分を害したようだが、感情より給料を優先して出ていった。

「午前中はずいぶんお忙しかったようですなあ、ピムさま。あなたさまの御用をつとめた七人をくだらない売場係からの内線電話がじゃんじゃんかかってきましてね、しばらくは忙殺されておりました。お祝いをお伝えいただいても僭越ではないでしょうか、クランプトン・ピム大佐へ近々のご慶——」

「はっきり言って、サー・レオポルド」フィリップが断言する。「僭越でしょうね。あまりにも。その話はこれまでにしましょう。ぼくへの告発《チャージ》とは具体的にどのような？」

そこで一拍止める間にも、世界は回り続けている。

「どの品のお代《チャージ》でしょうか？」サー・レオポルドが息をつく。

感情を出さない相手の大きな顔を、フィリップはまともにじろじろ見てしまった。脈打つ心臓にたれこめた嵐雲をはるかに超えた遠い青空で、またあの楽園の鳥がさえずったようだ。

「ああ、配達料だよ。ずいぶんたくさん注文したから」

「め、滅相もございません。そんなお代をちょうだいしようなどと。ピム大佐のためでしたら、もう何でもさせていただきます……たとえ、あのハープでも……」泣くように声を詰まらせ、オペラ歌手カルーソーばりの名演技である。

フィリップはうつむいて顔中に流れる安堵の汗を隠すと、また頭を上げた。これがただの演技じゃないと言い切れるか——気をもたせて苦しめる気では？「ああ、そう。なら、その件はもういいね。他に何かあるのかと思っていたけど——さっきはそんな感じだったよ」

「ああはい、ほんのお願いですが」サー・レオポルドが言いだした。「いつも通りピム大佐のご厚意に甘えて、弊社の高齢退職社員子弟の生活改善基金にご寄付をお願いできないかと思いまして。主に孤児ですね、ピムさま。人はだれでも死にますが、人より早死にする者もおりますから。そうは言っても、うちの社員の平均寿命は他のロンドンの大手デパートより短いわけではないのですが。ペトログラード――それか、ロサンジェルスでしたかな？――あちらでは三十二人にひとりの割で、棺桶に最低でも片足つっこんだ高齢店員を現役で働かせておるとか。小さな孤児、父親のいない子らは何の落ち度もないのに、せわしない世間のご仁慈にすがらなくては生きていけないのです。天よ憐れみたまえ、現在、このような幼子らがわたくしどもの手元にどれだけいるかをお伝えすれば、あなたもきっと悲しまれますよ。ぽっちゃりして楽しそうな、バラのつぼみのように可愛くて天真爛漫《らんまん》な子らでございます。そうは申しましても、みすみす子供を孤児にするような年齢でね、ピムさま、結婚するのもいささか思慮の足りない話です。ではありますが、どんな不幸の中にも希望はございます。そうした子らがいなければ、善意の心のふるいどころがないではございませんか。世にも美しい善意の。みなさまの善意のおかげをもちまして、弊社も引き続き事業を推進してまいります。たしか、去年のピム大佐はとてもご親切に半ギニーをご寄付くださいまして」

「現金で？」訊き返したフィリップの声がとがった。

「いえ、お口座につけておきました」サー・レオポルドが言う。

「ふうん、じゃあ」とフィリップが、「ご理解いただきたいんだけど、伯父はちょっとだらしなかったと後悔していましたよ。あれから頑固になっちゃってね。孤児とか孤児院には完全にいい顔をしなくなりました。つい先日もぼくにこう言うんですよ。店員なんてものは結婚に手を出すいわれがなくて神に感謝すべきだ、自分に言わせれば、独身であればあるほど大いに結構って。ですがサー・レオポルド、御社でほんの一握りの高給取りの管理職は別ですが、ぼくはそれ以外で伯父の意見が正しいとは思いませんからね。ここの売場係の人たちは冷遇されているようなのに、とても親切で礼儀正しいでしょう。とどのつまり、『人は人であり人であり人である。人は人である』ってね。もっと明るい話をしましょうか」

メンツを傷つけられたサー・レオポルドは、せいぜい何食わぬふうを装った。「しつこいようですが」と念を押して、「つい昨日のピム大佐は、考えてみようとおっしゃってくださいましたよ。ならば、お気持ちが変わられたということですか?」

「伯父はね」フィリップは痛烈に言い返した。「お気持ちどころか、心を入れ替えたほうがいいんです」束の間だが、目の前の顔がいずれ証人台にのぼる場面を想像しただけで胸が悪くなった。〝社会という冷酷なからくりにもそれなりの利点はあるでしょうが、円滑に回すためには、この歯車が邪魔なんです!〟「ぼくが自分で伯父に頼みこんだんですよ」語調をきつくして、「孤児は冷たくあしらっとけってね。あの世で火の風に灼《や》かれている時に、たかだか半ギニーぽっちのそよ風なんか、いったい何の足しになります？　まさに焼け石に水でしょ。伯父がこれまでの寄付金を返してくれと言わないのはね、ひたすら非常識と言われたくないからに尽きます」

サー・レオポルドは大急ぎで何かを封じこめようと頑張っているらしかった――おそらくは自尊心だろうか。いずれにせよ、支払い能力ある株主のお身内の精神疾患に気づくのは、外商業務の管轄外だ。

「ほんのささいな件ですが、もうひとつだけ」かなりげっそりした声で、「ピム大佐から、先月のお買い上げ明細を送るように言われまして。たまたま運よく、銀行の入口でタクシーから降りてこられたところへ行き会ったものですから。本日分の計上に一、二時間はかかるでしょうが、明日の朝までにはお手元に届くよう計らいます――遺漏なく」

フィリップは立った。追いつめられた時には立つに限る。おざなりに柔和な表情で手袋をはめながらも人生最大の試練に直面していた――最後のくだりの裏を読んで、真意を見極めなくては。ここまできたら何でもありなのだから。

「ああ、へえ――そう」ことさら穏やかに答え、「たぶん」――やっとの思いでトゲのない目を上げて敵の目を直視し――「空のウイスキージャーが未計上のはずだから。きっとそれじゃないかな」

「そうですか、ピムさま」サー・レオポルドはついに「回れ右」して、「ジャーがおひとつきりでしたら、すぐに調整いたします」

フィリップは深呼吸した。ふざけ半分に指を振ってみせる。

「ちょっと、サー・レオポルド。それじゃ無韻詩《ブランク・ヴァース》だよ。ぼくの午前中の買い物を詩に仕立てようなんてしないでよね！　そういうシャレは伯父相手にやるだけ無駄だから」

そこで、さりげなくきびすを返してドアに向かう。サー・レオポルドは表情を解禁し、また正直な感情を出せるようになってついていった。そのままデパートの玄関までわざわざ送りに出る。フィリップはそこで卒倒しかけた。どしゃ降りではないか。ノア一家の大洪水でも四月のにわか雨に思えるような豪雨が街路に降り注いでいる。

「タクシーだ」サー・レオポルドはてらてらの防水服と特大の雨傘で武装し、玄関ポーチに待機していたドアマンの一団に叫んだ。

だが、少なくとも十九台ものタクシーが競ってゴールめがけて突進するすきに、フィリップは信じられないようなすばやさで一同に気づかれないうちに姿をくらました。そうしてサー・レオポルドに愛想笑いで挨拶する暇も与えずに背後の階段を数段ずつ駆けあがり、またたくまに熱帯用品売場に入りこんだ。異国情緒の高級品と濃い肌の売場係たちをちらりと見ただけで、逃げ足に拍車がかかる。三十秒足らずで出た場所は傘だらけで、その中に若い女が座っていた。

見逃すには惜しい好機だ。「午前中のお出かけ」のささやかな記念品ぐらい持ち帰ってもいい

じゃないか。現金の使い道なら傘がいちばんだろう、雨露をしのぐと同時に——じきに雨露に打たれるばかりのすってんてんになるのだろうし——次にサー・レオポルドに呼ばれた時にちゃんと護身に役立つものが要るんじゃないか？

残りの息を使い切ってこれだけ言うと、指さした。

「一本くれないか」若い女に大声で、「現金で」

「一、二、三、四、五ギニーぐらい？」女は商品より昼食に気を取られているらしく、もごもごつぶやいた。「パートリッジ材、マラッカ、角製、象牙製、犀角、自然色、金色？　交織、グロリア絹、光沢仕上げ、タフタ地、コットン、混織、ツイル地ですか？」

「おもちゃじゃない、まともな傘だ」フィリップがたしなめる。「雨を通さないものを。甥が寄宿学校に戻るんでね——十年もつやつ。ギンガムでもアルパカでもキャリコでも鋳鉄でも——何でもいい。ただし、無骨で堅牢で耐久性があって野暮ったくて安いのを」

「こちらはいちおう傘と呼べるお品です」女の応対がわずかに冷たくなった。「ミス・アンド・マスターというブランドです。南洋材のユソウボクの軸に鯨骨の骨、先丸の石突、毒性のない握り、破損・ほつれ・色あせ・剥げの保証つきです。しめて九ポンド十一ペンスでございます」

「勘定書を、早く。現金だ。そのままでいい。どうも」フィリップはその野暮ったい一本をわしづかみにした。黄銅の小さな勘定用トレイに気合いもろともチャールズ伯父の金貨を置く。木の座席に座っていた太めの若い女は、その金貨を自分の口もとへ持っていきたそうにしていたが、またフィリップの顔をうかがってから脇へよけ、笑顔でおつりをよこした。

「裏口はあっちだったかな？」フィリップが声をはばかって西の方角へ手袋を振ってみせる。また笑顔になった若い女を残して売場をあとにした。裏階段を降りて洪水に足を踏み入れる。どこを向いても水だらけの現在ただ今、全財産は十シリングと一ペニー（ポケットに収納ずみ）、古スーツでいっぱいの箪笥がひとつ、およそ百五十冊の蔵書ただし三冊分は不相応にも品行方正の表彰でもらった賞品、少年時代の郵便切手コレクション、伯父がくれる予定の一シリング、そして当の伯父だ。英国紳士らしく真正面から負債を引き受ければ、その日の午後には、どう見ても銀行からざっと二十万ポンドを借り越さないわけにはいかない伯父だった。

アリスの代母さま

Alice's Godmother

アリスは小さな四角い車窓のガラス越しに外を眺め続けていたが、そうしてカタタン、カタタンと列車に揺られながらも、起伏に富んだ緑の田園風景はろくすっぽ目に入らなかった。前景は何もかも――芽吹きかけた生垣、のどかに草をはむ牛と跳ね回る仔牛、森や農場、ごろた石に泡を立てるせせらぎ――一緒くたにめまぐるしく流れ去り、遠景すべてが――低い山や木や尖塔――こっそり先回りして蒸気機関車を待ち受け、延々と旅を終わらせまいとしているみたいだった。

「そうなったらいいのに!」アリスは内心でため息をついた。「そのほうが、どんなに――どんなに嬉しいか!」そう想像して青い目をみはり、後からまた不安になって眉をひそめたが、口には出さない。隅の座席で母の手にそっとつかまりながら、あと数時間もたてば起きるはずのことを考えれば考えるほど憂鬱になる。

アリスと母には「市井の静かな二人」というささやかな自負があり、二人でいれば幸せで、お出かけや挨拶回りやよそのお宅への訪問はめったにしない。なのに今回の訪問先へは、フレッシングという小さな田舎駅からアリスひとりで伺う。だから身構えているのだ。あの風変わりな読みにくい書体でしたためられた招待状には彼女の名しかなかった。だから今はまだ母と一緒だが、じきに離れ離れになってしまう。それでアリスは少しでも安心を求めて、つないだ母の手に思い出したようにそっと力をこめた。別れの時が――たかだか数時間とはいえ――今から怖くてならない。

ただ、今回は二人でさんざん相談を重ねて予定を決めている。もちろんアリスは駅で貸し馬車を拾わなくては――費用はどうあれ。そうして御者に迎えに来てもらう時間をあらかじめ伝えた上で、また乗って宵の口に戻るまで、母には村の宿屋で待っていてもらう。それで万事つつがなく終わるはずだ。行きと同じ速さでこの野原や森を逆になぞって帰っていくことを思い描いただけで、嬉しくて心臓がどうにかなりそうだった。

こんなに不安がるなんて、ばかみたい。アリスは自分に百回はそう言い聞かせてきた。だが、効果はなかった。祖母の祖母の祖母の祖母の祖母の祖母の祖母のそのまた祖母のことを考えただけで、根強い不安に心が塗りつぶされてしまう。自分さえ、もう少し気丈だったら。古い縁故で自分の代母でもあるこの老婦人が、母も一緒に招待してくださっていれば。早鐘のようにどきどきする自分の心臓を鎮《しず》められさえすれば。ひとつでもいいから、この列車が脱輪さえしてくれれば！

そうは言ってもアリスはこれまで代母の姿を見たこともなく、この期《ご》に及んでも「祖母」の総数が合っているかどうかも今ひとつだった。どんなに気丈な人だって、と内心思う。いきなり三百四十九歳の親戚からお茶のお招きなんてそうあることじゃないわ。しかもよりによって今日——訪問当日の土曜——は代母さまの三百五十回目のお誕生日でもあるなんて！

それを思い返すたびに微妙に笑いそうになってしまう。十七歳の誕生日は掛け値なしの「節目《イベント》」だ。人生が上下に揺れる激動期を迎えて豆のつるみたいに背が伸び、髪を（少なくともアリスが娘のころは）結い「上げ」、スカート丈を「下げ」れば、じきに世間への「ご披露」がやってくる。言い方を変えれば、正真正銘の「大人」への第一歩だ。ところが三百五十歳なら！　そうなれば絶対に……正確な年齢はあやふやになるに決まっている。そうなれば絶対に、誕生日になっても何も変わらないはずだ！　そうとも、絶対に！

それでもおそらく年齢《とし》の数は大切なのだろうか。かくいうアリスもいつのまにか十代になった時の違和感は経験ずみで、二十代に突入すればどれほどの慄《おのの》きを味わうかも察しはつく。たとえ数の上にせよ——ま、三百年もたてば、誕生日なんか今さら珍しくもないに決まっているが。

これまでは代母でありながら一度も会おうとは言われず、その点が少し不思議だった。代母としてのお祝い品は何年も前に送ってもらっている。純銀の一部に金メッキを施した重厚なマグ——エリザベス一世の時代に十歳だった代母自身のビール用マグだ。チャールズ一世に下賜された彩色羊皮紙の小型時禱書や、古めかしい純金の小さなアクセサリー類も一緒に添えてあった。だが、物を送ってもらうのと、謎多き送り主と会って話すのではまるで勝手が違う。会ったこともない人を想像するのと、さしで実物に会うのは同じことではない。代母さまってどんな方だろう？　どんなふう？　雲をつかむようだ。八十かその上ぐらいの老人ならまあ見当のつけようもあるが、単純に八十かける四をそのまま容姿にあてはめるわけにもいくまい。

アリスが思うに、そこまでの高齢になれば記念の肖像画や写真をわざわざ残す気も起きまい。石のようにじっとしているのは若くても億劫だ。それだけの――なんというか、ご老体になってしまえば――まあその、気がねなくひとりきりのほうがいいのではないか。自分ならそうする。

「ママ、あのね」硬い座席でふと身をひねると、リボンでまとめただけのまっすぐな麦わら色の髪がさらさらと肩に流れる。「ママ、あのね。今になってもさっぱりなの。お部屋へ入ってからのふるまいをどうすればいいのかしら。どなたか立ち会うと思う？　ご挨拶は握手かしら、まさかキスはなさらないわよね？　ほんとに何をどうすればいいの。なにより嫌でたまらないのよ、これからママだけ――置き去りだなんて」

母の手につかまってなでながら力をこめ、不安にまかせて顔を見てありありとわかった。いつも通りの慈顔は窓をさえぎるきれいな鎧戸《よろいど》のようなもので、内心では当事者の娘に負けず劣らず今回の訪問を気遣っているのだ。

「どうせ近づいてはいるのよ、そうでしょう?」母がささやく。「だからね、終わりもそれだけ近づくわ」車輛のいちばん奥の片隅で、むにゃむにゃ、と太った老農夫がまたもや声を洩らす。ぐっすり眠っているのだ。「そうねえ」母は小声で続けた。「まずはお付きの小間使いにお尋ねしたほうがいいわね、お元気ですかと――代母さまがね。例えば、『ミス・チェイニーにお目にかかっても差し支えないと思われます?』とか。そしたら先方に、適切なやりかたをちゃんと言われるわよ。なにぶんのお齢《とし》でしょう、お話もまともにできるかどうか。字はすごく豪快でいらっしゃるけど」

「んもう、ママったら、お付きの小間使いがいるかどうかもわからないじゃない? 代母さまの時代はずっと『ご家来衆』でしょ? 大広間にずらりと居並んだりしたら! それに、立っておいとまいたしますとご挨拶するのはいつがいいの? あの方のお目もお耳もお口も不自由だったりしようものなら、こっちはもうほんとにお手上げよ!」

この数日で類似の質問を一ダースはされた母が見守るうちに、乗り心地の悪い旧型車輛に揺られながら目的地へ着々と近づくにつれ、ただでさえ色素の薄い愛娘の顔は、淡い髪色の陰でさらに青ざめていった。

「困った時はね、いい子ちゃん」母がそっと耳打ちする。「いつでもわたしはちょっとだけお祈りするのよ」

「そうね、そうよね、大好きなママ」アリスは寝入った老農夫をにらみながら答えた。「でも、ひとりっきりじゃなかったらなあ！　そこがねえ、すごく気が回る代母さまとは言えないって気がするのよね、お手紙でもこっちの都合は全然お構いなしだったでしょ。それぐらいのわきまえはあるお齢じゃないの」またもや微妙な笑いが忍びよる。手加減しながら母の手にいっそうの力をこめる間にも、生垣や牧場が次から次へと車窓を流れ続けた。

母子の別れは、宿屋や御者の目のない馬車の中であらためてすませた。

「あのね、いい子ちゃん」長く抱き合うさなかにアリスの母が一息入れて、「今はこうして心配でも、もうじき何もかもふたりで笑い飛ばせるようになるわよ。代母さまは悪気じゃないかもしれないし、わたしたちにはわからないでしょ？　それと忘れないでね、赤獅子亭で待ってるから――ほら、あの看板よ。時間があれば水入らずで、少しお夕飯をいただきましょうか――品切れでなければスープを少々と、だめでもどうせ卵はあるわね。お茶で満腹になるとは思えないわ、場合が場合だもの。でもね、代母さまだって本心から会いたくなければお招きにならなかったはずよ。くれぐれもそれだけは肝に銘じておいてちょうだい」

アリスは馬車の窓から首をのばすようにして、生垣にさえぎられるまで母の姿を目で追った。そこから貸馬車で「お屋敷」めざしてほこりっぽい田舎道をのんびりたどってゆく。行けども行けどもまだ着かない。絶対に何マイルも行き過ぎたわと、いてもたってもいられなくなったアリスはとうとう窓から顔を出して御者に声をかけた。「行き先は『お屋敷』なんですけど」

「あれですよ、お嬢さん、『お屋敷』はね」大声とともに鞭の一振りで示された。「敷地内にはお連れできないんですよ、乗り入れ禁止なんで」

「ああ、どうしよう」かび臭い青い座席クッションに背を預け、アリスは溜息をついた。「お玄関までの並木道が何マイルもあったら！」

うららかな午後だった。こぎれいな生垣がそろって新緑の芽を出し、春の花々——サクラソウ、スミレ、テンナンショウ、ハコベ——の、ごく淡い彩りが星々のように斜面に咲き乱れている。アリスの小さな銀時計ではまだ三時半だった。このぶんなら時間ぴったりにお伺いできそうだ。数分後に貸馬車が止まったところは錆びた大きな鉄門で、どっしりした鳥の石像が門柱四本の上に一羽ずつ巣ごもりして、うつむき気味に翼を広げていた。

「では、くれぐれも六時には迎えに来てくださる？」つとめてさりげなく、よそゆきの声を保ったつもりが、すがるような口調になってしまった。「六時を一分でも遅れないでね。ここでわたしの戻りを待っていて」

御者はぴょこんと首だけ上下させて帽子に手をやると、老いぼれ馬を回れ右させて戻っていった。あとにはアリスだけだ。

見慣れないのになんだか懐かしい田舎道へ、最後に一度だけ未練がましく振り向くと——民家はひとつも見当たらない――アリスは大きな対の門扉にくっついた小さな脇門を開けた。押してみれば蝶番がゆっくり動き、かすかな嘲《あざけ》りのようにキイと音をたてて開く。その先に二十フィートはあるイチイの生垣が立ち並び、目立たない隅っこで小さな四角い小屋が鎧戸を閉ざし、古びた玄関に枯葉を積もらせていた。アリスの足が止まる。自分にも母にも想定外の難問にここでぶつかってしまった。ノックすべきか、それとも素通りか？　見た感じ、そこの鎧戸はコウモリの目のようにまるで開かないらしい。数歩ほど後退りして煙突を見上げたが、それでも裏の西洋ヒイラギの暗緑色に煙がたなびく気配はない。正体不明の鳥か何かがぎゃあぎゃあ騒ぎながらその葉陰へ飛びこんでいった。

小屋が無人なのは明らかだ。それでも一応の礼儀で玄関へ立ち寄ってノックして――でも返事はない。遠くでキツツキが笑う以外はしんとしており、一、二分ばかり様子を見てから生気のない窓に目を走らせ、このまま先へ行くことにした。

細い砂利道はふかふかの苔《こけ》に隠れ、足音がまったくしない。道の両側は鬱蒼たる大木にさえぎられ、まだ午後なのに早くも黄昏《たそがれ》かと思ってしまいそうだ。巨木ぞろいのブナたちは途方もない大枝を振りかざし、古びた幹に人間の一家全員まとめて住まわせるだけの大きな洞《うろ》をこしらえている。枝のはるか向こうに見えているのは巨大な西洋杉、さらに奥まった他の木々の木陰で鹿の群れらしき動物が草を食べているが、なにぶん遠すぎてちゃんと見分けられない。

この場所でいち早くアリスを見つけた野生動物は数匹いたが、不思議に人馴れしていた。わざわざ逃げたりせず、脇へよけて通りすぎるまで見守っているし、鳥たちは手が届きそうで届かない距離をひょいひょい飛び回ってめいめいの用を続けている。アリスは好奇心にかられ、こわれた柵の横桟にもぐって何かを食べていた大きな雄ウサギに近づけるだけ近づいてみた。その試みは予想外にうまくいき、ウサギのもこもこした頭をかいて長い垂れ耳をなでてやっても、じっとしている。

「うーん」溜息まじりに立ち上がり、「ウサギがこれだけ人を怖がらないなら、祖母《ばば》の祖母の祖母の祖母の祖母の祖母の祖母のそのまたお祖母《ばあ》さまのお屋敷がそんなに怖いはずないわ。じゃあね《オールヴォワール》」ウサギにささやく。「うんとすぐにまた会えるといいな」と、さらに進んでいった。

背を丸めた茨の木が随所にのぞき、ヒイラギもところどころにある。大昔に聞いた話では、ヒイラギには知恵があり、葉を食べられる気遣いがない場所ではトゲを生やさないという。ここのヒイラギにはトゲが見当たらず、サンザシは鮮やかな緑に固い蕾《つぼみ》の水玉模様でおしゃれしているのに、いたずらっ子たちが苗木のうちにあちこち結びこぶを作ったみたいな曲がりくねり方をしている。それでも静かな空気はなんと清々しいことか。巨木がてんでに枝をかざすこの静かな並木道や、頭上にのぞく生まれたての青い空の穏やかな美しさに内なるこわばりがほどけ、並木のすきまから四輪馬車がひょっこりあらわれるまでは代母のことを忘れかけていた。

正確には四輪馬車ほど大型ではなく、色あせた朱と黄に塗った車体にクリーム色の馬を合わせた二頭立てといったところか——濃いワイン色の服の御者が、従僕と並んで御者席にいる。で、ここからが本当に不思議なのだが、この馬車がなぞる道筋には苔や雑草がはびこり、周囲の草むらとほぼ見分けがつかない。みるみる近づく馬車をアリスはただ見守った——頭上に大枝を広げるオークのしわんだ幹に隠してもらって。きっとこれこそ代母の馬車だろう。こうしてだだっ広い世界から隠れて乗るのが日課なのか。だが予想は外れた。馬車がいざ近づいて、色あせた赤いモロッコ革の内装を一瞬さらして通り過ぎたのを見れば、中は空っぽだ。すぐ遠ざかり、かろうじて天日にさらされた馬車の外側パネルと、御者や従僕の後ろ姿——髪粉で整えた髪に花形帽章の帽子——が見えるだけとなった。

そんな異様なものに出くわすと、心配が一気にぶり返す。アリスは隠れ場所から忍び出て先を急いだ。こうなったら願いはただひとつ、この訪問をとっとと終わらせるに限る。すると間もなく屋敷が見えてきた。花のない草地がゆるく傾斜して伸びた先に、暗色の低い壁と灰色の煙突がある。右手で巨大な鏡のような池が木々に囲まれていた。さらに奥は手触りのなめらかそうな緑の丘だ。

またもや灰色の巨木の陰にとどまり、たくさんある窓のどれかからこっそり品定めされる前に屋敷のさらなる観察にかかった。まるで太古の昔からあったみたいだ。大きな石材の自重で何百年もかけて少しずつ地面にめりこんだらしい。家の近くは花のつく草木を一切植えず——こぼれ種で広がったデイジーや、数輪の黄色いたんぽぽぐらいしかない。

あとは緑の芝生や木立、今のアリスの立ち位置から低いポーチの玄関へとゆるやかにのびた古めかしい並木道ぐらいか。「うーん」と、溜息《ためいき》まじりの独り言で、「あそこが自分のおうちじゃなくてよかった、本当に——それだけは千一歳になっても嫌！」しゃんと背筋を正して靴に目をやり、リボンつきの麦わら帽をわずかに直し、ありったけの品格を総動員してまっすぐに進んでいった。

ポーチに垂らした鋼鉄の引き手をそっと引くと、まる一秒おいて、ががら声の呼び鈴が返事した。大声で「はいはい、ただ今！」と鳴るなり黙りこむ。アリスのほうは超特大の鋼鉄ノッカーを鳴らすまでの踏ん切りがつかず、しばらくは手をこまねいていた。

ようやく玄関が音もなく開いたら開いたで恐れていた通りになり、応対に出てきたのはパリッとした制帽のにこやかな小間使いではなく、黒礼装の老人がガラスケース入りの鳥の剝製かなにかを相手にするように、薄灰色の目をまともに合わせずに見ている。短期間で激痩せしたか他人に借りたかして、服がだぶだぶだった。

「わたしはアリス・チェイニー——ミス・アリス・チェイニーです」と名乗る。「祖母の祖母の……その、ミス・チェイニーにお目にかかるはずで——もちろんお差支えなければですけど」ここまでの短い口上を一気にしゃべって息を使い切ったが、代母の老執事はじっとアリスに目を据えて、たった今言われたことをのみこむまで、いささか手間どっている。

「お入りくださいませ」やっと言われた。「ミス・チェイニーからのお言伝《ことづて》で、おくつろぎいただくようにと申しつかっております。すぐお会いになりたいとのことで」そこからは執事の先導で——石枠の地窓に緑の木漏れ日がさしこむ広い玄関ホールを抜けた。面頬を上げたぴかぴかの甲冑一対が両脇に立っている。ただし、大昔に世を去った甲冑の主の両目が光るべき場所はうつろな闇になっていた。アリスは両方に一、二度ずつ目で挨拶し、それ以後は脇目もふらずに小柄な老執事の猫背を追いかけた。磨きこんだ階段を三つのぼって壁掛けの下からまだまだ先へ連れていかれ、長い回廊の奥でようやく代母の居間らしき居室にたどりついた。執事はそこで一礼とともにさがっていく。アリスはやれやれと息をつくと、ドアに近い椅子の端にかけ、灰色の絹手袋のボタンをいじって、かけたり外したりした。

天井にゆるい勾配をつけた室内に奥行きはあるが幅はない。格天井に木製パネルの壁、見たこともない家具調度が置いてある。空恐ろしいほどあがってしまって爆発しそうになりながらも、アリスはこの部屋をピンクのモスリンでまとめた母の小さな客間と比べてみて、あやうく笑いそうになった。おくつろぎいただくように、ですって！　そこの物入れはどれも、あの「ヤドリギの枝」のお話（英国各地の屋敷に残る伝説。隠れんぼ遊びで屋根裏部屋の物入れに隠れた花嫁が出られなくなり、何年も経って婚礼姿の骸骨として発見される。多くの歌や戯曲、小説の題材となった）に出てくる薄幸なる娘のように、彼女を永遠に隠してしまえそうだ。壁面を飾る色あせた大きな額入り肖像だって、いわゆる古典派巨匠の作品だと一目でわかる名画ぞろいで、だからせいぜい厳粛に鑑賞したものの、人間がここまで取っつきにくくなれるとは。婦人用胸衣《ストマッカー》やら切りこみ入り紳士用胴着《ダブレット》、ビロードのつば広帽子といった衣裳のせいより、多分に顔つきのせいだ。ご婦人方は極端に剃りこんだおでこをして、先細りの手の親指に指輪をはめ、男性陣はそろいもそろって険悪な顔をしている。

「ほほう！　しがない小娘か！」とでも言いたげな顔つきだ。「いったいここで何をしておる？」

唯一の例外は、ほぼ同年配の少女の彩色線画だった。垂れ耳つきの繊細なつばなし帽にほぼ隠れた黄色い髪、胸元に揺れる短いネックレス、サクラソウ色の胴着はくびれた細腰を思い切り強調している。うんと繊細な線描にチョークでほんのり色をつけただけの筆致は、紙に痕が残らないほど淡い。それでも天井の低い部屋の奥からアリスを見つめる目には生気が感じられた。嘲弄と憂鬱の相半ばする笑みが両目の奥にたゆたう。ね、わたしは美人でしょうと、それとなく匂わせて。だけど、はかない一時の間だけなの！　これほどの美貌は見たことがないのに、白状すれば、そこはかとなくアリス自身に似ている。だからといって、どうしてそれがささやかな自信回復につながったのかは本人にも不明だ。それでもわざわざ絵の少女に笑い返してみせ、こんな気持ちをこめた。「そうね。あなただけは、何があってもわたしのそばにいてくれるわね」

のろくさい数分がもったいぶって過ぎた。大きな屋敷内はことりともせず、足音も絶えている。だが、とうとう奥のドアがひっそりと開き、深く引っこんだ窓からの木漏れ日に包まれてあらわれたのは、明らかに「あの方」だった。

代母は、アリスを屋敷に通した執事の腕に軽くよりかかっていた。そして二つの影のように静かに入ってくると、しばしその場で待って、女主人の席を従僕に用意させた。その間もずっと客を探り見ている。昔はアリスと同じぐらいの背恰好だったはずが、今では子供の彫像みたいに縮み、小さい頭は狭い肩にしっかり支えられてはいるが、肩のほうが門柱の石の鳥の翼のようにだらりと落ちている。

「あら、あなたがそうなの?」と叫ぶ声がした。だけどかすかで、空耳かと思ったアリスはにわかにうろたえて全身がかっかと熱くなった。

「あなたがそうなの、と言いましたのよ、お嬢ちゃん?」さっきの声が繰り返す。今度は間違いない。わななく膝をこらえたアリスが光のほうへ思い切って踏み出すと、老婦人に片手を差しのべられ――しわしわに縮んだ手は、門柱の冷たい鳥の爪のように指をきちんとそろえていた。

おぞましい瞬間が訪れ、アリスが一瞬ためらう。やがて老婦人に近づいて膝を折った宮廷風の礼をとり、冷え切った指に唇をつけた。

「これだけは言えるわ」あとで母と再会を果たしてから打ち明けた。「これだけは言えるわ、ママ、ローマ教皇に対してなら足の爪先にキスして当然だったはずよ。だから、本当はそのほうがずっと礼にかなっていたんじゃないかしら」

　それでもアリスの祖母の祖母の祖母の祖母の祖母の祖母のそのまた祖母は、どうやらこの挨拶に気を悪くしなかったらしい。実際に、アリスが笑いじわかと思ったものが精緻なしわの張り巡らされた顔に浮かんで笑顔そっくりになった。どんぐり形の頭上に服とおそろいの銀とレースのつばなし帽をいただき、絹ミトンで手首を隠している。小柄もいいところで、手を取って小腰をかがめようとしたアリスはほぼ二つ折りになってしまった。やがて着席すれば、まるで大きな座り人形みたい――ただし、声も考えも五感も動作もそなえ、あらゆる人形師の奔放きわまる空想を凌駕した奇跡の人形ではあるが。干からびてしぼんだ造作の中で、あの目は――とびきり薄色の忘れな草より淡い青の――相変わらずアリスを見続け、執事と従僕はつつしんで女主人を見守る。やがて、なにか秘密の合図があったように、二人とも一礼して出て行った。

「さ、おかけ遊ばせ、お嬢ちゃん」使用人たちをさがらせると、小さな鈴を鳴らしたような声がした。ついで空恐ろしいほどの間があく。老婦人は半透明ガラスの老いた目をまだしっかりとアリスに向けたまま、鳥の鉤爪そっくりの手で細い膝に四角いレースのハンカチを優雅に広げた。そうして見合っていると、あがり症に歯止めがきかなくなっていく。「本当に古くてきれいなお屋敷ですね、大《おお》お祖母《ばあ》さま」やぶからぼうにそう言ってしまった。「それにあの木々のみごとなこと！」

ミス・チェイニーは聞こえたそぶりをおくびにも出さない。それでもアリスにはどうしてもわかってしまった。代母の耳には届いているが、なんらかの理由でその意見に賛成しかねるのだと。

「さあさ」か細い笛のような高い声で、「さあさ。この長の年月につもる話を聞かせてちょうだい。母君はごきげんいかが？　お会いした記憶はかすかにあるようよ。お父君のジェームズ・ビートン氏にお輿《こし》入れ遊ばしてすぐだったかしら」

「ビートン氏はたぶんわたしの曾祖父ですね、大お祖母さま」アリスはこっそり息を継いだ。「父の名はジョンで――ジョン・チェイニーです」

「あらそう、なるほど曾祖父君でいらしたのね」と、老婦人。「月日はあまり気にいたしませんのよ。ところで、最近なにかありまして？」

「ありましてとおっしゃいますと、大お祖母さま？」アリスはおうむ返しに訊いた。

「あちらでね？」老婦人に言われる。「世間でなにか？」

かわいそうなアリス。歴史の試験で解けない難問にむなしくペンを嚙んだ経験はさんざんあったのに、これは今までのどんな試験よりもはるかに難物ではないか。

「そうれ、ごらん遊ばせ！」代母が続けて、「世間のめざましいお話はいろいろ伝え聞いておりますのにね、そんな簡単なことを尋ねても、誰も答えてはくださらない。あの蒸気鉄道とやらの旅を遊ばしたことはおあり？　機関車、でしたかしら？」

「今日の午後はそれに乗ってまいりました、大お祖母さま」

「ああ、お顔が少し赤いのはそのせいでしょうね。煙にずいぶん酔ったでしょう」

アリスはにっこりした。優しく、「いいえ、お気遣いありがとうございます」

「それと、ヴィクトリア女王はいかがお過ごし？」と、老婦人。「まだご存命かしら？」

「ああ、はい、大お祖母さま。もちろん、それも世間で最新のできごとです。今年は女王陛下のダイヤモンド・ジュビリーで——治世六十年の節目です——よね」

「ふうん、六十年なの。ジョージ三世の御代は六十三年でしてよ。でも、いずれはみんな逝ってしまわれるのだけど。わたくしが覚えているのは、お気の毒なお若いエドワード四世のご葬儀後に、子供部屋にあがっていらした父上のお顔ね。父上は小姓のひとりとして宮廷に伺候していらして——ヘンリー八世の御代ですのよ。たいそうな美青年でね——肖像画がありますよ……どこかに」

しばらくはアリスの脳内にあやふやな記憶——歴史書で読んだ史実の記憶がぐるぐると渦を巻いた。

だが、ミス・チェイニーの思い出はほぼ切れ目なく数珠《じゅず》つなぎに繰り出される。「ここはぜひともよくよくご料簡遊ばしてね、あの恐ろしげな最新流行の蒸気機関車とやらではるばるあなたを呼び寄せたのは、なにも子供時代のよもやま話をするためではないの。王も女王も他と同じに移ろうものよ。世の移り変わりならさんざん見てきたものの、私見ではいつの世もさして変わりばえしないようですこと。それに新聞を有益な新機軸と呼ぶのも眉唾でしょう。わたくしが若い時分は、そんなものがなくてもどうにか不自由なく過ごせましたし、『スペクテイター』を創刊なさったジョーゼフ・アディソン氏の時でも二週間に一度の小さな紙面で文句は出ませんでした。でもよくってよ、愚痴っても詮《せん》ないことです。それすべての責めをあなたひとりに負わせるのも理不尽ですしね。変化なら、わたくしの少女時代にもありましたのよ、いろいろと——大変革でした。当時の世の中は今ほど人があふれておらず、気高さや美しさがございましたからね。ええ、そうなの」と視線をさまよわせ、サクラソウ色の服の少女にしばしとどめた。「本音を申しますとね、お嬢ちゃん」と続けて、「あなたにぜひお話ししたいことがあるの、それを聞いていただきたくて」

ハンカチを握りしめ、またしてもしばらく口をつぐむ。「これだけは聞かせてもらいますよ」大きな椅子からわずかに身を乗り出し、ようやく口を開いた。「是が非でもあなたご自身の口からお聞きしたいわ、どれほど長く生きたいとお思いになる?」

アリスはしばらく凍りついてしまった。まるで北極からじかに氷の風が室内を吹き抜け、空気まで恐怖に凍りつかせたようだ。あてもない視線が絵から絵へ、時代物から時代物へと――古びて物言わず、生気のない――さまよった末に、ダイヤ形の窓ガラスの外にのぞく草花にとまった。「考えてもみませんでした、大お祖母さま」乾いた唇からかすれ声を出し、「どうもよくわかりません」

「まあそうね、わたくしだって若い体に老成した頭がついているとはつゆ思いませんもの」老婦人がやりこめる。「チャールズ一世陛下がそのように達観遊ばされれば――それはもう教養と度量に恵まれた信仰篤《あつ》い王様でしたのよ――オリヴァー・クロムウェルなどというあんな下賤な輩に斬首という形で弑《しい》し奉れたかどうか」

どんぐり頭のあごを、かたつむりの殻ごもりみたいにレースに埋めて隠した。アリスの話し相手はその時点まで、精巧な像というか自動人形――きらめく目に曲がった手とはるか遠くからのような声の――であってもおかしくなかった。ところが、ここにきてがぜん生気をかきたてられたらしい。老婦人はごく小さいが鋭く通る声をささやき付近まで落とし、無意味を承知で頭を左右に巡らして、近くで盗み聞きする者の有無を確かめようとした。

「さて、よくお聞きなさい、いい子ちゃん。わたくしには秘密があるの。あなただけにこっそり打ち明けたい秘密ですのよ。今日はわたくしの三百五十回を数える誕辰《たんじようび》とあって」――そう聞いて、いきなりアリスは恐ろしいことに気づいた。「幸多きお誕生日でありますように」とお祝いを言うのをすっかり忘れていた――「ここで大勢の楽しい方たちと――あなたみたいに若くて朗らかな方々に会えると期待なさっていたのじゃない？　でもね、違うの。そうではないのよ。あなたの母君にしてもね、当然ながらわたくしからすれば、ただの義理の孫の孫の孫の孫の孫の孫の孫のそのまた孫娘というだけですからね。母君はたしかミス・ウィルモットね」

「はい、ウッドコットです、大お祖母さま」アリスがそっと応じる。

「そう、ウッドコット。それはどうでもいいの。厳密に言うと、わたくしのお眼鏡にかなって選ばれたのはあなたですからね。ただの男なんぞに興味はないわ。しかも、向こうの壁にかかったあの肖像画を描かせた当時のわたくしと今のあなたは同い年なの。ハンス・ホルバインのお弟子が描いてくださったのよ。ハンス・ホルバインご自身は、当時もう世を去っていたはず。まああ、お嬢ちゃん、あの絵はまさにこの部屋に座って描いてもらったのよ、よく覚えているわ――昨日のことのよう。サー・ウォルター・ローリーがとても褒めてくださってね、ご記憶かしら、最期はお気の毒でしたこと。あのころのわたくしは確か七十代の初めだったかしら。父上同士が竹馬の友でね、デヴォンシャーの同郷でしたの」

アリスはわずかにまばたいた。代母――かかしそっくりの顔と動かない小さな手の――から目を離せなくなっている。

「さ、あの絵をちょっとごらんになって！」老婦人は曲がった小さな人差し指で奥の壁をさして命じた。「よく似ているのがおわかり？」

アリスはその肖像画に長いことじっと見入った。それでも、その美しい笑顔がほんの少しでも自分に似ているのを打ち消す勇気もなければ、そこまでうぬぼれてもいなかった。「誰にですか、大お祖母さま？」と、蚊の鳴くような声で応じる。

「『誰に』ですって？　ああ、ああ、ああもう！」はるか遠くで銀の鈴を振るような声だ。「自明のことです。わたくしにはね……でも、もうよろしいの。並木道をいらした時に、この屋敷をごらん遊ばしたでしょう？」

「それはもう、大お祖母さま――ですが、もちろんそんなに細かくは」アリスはどうにか答えた。

「外観はお気に召して？」

「それは思い浮かびませんでした」アリスは言った。「敷地内のたたずまいや木々はとってもきれいでした。あんなに――年輪を重ねた木々は見たことがありません、大お祖母さま。それでもどの木もいっせいに芽吹いて、こんもりと葉を茂らせているのもありました。すばらしいですね、木々が――こんなに長生きしても――その、芽吹くなんて？」

「屋敷の話をしていたのだけれど」と、老婦人。「昨今の春は様変わりしてしまって、昔とは趣が違いましてよ。かつて見慣れた春はイングランドから消えました。ある年の四月などは、ロンドン全域の丘のいただきに天使がたが降臨遊ばしましたの。ですが、目下のわたくしたちにはどうでもいいお話ね、今のところは。屋敷ですけど？」

またしてもアリスの目が泳ぎ——窓越しに揺れる緑の草を眺めて、落ち着きを取り戻した。

「本当にしんと静かなお屋敷ですね」

子供じみた声は厚い壁のはざまでかき消され、あとは水をたたえた井戸のように深い沈黙となった。その間のアリスはひしひしと実感していた。遠くを見るようでいて鋭い代母の目が、自分の顔色を絶えず探りにかかっていると。あたかも他ならぬ歳月が幼子の姿をとり、代母の老いた顔でささやかな隠れんぼをしているみたいだった。

「さあ、ではくれぐれもご傾聴遊ばせよ」ようやく話しだした。「そんなお顔をしていると——あちらの肖像画と似ても似つかないからには、おつむの巡りはかなり良いはずね。この齢になればね、お嬢ちゃん、くだらぬ見栄坊のかどで、今さら責められるいわれはないでしょう。でも、娘ざかりにしかるべき賛辞を楽しむ雅量ぐらいはございましたよ。あなたにひとつご提案があって、それにはなけなしの知恵を総動員していただかなくては追いつきません。驚かないでね。あなたには全幅の信頼を寄せております。でも、お先に隣室へおいでなさいな、そちらにお食事を用意させてあります。なんでも、今日びのお若い方々はひっきりなしに滋養を摂らないと身がもたないのですってね。はしたないこと！　わたくしの知るような貴婦人のたしなみはそっくり忘れ去られ、おかげで片時もじっとしていられないとは。はしたないこと！　今日びは恐ろしい機械《からくり》がいろいろとできているそうだし、不満や無知無見識がはびこり、安寧を欠いた騒々しい混迷の世になっているとか。わたくしが若いころはきちんとしておりましてね、貧民はずっと貧民、卑賤はずっと卑賤でしたのよ、お嬢ちゃん。世にわきまえというものがございました。若いころのわたくしなど、たったひとつの刺繍に何時間かけてもよしとして、じっくり腰を据えていられました。必要ならば母上にびしびしお仕置きをされましたしね。でもまあ、老人の繰《く》り言を聞かせるためにお呼びしたわけではないわ。お食事で気力が戻ったら、屋敷うちを少しご散策遊ばせ。どこでもお好きにいらして、よくごらんになってね。誰にも邪魔はさせません。一時間後にお戻り遊ばせ。最近のわたくしは午後から少しお昼寝をいたしますの。その時分には起きていますわ……」

アリスは言葉にならないほどホッとして席を立った。奥に鎮座した小さな姿にまた膝を折って宮廷式の礼をとり、暗色のオーク材のドアから退室する。

すぐ隣は小さな六角形の部屋で、鏡板は時代物のうんと黒ずんだオーク材だ。モールディング装飾の黒っぽい天井に枝分かれした銅のシャンデリアがさがり、鉛ガラスの窓越しに巨大な木々が見えている。困ったことに、さっき代母との初対面で執事についてきた従僕がテーブルの椅子の背に控えていた。庭師はまあ別として、男の使用人に長い白髯などいかがなものかとアリスは思うが、現にそういう従僕になんとなく横目遣いをされているとくる。テーブルにつきたければ嫌でも背中を向けるはめになるのだ。アリスは純銀の皿で従僕にお給仕された果物やパンを少しかじり、甘い飲み物を飲んだ。ただし、落ち着かずにそそくさとすませたものだから、ものの味がちっともしなかった。

食後そうそうに従僕にドアを開けてもらい、だだっ広くさびれた屋敷内を探検しに行く。まるで自分の幽霊と二人連れになったみたいだ。これだけの孤独感にのしかかられたためしもなければ、起きていながら夢の世界へ迷いこんだ感覚をここまで濃密に味わったこともない。長い廊下や、たわんで横木で封じられた低いドア、でこぼこの黒ずんだ床、ペルシア絨毯もほうぼうにあり、タペストリーや壁掛け類はこれだけ長年にわたって日焼けしていなければもっと美しかったはずだ。曲がりくねった階段、壁を巡らした室内空間によどむ重苦しさ、無数の絵画、巨大な寝台、はるかな歳月を経てきた物入れやソファや箪笥《たんす》が果てしなく並び——子供時代からの我が家を今朝出てからここまでの長旅以上に、これらすべてがわずか数分でよってたかってアリスを疲弊させてしまった。まったく、おなじみのマザーグースの「があがあ鵞鳥さん《グーシー・グーシー・ギャンダー》」ではあるまいし、「上の階へ下の階へと部屋から部屋をさまよう」を地で行くなんて。

とうとう溜息が出てしまい、誕生祝いに母がくれたぴかぴかの小さな銀時計を見たら、華奢な針は祖母の祖母の祖母の祖母の祖母の祖母の祖母のそのまた祖母の部屋へ戻る時間まであと十五分はあるという。

現在地はどうやら小さな図書室らしい。四方の壁の天井から床まで古い牛革や羊革の二折本や四折本やずんぐりした十二折本などがずらりと並び、本棚にはさまれた壁面に、とびきりきれいな細密肖像画やメダイヨンが何十も飾られている。いずれも古い古いご先祖さまたちで、いったい何代の王をさかのぼった時代のものか見当もつかない。

絵のひとつふたつに読みにくい字で書かれた銘文からすると、当時の王じきじきの下賜品であったらしい。描かれた人々は思い思いの衣裳やターバンや裾《すそ》ひだで、巨大な仮装舞踏会の招待客みたいだった。

さあれ　汝《なれ》の至福が奈辺にあれ
いずれは誰しも世を去るさだめ

この部屋には浅い弓形の窓を埋めるように低いくぼみがあり、横長のタペストリーがかかっていた。鉛ガラスの窓は開いている。日はすでに傾き、釘で吊るした金や黒檀や象牙の額縁に西日が斜めにあたっている。アリスはその窓辺に膝をついた。心はいつしか白昼夢に入りこみ、視線は遠くさまよい出て、金の芽を吹いた巨大オークの梢《こずえ》や、そよぎもせずに枝葉を思うさま広げた杉の木の黒く平たい樹形へと――もしかすると、サー・フィリップ・シドニーが東方から愛するイングランドへ持ち帰った苗木の子孫だろうか。

池を飛び回るユスリカみたいに一日ずっと心の中でブンブンやっていた物思いは次第に静まり、アリスは古い屋敷に漂う静けさに深く深く沈みこんでいった。四方の壁が巨大な潜水鐘と化して、底なしの時の海にどこまでも沈んでいくようだった。窓の外では優しい四月の空気がそよとも動かず、この屋敷のすぐそばの芝生に寄ってきたダマジカの群れが咀嚼《そしゃく》する音が本当に聞こえるぐらい静かだった。

そこで座って白昼夢にふけるうちに、ふと見ればなにかの小動物――これまで見たこともないような生き物が――自分からほんの一、二歩先の窓敷居にのぼってきて、ビーズのようにきれいな茶色の目でこちらをじっと見ている。モグラより一回り大きく、ビーバーみたいな密度の濃い柔らかそうな黒い毛並み、なめらかな短毛にふさふさのしっぽ。耳はピンと立ち、銀のヒゲはあごに垂れ、象牙色の小さな爪をのぞかせて、まるで飼い猫や犬がおやつの肉をねだるように後足で立ち続けていた。残念ながらアリスにはそのお客にあげるものがなく、手元にさくらんぼの種もパン屑もなかった。

「あら、かわいいのね」そうっと話しかける。「なんの生き物？」

その生き物はごくわずかにヒゲを動かし、見慣れない人間をいっそう熱心に見つめた。アリスはこれ以上ないほど気をつけて指を一本だけ出すと、自分でも驚いたがふわふわの鼻面をそうっとなでさせてもらった。「まるで自分が不思議の国にきたみたいだったわ」と、だいぶあとでその時のことを母に説明した。鼻面の持ち主はこのちょっとした挨拶が気に入ったようで、身動きも声もなしで完全にじっとしていた。そして指をひっこめると、もっと構ってくれとでも言うふうに、さらに輪をかけて熱心に探り見てきた。やがて象牙色の爪のある前足でオークの窓枠をしつこく叩き、またちらりと探り見たあとで、毛むくじゃらの頭を激しく三度振ってちょっと間を置くと、すばやく向きを変えてちょろちょろと走りだし、ムーア風の彫刻飾りの超大型簞笥の裏に逃げこんだ。アリスがさよなら《アデュー》を言う暇もなかった。

この人生における静かでささやかなできごとは、たとえ不可解であっても大きな意味があるようにとられがちだ。さしずめ、この小動物とアリスの場合のように。まるで——自覚はなかったが——代数の問題かユークリッドの命題でも解きあぐねていたところへ、わざわざ巣から出てきて教えてくれたみたいだった。なんと突拍子もない考えか！——自分は問題も解き方も知らなかったのに。

また時計を確かめると、アリスの白い頰にみるみる紅がさした。さっき代母に言われた時間にもう十分も遅刻しているではないか。とうに出向かなければいけなかったのに。それでもまずは夢見るような大きな庭をお名残に見ると、さっきの部屋へ戻りにかかった。

しかしながら、ようやく帰り道が見つかる前に、またアリスはどうしようもなく迷ってしまった。この屋敷は静かな迷路のようで、通路も廊下も実に紛らわしかった。だから新しくやり直すたびによけいややこしくなってばかりで、ふと気づけば、これまでまるで見覚えのない部屋に入りこんでしまっていた。低い石壁、ほこりだらけの窓はどれも閉め切られ、椅子が一脚あるだけだ。その椅子にかけているのは、さっきの肖像画で笑っていた美人の等身大人形らしかった――目をつぶり、ほのかな薔薇色の頰、髪は今も金に輝き、けだるく膝にのせた両手の片方が握っているのは、ひからびた薔薇の花束の残りらしい。この罪のない人形のどこにそこまで驚いたか、当のアリス本人もわからないが、しばらく怯《おび》えて見つめてから、あわててドアを閉めて悪夢にでも追われるように逃げだし、廊下から廊下を逃げ回るうちに、まぐれでようやく、さっきの食事した部屋にたどりつけた。胸に手を当ててその場に突っ立っていると、乱れた息は二度と元通りにならないという気がする。もう不安でも、ただの人見知りでもない。はっきり怖いのだ。「ああ、この屋敷に来たりしなければ、来たりしなければ！」が、怯えた頭に浮かぶ唯一の考えだった。

ミス・チェイニーの部屋へ戻ってみれば、ホッとしたことに代母はまだ寝ていた。だからアリスは相手に見られずに、しばしその姿を見ていられた。

さて、母の兄のひとり――つまりは伯父――は高齢の独身者で、誰かの誕生日にプレゼントをあげるのを楽しみにしている。だからアリスはたいていの子供たちよりも人形をたくさん持っていた。木の人形、蠟人形、陶人形、オランダ人形、フランス人形、ロシア人形、アンダマン諸島の人形まである。だが、そのどれと比べても、レースと銀の帽子やマントをまとって今この場でそっと小首をかしげた顔ほど、穏やかに固定された表情はなかった。感情は何であれ浮かんでいない。笑みのかけらも、不興の翳《かげ》も。ただ、全体にできたちりめんじわが眉からまぶたにまでくまなく及び、その顔を細密地図そっくりに見せていた。

そして、昔の宝探しが秘島の地図を調べるようにその顔をつぶさに見ているうちに、ぱちりと小さな目が開いて即座にしゃきっと目をさました。

「ああ」ささやくような声で、「長い旅に出ていたわ。でも、あなたに呼ばれたのが聞こえて。ねえ、どうなるのかしら」声がいちだんと低く沈む。「あんな世上の風評を知ろうとして深入りしすぎれば、どうなるのかしら。お答えくださる？　でもいいわ。先にもっと大事なことを訊かなくては。さて、よろしければ教えてくださいな、この屋敷はいかがかしら」

アリスは唇をなめた。「それには、大お祖母さま」答えをひねり出そうと四苦八苦する。「何年もかかりそうです。すごい豪邸ですね。でも、うーん、あんまり静かすぎて」

「静けさを乱すものがなくてはだめかしら？」老婦人に尋ねられた。

アリスがかぶりを振る。

「ではね」その声は小さいが、独特の響きであたりの空気をちりちりと震わせた。「あなた、この屋敷をご所望かしら？」

「このお屋敷を――わたしが？」若い娘は息をのんだ。

「そうよ。あなたの屋敷にするの、いつまでも――人間の尺度では」

「いったい何のお話でしょうか」アリスは言った。

あちらは知りたがり屋の小鳥のように、小さな頭をかしげて横目を遣う。

「ごもっともよ、お嬢ちゃん。もう少し説明してあげなくては無理でしたわ。これからあなたに差し上げたいものをそもそも可能と思い及ぶ人は、この世にまずいないでしょう。この屋敷だけではなくてね、お嬢ちゃん、中にあるものもすべて――莫大かもしれないわ。中身は生命《いのち》ですもの。ここはぜひおわかり遊ばして、わたくしの父上は旅行家でね、しかも殿方が生命の危険を常に道連れにしていた時代の旅行家ですのよ。まさにこの部屋でしたわ、長旅からお戻りになった父上が、少女のわたくしに雪と氷と断崖絶壁に閉ざされた辛気臭い奥地の話をしてくださって――中国西部ですって。父上はその地の秘儀を携えてお帰り遊ばしたのね。むごく耐えがたい巡り合わせがいろいろあって、ご自分では秘儀を行えなかったの。そして、血を分けたわたくしひとりにその秘儀を託された。いずれはおわかりだろうけど、生き続けたいと願う気持ちが、わたくしの中でやや薄れる時が来そうなの。ありていに申せば、何度となく少々うんざりしてはいるのよ。でも、逝ってしまう前に、わたくしの特権——義務——として、秘儀を誰かに伝えなくてはならないの。いいこと！」こころもち声を張り、高らかなミソサザイの歌声のように低い天井いっぱいに響かせた。「こよなく貴重なこの賜物《たまもの》を、あなたに差し上げようというのよ」

アリスは片時も目をそらせなくなり、矢のように背筋を伸ばして座席に凍りついた。

「秘儀をわたしに、大お祖母さま？」

「そう」老婦人は眼を閉じて続けた。「わたくしの口からお聞きになった通りよ。これからじかにあなたの耳にささやいて伝授いたします。考えてもごらん遊ばせ、お嬢ちゃん、無限の時間という奇跡を！　考えてもごらん遊ばせ、世間の愚かしさや不快一切と手を切り——それにあの恐怖も——数ある恐怖の中でも最大の恐怖が——消えるか、どのみちどうでもいい他人事《ひとごと》になってしまうの——ここのような環境で暮らすことを。そこを、とくと考えてごらん遊ばせと申しているのです」

アリスの目がふと揺らいだ。とっさに見たのは、刻々と変化する夕焼けに輝く窓辺だ。野鳥がさえずり、移ろいやすい春が訪れている。

「なじむまではお好きなだけ時間をおかけなさい、わたくしに気がねなさらず。いくつか条件は出しますけれど。他言無用の誓いを立てて、これから伝授する内容を片言隻語たりと洩らさないというだけのこと——あなたの母君にもですよ。他はどれもこれもたやすい——それに比べればね。その他の条件はこうです。あなたはここでわたくしと暮らすの。お部屋は準備してあるわ——本に音楽、乗馬用の馬に専属の召使など、いりようなものは何なりとそろえてあります。そして季節が変われば、この屋敷ぐるみ貴重な美しい骨董品のかずかずも、この屋敷の一番高い窓から見えるより何マイルも先まで広がる敷地もすべて、あなたひとりのものになりますよ。古い知己と別れてしばらくはおつらいでしょう。別れを告げるのは悲しいと申しますものね。でもね、なにごとも薄れて消えてしまうのよ。そのうちに人づきあいをしたいとも思わなくなるわ。ここにいるような老人の召使たちなら難なく見つかるの。年寄りには分別があるし、嫌でも忠義を尽くさざるを得ないでしょう。二人で静かにいろいろお話ししましょうね。話したいことは山ほどあるわ。ねえ、お嬢ちゃん。生きた人にはこれまで絶対に教えなかったいろんな過去のお話を、あなたにしてあげたくて今から待ち遠しくてよ。この屋敷にはね、あなたがまだ足を踏み入れてもいないはずの棟がいくつもあるの。入口を横木と閂《かんぬき》で閉ざしてありますからね。中にはすばらしい宝物がたくさん。いつまでだって見飽きないし、さぞびっくりなさるでしょう。そうよ、お嬢ちゃん、あなたがずっと暮らすのはそういう場所なの——わたくしたち二人分の心と——二人分の人生を送っていただく場所よ。さ、教えてくださる、わたくしの申し出はどうかしら？　それと、これだけは肝に銘じてくださいね——全盛期のソロモン王の大盤振舞さえ、今の申し出にはかないませんことよ」

老いた頭がうつらうつらと舟を漕ぎ——さも疲れ果てたふうだ。しわくちゃの指がレースのハンカチを所在なくもてあそび、酷使されたアリスの頭はまたしてもひどい大混乱に陥った。目の前で部屋がぼうっとぼやけて揺れる。しばらく目をつぶってその光景を締めだし、遠くから聞こえるようなこの人間味のない声にされたばかりの話を落ち着いて考えようとしたが、うまくいかない。眠りながら夢のヴェールや網を払いのけ、あがいて夢魔の罠から逃れるほうがまだしもだ。現在ただ今のアリスの耳に入るのは、庭でさえずる小鳥の歌と、床を叩く自分の靴音だけだった。その音に聞き入り——意識を立て直す。

「つまり」かすれ声で、「いついつまでも、ずっと生きるわけですか——大お祖母さまのように?」

老婦人は答えない。

「あの、でしたらこういうのは。ご厚意に甘えてもよろしければ、よく検討する時間をいただいても構いませんか?」

「よく検討するとは、何を?」代母に言われた。「あなたぐらいの年頃のねんねが、ゆうに三百年もの歳月をよく検討できるとでもお思い? その歳月の一片たりと視野に入っていないうちから?」

「いえ、そうではなくて」少し勇気が戻ってきて、「その、今うかがったことをよく検討しようと思いまして。なにぶん難しいお話で、すぐにはピンとこなかったので」

「それはね」と、老婦人。「広大無辺の海原、無限の宇宙、どこまでも続く眺めということよ――時の。外の世間で数多の哀れな者どもが――わずかな手持ち時間を愚昧に明け暮れ――嫌というほど嘗《な》める辛酸や愚行三昧《ざんまい》から解き放たれるということよ。あなたはまだお若いけど、先ではどうなるやら? それはね、お嬢ちゃん、古なじみのお越しを先延ばしにするということよ――死神という名のね」

代母はやっかみ半分の喜びをこめて、その言葉を口にした。アリスは身震いしながらも、新たな決意を奮い起こした。椅子から立ち上がる。

「自分が若く愚かなのは承知しております、大お祖母さま。お気を――お気を悪くしないためなら、この世のどんなことでも――やらせていただきます。それにもちろん、もちろんわかっております。世のおおかたの人生がとてもつらいことも、わたしたちの大半があんまり賢くないことも。ですが、死についてのお話が出ましたけど、こう申し上げてもよろしければ、わたしは自分が死ななくてはいけないなら死ぬべきだと思います――つまり、しかるべき寿命を終えた時に。悲しくて悲しくてたまらないはずですもの、もしも母と――つまりですね、母にも秘儀を教えるのは無理なんでしょうか? そもそも……なぜ世の中全員で知ってはいけないんでしょう? この世に賢くなるための時間が足りなすぎるのは、骨身にしみております。ですが、代母さまにお考えいただく――」

「あなたを呼んだのはね」ミス・チェイニーが話をさえぎる。「質問に答えるためで、質問するためではないのよ。わたくしは疲れてはいけないの。眠れなくなるから。だけど、もうその齢なら、最後の審判まで命永らえたところで賢くなれる見込みのある者など、千人に、いいえ、万人に一人もいないぐらいはわかりそうなものでしょうに」

代母は一インチほど身を乗り出した。「考えてもみて、お嬢ちゃん。あなたが断れば、この秘儀は絶えるのよ。この――わたくしもろとも。あなたが」低いつぶやきにまで声を落として、「受け継ぐと承知しなければ。さて、どうなの?」

ふと気づけば、蛇に出くわしたカナリヤのような目で老婦人を見るばかりで声も出ず、返事がわりに激しくかぶりを振るのが精一杯だった。「ああ」と、いきなり泣きだして、「ご厚意のかずかずにどれほど感謝しているか、それなのにこう申し上げる自分がどんなにみじめか、本当に言葉が見つかりません。ですがミス・チェイニー、お願いです。おいとましてよろしいでしょうか? あと一分でも長居すれば、何か恐ろしいことになりそうな気がして」

老婦人は自力で立ち上がろうともがいているらしかったが力及ばず、絹ミトンをはめた鉤爪そっくりの片手を宙にかかげた。

「では、すぐ出ておいき」蚊の鳴くような声で、「今すぐよ。わたくしの堪忍にも限度があるわ。

いつかあなたにも、わたくしの厚意を思い返す時がくるでしょうよ。そのあかつきに思えばいいわ、受ければよかったと……おう、おう！」老いた声が蚊の羽音のように高まり、やがてとだえた。聞きつけた老執事が奥からあわてて入ってきたすきに、アリスはもうひとつのドアからこっそり抜け出した……。

そこから木々がてんでに振りかざした枝のかなたに屋敷が隠れるまで、足をゆるめずに息を乱して駆けた。立ち止まるのも振り返るのも怖くて、がむしゃらに走り続けた。まるで迫りくる危険から逃げ切るために、背後にいる守護天使の翼をその時だけ貸してもらって、両足につけたような走りっぷりだった。

その日の夕方は母と――赤いカーテンを巡らした赤獅子亭のこぎれいな喫茶室に落ちついて――亭主自慢の古いマデイラワインをなみなみと注がれたグラスを二人で分け合った。アリスはこれまで母にはなにも隠したことがない。が、その午後の顛末はあらかた話しても、ミス・チェイニーがあんな気まぐれな招待状を送ってきた動機については、どうしても口外する気になれなかった。その時も、ずっとあとになっても。

「まさか本当なの、いい子ちゃん」春らしく肌寒い夜になって、小さな田舎駅で一緒に列車を待ちながら、母は古い石油ランプを吊るした柱の下で娘の手を包みこみ、何度も確かめた。「本当に、ささやかな記念品をひとつもくださらなかったの？　あのすさまじい古屋敷にすてきな宝物をたくさんお持ちなのに、ただのひとつも分けてはくださらなかったのね？」

「打診はされたのよ、大好きなママ」もうじき入るはずのトンネルの暗い入口に顔を向けて、アリスは答えた――「ご自分と同じだけ齢を取りたくはないかって。正直に言ってしまうと、わたしはこう答えたの。これからもママといられるなら、今の未熟なおバカさんでいたほうがずっといいですって」

ずいぶんおかしな展開だった――駅長がずっと母子を見ていれば、そう思っただろう――でも、いくらおかしくても、この時の母と子が互いの首にひしと抱きつき、途方もない長旅の末に再会を果たしたみたいにキスしたのは紛れもない事実であった。

ただし、代母からアリスに何もなかったというのは事実と違う。それから一日か二日して郵送の小包が届き、中国の古紙に幾重にもくるまれた中から出てきたのは、もう遠い昔のようなあの日の壁にかかっていた若い娘の肖像――つまり西暦一五六四年に名高いハンス・ホルバインの弟子が描いた、芳紀十七歳を迎えたばかりの祖母の祖母の祖母の祖母の祖母の祖母の祖母のそのまた祖母の肖像画であった。

姫君

Princess

子供時代の珠玉の思い出がひとつもない人間など、この皮肉な憂き世に存在するだろうか。たわいないもの、感傷的なもの、哀れなもの、悲しいもの、心を焦がすもの、味気ないくらい現実的なものまで――この際、性質は問わない。そんなささやかな思い出の蛍火《ほたるび》を三十年、四十年、なんなら六十年も大事にもたせて、老いゆく手を温め続けるのがわたしたちなのだ！

なぜか？　思うにそうした経験――内奥深くに根づいて、しまいこまれた――こそ、ひそやかな自己の本質にかかわる鍵を秘めているからではなかろうか……。

例えば恋に落ちる場合だが、なにも生身の美男美女ばかりが相手ではない。ある場面や本や物語の登場人物――そう、夢に出てきた幻の人まで守備範囲に含まれる。バイロン卿はなにかと色恋沙汰の多かった人だが、九歳かそこらで味わった――しかも子供同士の――メアリ・ダフ相手の恋ほど――本気の純愛ひと筋だったためしが、生涯またとあっただろうか。

その件については自らとくとくと色懺悔《ざんげ》に及んだあげく、がんぜない子供の遊びと自嘲気味に片づけている。それなのにメアリの結婚を知らされた十六歳の時はショックで危うくひきつけを起こしかけている。ひきつけを！

あと、子供だからといって子供を好きになるとは限らない。以下はわたしの友人の述懐だが、十にもならないころに近所の金髪の未亡人――花も恥じらう二十八歳！――を一目見たい一心で、野生の桜の枝陰になった古いレンガ塀にのぼって何時間も粘っていたという。当然ながら「恋の告白」などはとてもとても――早熟な悪ガキさまでも、内からつぼみを食い荒らす虫の話は出せずじまいで――やがてお熱がさめてしまうと、バイロンなみの早熟だったがゆえにそのままずるずると沼にはまり、若くしていっぱしの放蕩者になってしまった。

野生の桜には白霜のはかなさと冷えた雪の美しさがあるが、小鳥ならばいざ知らず、その花にも渋く固い実にもさほどの美点はない。小鳥の歌にもどうやら歌詞はなさそうだ。

まあそれはさておき、わたしも似たような覚えがある。

子供のごたぶんにもれず、わたしもグリムやアンデルセンやアラビアンナイトのような素敵な昔話にわくわくした。古い屋敷も大好きで、とりわけ「お化けが出そう」な家が――話を聞いたあとで、がたがた震えながら寝に行く恐れがあってもやめられなかった。

今となっては人生ひとつぶんぐらい昔に、そんなこんなのたわごとをこね合わせて冒険に仕立て上げたことがある。上々の首尾ではなかったし――意中の佳人すら見つからなかった！　だがそれでも、そうした思い出や「他愛ない」記憶の火がわれわれの手の中で薄れて消えるとは限らず、癒えない傷となって尾を引くばかりでもない。

当時のわたしはやっと十歳になるやならず、年のわりに（ませたところも若干はあっただろうが）幼かった。五歳で母を亡くして以後は、おおむねひとりぼっちで放置されたせいだ。住まいはスコットランドのインヴァネス村のかなりみっともない古家だった。窓の向こうはずっと荒野で、窓ガラスにべったりと鼻をくっつけてスコットランド名物の霧越しに透かせばよけいに荒涼としている。それでも持ち家なら愛着がわいたかもしれないが、残念ながらただの借家ではわびしいだけだった。

その年の夏休みに怠けたせいで学業成績は目も当てられなかった。説教する気まんまん、あるいは不満でいっぱいの父の目をなるべく避け、おおかたは荒野をぶらついて白昼夢にうつつを抜かしたが、本音は人恋しくてならなかった。あとは、それとなく探しものもあった。行き当たりばったりに見えても一応の目的はあったのだ。探しものとは家、しかもいわくつきの屋敷であった。

当時のわたしは、そのいわくをほとんど知らなかった。台所でたまたま聞きかじったり、大人たちのくだけた世間話から洩れ聞いたりしたごくわずかな話を、ひとりきりの時間に何時間もふくらませて過ごしたというだけだ。何度も夢に出てきたその家なら、お化けぐらいはいるだろうと決めてかかっていた。もちろん世間なみの「出る」の通り相場はツタがびっしりはびこった廃屋寸前の古い一軒家で、フクロウや泣き妖精バンシーが住みつき、夜空にわだかまる雲間から不気味にさしのぞく月の光が似合う場所だろうか。まあなんというか、そういうのはまるっきり念頭になかった。

それどころか……ある日曜の朝にまたしても教会をサボった時に、初めてその屋敷に行き当たった。見間違いようがない。鉄門にあしらった葉飾りの意匠に表札がはめこまれている。よく晴れた日で、穏やかな陽ざしがさんさんと降り注いでいた。ぽつんと一軒家だが——丘と谷にはさまれた絶景に立っている。裏口からさほど離れていない場所に、深さと勢いを増した雨後の渓流が十五から二十フィートもの滝となって落ちていた。とうとうと流れる水音が、響きのいい鐘や声のような心地よい低音を絶えず奏でる。朝から晩まで片時も休まずに。

その家の持ち主は高貴なお血筋で東洋の姫君だという。姫君というからには、たぶんインドかセイロンかシャムなどの東の生まれで肌が浅黒いのだろう。（かりにも姫君と名のつくご婦人が——スイセンみたいに白いとか——まして俗っぽいクチベニスイセンみたいだなんてありえない！）貸家の立て札はどこにもないし、短期借りの話も聞いたことがなく、姫君本人は年単位で寄りつきもしない。不在期間が何年になるかは見当もつかないが、なるほど人の気配は皆無で、見ればわかるくらい空き家だった。人の噂では、姫君になにやら悲しいこと、悲恋があったせいでその家を逃げるように出て行ったのだという。その話が出てくると、どの顔も暗くなって口数がめっきり減るのだった。

だが、二と二を足して二十一にしてしまう子供の特技で、わたしはこんな結論にたどりついた。（a）わたしの姫君はシバの女王ぐらい美しかった。（賢明なのはソロモン王だが）（b）シバの女王よりは若い。（c）恋に破れ、ひとり嘆き暮らして短い生涯を終えた――シェイクスピアの『尺には尺を』でお濠屋敷《ほりやしき》にこもったマリアナのように。だから（d）姫君は亡くなった！　最後の点を確かめるのは気が進まない。でもおそらくはこの世の人ではあるまいと、夢々しい姫君像を壊したくない一心で考えた。われながらバカらしいが、一方で生きていてほしい気持ちもある。それはさておき、「出る」噂のもとがこの屋敷なら、この世とあの世のいいとこどりをしたっていいじゃないか？　と、まあ、言いたいことはお察しいただけるだろう。

それはさておき妄想をたくましくするうちに、姫君は勝手にでっちあげた夢の人物になってしまった。若さだけが生み出せる、妙なる美の結晶だ。ただし私見では、詩人がめざすのは本来そういう境地だろう。ロマンチック？　まあそうだが、その言葉の正しい意味はそれしかないのでは？　なるほどお笑いぐさとはいえ、くちばしが黄色かった時代のわたしも恋をしたというわけだ――幼い恋を――幽霊と！

しばらくはその場からじっと屋敷の全貌を眺め、魅了されながらもかすかな嫌悪をぬぐえなかった。住人はいるのか？　大半の窓は鎧戸《よろいど》を閉ざしているが、二階にはカーテンだけの窓もある。

ひょっとして、だれかが何らかの意図で住みついたのかと心配になった。放置されて荒れ放題だが、まだ匙《さじ》を投げるほどではない。湿気で苔《こけ》むした箇所が色落ちしたのと、風雪による経年劣化だろう。幸せな人たちに住んでもらったことがないのは一見すればわかるし、どうみても数年の空白ではきかないだろう。つまり、早い話がさびれていたのだ。長らく見捨てられた家は空気感さえ変わる。人間と同じだ。

そこの木陰に立って家を眺め、だいぶたってから玄関ポーチへ寄っていって耳をすました。ささやく声すらない。反応は静寂のみだ。それで裏へ回れば、きちんと閉めていない小さな緑のドアがあった。その場でまた耳をすませたが、流れる水音や、川岸の葦《あし》の茂みでキリギリスの鳴き声か――小鳥のさえずりのようなものがかすかにするばかりだ。

うららかな陽だまりにいながら、わたしひとりがゴビ砂漠のど真ん中のように孤独だった。そうっとドアを押して中をのぞく。石畳の通路の奥はどうやら台所らしい。いくら耳目を働かせてもフライパンや鍋のぶつかる音や、加熱されてじゅっと鳴る音はしない。料理の香りはこれっぽっちもなく、かびくささばかりが鼻につく。思い切って中へ入りこんだ。台所には騎士の胴鎧そっくりな旧式の焼串回転具があった。巨大なテーブルにどっしりした椅子が数脚、ソース用の給仕スプーンと錆びたナイフが一本ずつ、時計は止まっている。火の気がなく、止まった時計とは！　なら、どうせ料理人はいないぞ！

悲しい思い出に沈む黒い瞳と浅黒い肌の幻という空想に引きずられ、とうとうこっそりと二階へあがった。姫君の面影はずっとつきまとい、若さに任せた妄想力でせいぜい美化した幻を見せてくれた！　長い廊下の行き止まりに半開きのドアがある。他のドアはすべて閉まっているのに。そこでわたしはまた足を止めた。きれいな色ガラスのパネルつきドアの把手《とって》はカットグラスだ。中をのぞく。あとは勇気をふるって観音開きの鎧戸を開け、光を入れてみた。当時のわたしには見たこともないような部屋だ。なだらかな低い天井に、深い豊かな色調に刺繍をあしらったインテリア。ペルシア製だと今ならわかる飾りタイルや飾り皿、当時からすると流行遅れになったフランスの画家の作品が数点。インドっぽいものはない。女神の真鍮像も、象牙も、象足の調度品も、象牙細工も真珠貝もなかった。音もない。さっきの水音――妙に惹きこまれる言葉で一本調子な歌をささやく水音がするばかりだ。

そこは婦人用私室《ブドワール》のようなものだろうか、テーブル一面の薄ぼこりと鏡の曇り以外はきちんと片づいている。明かり取りの向かいに肖像画がかかっていた。誰の絵かはすぐわかった。想像上の浅黒くて若い美人の姫君と――生き写しだ。ただし浅黒い顔とはまるで違う、ほの白い顔だが、それ以外はなんと奇妙な偶然の一致か！　まるでわたしが自分で描いたようだった。

わびしさを湛えた黒い目がしっかりとこちらを見返し、わたしの愚かしく青くさい夢を共有しないまでも理解はしてくれているようだ。もの静かな美貌を一篇の詩にたとえられるなら、この

顔こそは詩を体現していた。想像力あふれる顔だ。わたしの感情を司るアストラル体は、あの瞬間にどれほど遠くへ飛んでいったのやら推量する気も起きない。そこへ、階下でかすかに大ネズミか小ネズミが駆け回る音がして、捕まったら大変だとにわかに気づく。来た時と同じ要領でそっと抜け出し、見たものは誰にも話さなかった……。

夢の女性の肖像画は、幻よりも心のよりどころになる。まるでアラビアンナイトの話にある――美と危険が同居する館に侵入したみたいだった。ひとつだけ、姫君が亡くなったのはもう確定だろう。ただし歳月の埋葬方法はなにも墓ばかりではないと、じきに身をもって知ることになるのだが……。

またその家へ行ったのは寒さ厳しい冬――一月の午後だった。渓流は凍りついて音がすぼまり、生き物のさえずりも絶えた丘陵地帯にタゲリの声ばかりがはびこる。今回は、いちめんに新雪の広がる荒野を横切って裏から近づいた。冬空に澄んだ光を放っていても、ぬくもりはないに等しい小さな冬の太陽――南の空に低くさげたランタンと呼ぶほうがぴったりだ。あのぶんでは日没まで一時間もなかろう。水晶のかけらにも似た白い霜が降りて、青緑のペンキを塗ったドアの表面で光っていた。家の中のほうが寒く、墓場のように静かだ。静かすぎる。

動物的勘で、今回は他にだれかいると思った。二階廊下のつきあたりにある例の部屋の前で、たっぷり二分は耳をすましたはずだ。それでも中をのぞいて杞憂だとすぐわかった。鎧戸はわたしが開けた時のままだ。ただ、前と違って直射日光は入ってこない——冷たくまぶしい雪の照り返しが、壁と天井にこの世離れした光を放っていた。

信じてもらえそうにないが、わたしは若気の至りで早咲きのスノードロップの花束を持参していた。のちに判明したように、これほどまずい選択はなかった。まばゆく冷たく静かなこの室内で、肖像画に出迎えられたようにふと振り向く。と、肝をつぶしたことに、さらに奥の部屋へのドアが細めに開いているではないか。

こっそり窓辺に近づいて下をうかがうと、黒インクを塗ったような四輪馬車が玄関ポーチの前に停車し、ありえないほどの老馬が轅《ながえ》につながれっぱなしで、どうやら居眠り中らしい。白い馬体が雪のせいで小汚く黄ばんで見える。愕然として見守るうちに、かすかな衣《きぬ》ずれの音と異国風な香りが漂う。そこでわたしは罠にかかった動物のように振り向いた。

飢え死にしかけた猫のように痩せさらばえ、血の気のない顔に厚化粧を施してこれでもかと盛装した老女が奥への戸口に立ちはだかり、痩せこけた顔に険悪な目でわたしをにらんでいた。幽霊じみた雪あかりの下では、本物の人間か幻かの区別はとっさにつきかねる。白塗りの顔でめかしこみ、小首をかしげて動かない姿は、等身大の操り人形のようにグロテスクで怖かった。程度の差はあれ、現実らしさはどんな人にもあるものだ。ところが彼女はいろんな意味で「作りもの」感が強かったとはいえ、幻かなという疑念はさっさと一掃された。さかんにうなずきながら、

学校の古いピアノを力任せに叩いたみたいな声で言うには、

「あら、ごきげんよう。うちではこれまでまともな出迎えも抜きで、ずいぶん冷遇してしまったわね」

わたしが黙っていると、やがて尋ねられた。どこのどなたかしら、どうやってこの屋敷に入りこんだの。こちらは死ぬほど驚きながらも名を名乗り、侵入経路を説明した。返す刀で、お目当ては何ですかと単刀直入につっこまれ、しばしぐうの音も出ない。

「何か見つかるかしらねえ」と、コケにされる。「あのねお若いの、カササギにも舌ぐらいあるんだから。他に目ぼしいものがあればともかく、食べものは全然ないのよ。わたくしが保証するわ」

血色の悪さを紅で隠した老顔にしわを何本も走らせてにんまりする。わたしが持っていたスノードロップの花束をあごで示した。

「それは何のため？」

恥ずかしさのあまりビーツ顔負けに赤くなるのがわかり、これまでに輪をかけて尻込みしてしまう。ある人にあげようと思って、と返事した。

「ある人ですって？　ここに？」鋭く返された。「だれのこと？　いつ会ったの？」

わたしはぎこちなく壁の肖像画をうかがい、相変わらず黙って彼女に視線を戻した。口ごもりながら壁にかかる肖像画を盗み見る。

「えっ、あの絵の？」相手は声を上げて、「あの娘のために？」明らかに驚いている。「んまあ！　お若い方、そんなことを信じろとおっしゃるの！　絵に花を捧げるなんて！　素敵なお話ね――たとえ嘘でも。じゃあ、あれは誰だとお思いになる？」

前、ここには姫君が住んでいたと聞いていますとわたしは説明した。父も召使たちもそう噂していました。すると、しわくちゃの老いた顔がこわばり、剣呑《けんのん》な目が骨の髄まで突き刺さるようだった。

「姫君ですって、へーえ？　どこのどんな姫君だか教えてくださる？」

たぶん東洋の人じゃないかとわたしは答えた。

「で、もういないの？」

「おそらく、その方は……」言葉はそこまでとぎれた。

「そう、それで？　それから？　その方よ――どうなったの？」

「亡くなりました」わたしはうなだれた。

この一言による表情の変化は、きちんと言い表せない。憤懣《ふんまん》でなかったのは確かだ。どうやらほんの一時にせよ顔から怒気が一掃され、ついでに老いや皮肉っぽさもかなり消えた。おかげで、遠い昔の全然違う顔までかすかに下から透けて見える。その時点で誰だか気づかなかったのが不思議なぐらいだ。

「あらあ、『亡くなった』の？」と繰り返す。「じゃあ姫君はこの世にいないのね？　みんなそう言うの？　ご都合主義だこと。だけどあんまり褒めた態度じゃないわねえ、でしょ？　ところで、あなたの姫君とやらはどんなふうだったのかしら、生前に――まあ、亡くなってしまったとおっしゃるのならね？」その質問の不穏なほのめかしを黙殺しようとしたものの一瞬だけ惹かれ、またあの絵に向いてうなずくにとどめた。

「あんな感じです」

「とってもうぶで可愛いこと。本当に美人さんよね」と鼻であしらわれる。「密会というわけ？　でもね、通りすがりさん、あのお若い姫君がこの世にいないのなら、待ち合わせに応じてくれるのはどこのどなただと思う？」

老女の目が、沈黙するわたしの顔をさらに強く見すえた。「もしかして幽霊？……それで合ってる？」

かぶりを振ったわたしが、勇気を出してこれだけは言った。「それでも怖くなかったでしょうけど」

「怖くなかったの？　へええ」とからかう。「幽霊が？　んまあ、勇敢じゃないの。可愛いサー・ガラハッド（アーサー王の円卓の騎士。高潔で名高い）ね！　わたくしを見ても、少しも怖がっていなかったとご自分をだますおつもり？　まったくね、坊や、さっきは頬からみるみる血の気が引いてらしてよ——そんなふうに。一気飲みなさったような顔色だったわ——ひまし油を。もしかすると、わたくしを幽霊だとでも？」

また両者とも黙りこんだ。思い違いでなければ、心なしか滝の水音が少し変わったようだ。凍てつく寒さはいちだんと厳しさを増して、静かな美しい室内を地下墳墓の冷たさで凍りつかせている。わたしは相変わらず質問者と対峙しながら両手にじっとりと汗をかき、蛇ににらまれた小鳥のような目になっていた。

「初めは本気で幽霊と間違えたのかも」やっとのことで口にした。「どうだかわからなくて。初めのうちは。あれにはぎょっとしました」

「『あれ』とはご挨拶ねえ。初めのうちは？　だけど、わたくしが……その、生身の——肉も骨もあるとわかってからはどう？　よけい怖かったんじゃない？」

「いえ、そんな」心にもないことを言ってしまい、バレないようにあわてて言いつくろった。「違います、ここで見つかったのが怖かっただけで」

「そう」からかい口調の裏で何やら考えるふうだ。「で、そのスノードロップは？　あの絵に捧げるの、それとも幽霊に？」

またもやかぶりを振る。「置いていくだけのつもりでした」

「可愛い恋物語ねえ！　そうやって、子供のうちから正しい道筋を習い覚えるのね。そんなに警戒しないで、誰でもそうして一から始めるんだから。ところでまじめな話、可愛いこそ泥さんはとっても晩生《おくて》なのか、すこぶるおませなのかをさっきから悩んでいるのだけど。あなたはおいくつ？」

「いいからすっかりお話しなさいな」答えてしまうと言われた。「そこまでびくびくしなくていいの。その花束を活ける可愛い花瓶ときれいなお水がお入り用でしょ？　ああもう、もっとはきはきしなさい、坊や！　わたくしは夢見る夢子さんだけは虫が好かないのよ」

そこまでで恥と怒りに打ちのめされたわたしは、今にも大泣きしそうになっていた。相手も気づいて少しだけ顔を和らげた。「そうね」と続けて、「ひとつだけ安心していいわよ。わたくしはおしゃべりじゃないわ。年寄りオウムに似ているかもしれないけど、おしゃべりじゃない。これまでもそうよ、断じて違うわ。おしゃべりさんなら世間にいくらでもいますからね」と言いながらテーブルについた。

「いらっしゃい、約束のしるしに握手しましょう」冬の残照が室内から薄らぎだしている。さらに淡い光がかすかに忍びこんできた。わたしは迷った末に、近づいて手を差し出した。

「んまあ、この子は」大声で、「お作法のいろはも知らないの！　請け合いますけど、この席にいるのがあのお若いご婦人なら、そんな気のない握手は金輪際しないでしょうに。ちびプラトニスト気取りはたくさんよ！」刺繡の手袋を力任せに脱ぐと、青い血管の目立つ筋ばった手をこちらへ突き出した。骨ばった指三本に古い指輪がしっかりはまっている。「はい、どうぞ」とはっきり言われた。「ミンスパイもケーキもないから、かわりに召し上がれ！」

内心は嫌でたまらなかったが、骨ばんだ冷たい手におとなしくキスした。

「意中の人が死んだと思っているわけね――あそこから下をうかがう愛くるしい無邪気なニンフちゃんが！　さて坊や、ささやかな秘密を教えてあげる。でもね、これからする話はくれぐれも召使なんかに話さないでね！」こちらの反応をじっと見定めながら、老いた肩の上で頭をかすかに揺らす。「でね、幽霊には二通りあるの。木の実にたとえてもいいわ。さしずめ片方は実で、もう片方は殻ね。今この場であなたが見ているのは殻なの、そう見えるかしら？　そんな幽霊に？　つまり――まあそうね、死人に見えて？」

死の崖っぷちにいながら、ある面で死からこれほど遠い人は見たことがなかった。わたしはそっぽを向いて、目に浮かぶ困惑と嫌悪に気づかれまいとした。それからいかにも子供らしくスノードロップの花束をぐしゃっと上着のポケットにつっこみ、もう片方のポケットから汚れたハンカチを出して泣きだした。そのハンカチがしだいしだいに元のポケットにおさまるまで、老女はずっと待っていた。

「あらあら！　四月の通り雨ね。幸せな夢だわ」それからわたしばかりか自分をもあざむくように、わざとらしいからかい声を小刻みに震わせながら、「いえいえ、そうじゃないのよ、坊や。

この地に涙の種はなし、嘆きの種はなし
胸叩くほどの悲嘆も、弱みもさげすみもなく
非難も咎《とが》めもなく、ただ善と美あるのみ
そして われらが口を閉ざすは……」

老女はそこで間を置くと、あざけりに震わせながらもキンキン響く寸前まで張りつめた声で続けた。「『そしてわれらが口を閉ざすは、気高き死ゆえであれかし』さて、これであなたを許して、あの人に返してあげるわ」肖像画をあごで示し、「完全無欠なまことの恋人にね……愛してるの?……どう?……まあ、答えられなければ別にいいわ。でもこの次はね、やせっぽちのひよっこちゃん」わたしのキルトと革袋《スポラン》を一瞥して、「恋の相手はもっと生身で、絵の中の人じゃないものになさい。あの女はだめよ……」老いた手で化粧かばんから鍵束を出した。「ささやかな記念品をあげましょうか?」

奥の壁へと立っていってシノワズリ装飾の鍵つき小箪笥を開け、ガーネットをちりばめた楕円形の細密肖像画を出してきた。冷たい月あかりで見せてもらってじっくり眺める。わたしには値

打ちや技法の知識はさっぱりだ。それでも、そこに描かれた子供の顔はあの人以外にありえない――レオナルド・ダ・ヴィンチさえ、いつまでも見入ってしまいそうだ。

「これね」とがった爪で細密画のガラス覆いを叩く。「これが、ああなって」壁の肖像画をまたあごで示し、「もともとはこちら。そして、この」苦笑いして胸を軽く叩き、わたしに皮肉っぽく会釈して、「こちらが両者のなれの果てですのよ……ごらんの通り、もう先のない――わたくしがね」

動かない燃えがらだった闇の濃い瞳に、消えそうに遠い光がともる。

「さあ、教えてね」と続けて、「かりに召使たちが今の話を噂していて、かりに今日ここに押し入る前のあなたが、あの絵の美しい想い人のその後を知っていたら、それでも来たかしら？　それでも今日の夕方ここへ来た？……ぼさっとしてないで、坊や。答えなさい！」

いまだに本音と弱気のはざまで揺れながら、わたしは怯えた鳩みたいに目をきょときょとさせて頬紅の濃い顔を無作法に眺めた。とうとうごくかすかに首を振る。「いいえ。知っていれば来ませんでした」唇が乾ききって回らない。「でも」と、片頬だけをほんの少し絵のほうに振ってみせ、「あの方はずっとあの方でしょ？　どんな時でも？」

冷えこむ沈黙の中で妙に晴れやかな寂しさが強まり、家中が聞き耳を立てているようだった。やがて、「あらまあお助けを」老女はからからと笑いだした。「しかたない子ね！　もっと早く出会えばよかった。『ならば花咲く時節もありえたものを……』さ、わたくしの気が変わらないうちに、そのがらくたをポケットに入れてお帰りなさい。お次は妖婦の色香に惑わされないようにね！」

冷笑がまたも険しくなる。それを見て、貸し借りなしでとか埋め合わせをしようなどと下手な考えを心の奥底で起こしたのか、わたしはポケットからあのちっぽけなスノードロップの束を出して相手に差し出した。あちらは花を受け取って土の香りをむさぼるようにかぐと、目で牽制してからあの小箪笥に引き返していき、花を入れて鍵をかけた。そして、わたしはまた何か言われる前に、さっきの指示通りにおいとまして——冬の月に冴えわたる純白の新雪へ出ていった。

訳者あとがき

おかげさまで白水Uブックスのデ・ラ・メアも二冊を数えた。近年はさまざまな版元から趣向を凝らしたデ・ラ・メア作品がお目見えして、オールド・ファンにも新規の読者にも、この作家の稀有なきらめきをあらゆる切子面の角度から楽しんでいただける環境が整ってきた。一読者として本当に喜ばしい。

ただし、それぞれに魅力的ではあるのだが、すべてが原文に忠実な本ばかりとは言い切れない。この作家への先入観や誤解はいまだに根強いし、意図的でなくとも明らかな「うっかり」も散見される。

いい例が作家の母の出自だ。戦後のある時、さる英文学研究の泰斗が単行本のエッセイでこの作家を取り上げ、こんな趣旨のことを書いた。

「デ・ラ・メアの母はスコットランド系で、旧姓ブラウニングと聞き及ぶ。もしや大詩人ロバート・ブラウニングにゆかりの人だろうか」

当然ながらインターネットなどという便利なものはなく、今からは想像できないほど情報ソースは限られていた。既に高齢だったデ・ラ・メア本人がたとえ生きていたとしても、手紙の問い合わせには時間がかかる上に返事を得られる確証はどこにもない。他にも何らかの事情があったのかもしれないが、くだんの研究者氏はそれ以上の調査を控え、「だったらいいな」という、あくまでただの憶測だとはっきりわかる表現で「ブラウニング血縁憶測説」を書き記した。

ところがその「だったらいいな」は勝手に独り歩きし、半世紀かけて「どうやらそうらしい↓そう言われている↓確定事項」に大化けしてしまった。一種の伝言ゲームのようなものだろう。困ったことに、この伝言ゲームは日本国内限定で続いている。英語では作家の直系子孫が運営するデ・ラ・メア協会ホームページおよび同協会推奨の公式伝記で、詩人ブラウニングとの血縁は明確に否定されているからだ。

この件を振りかざして誰かを攻撃するつもりは、わたしには毛頭ない。ただ、無益な誤報がいつまでも流布しないようにとは願っている。これまでブラウニング云々の誤情報を流さなかった先行訳者の方々は、柴田元幸氏をはじめごく一握りだ。「きちんと調べること」がいかに大切かを示す好例として、わたし個人も経緯を拳々服膺《けんけんふくよう》して自戒に努めている。

さて。

のっけからやや堅苦しい話になってしまったが、ここからは今回の収録作品を各篇ごとに順次ご説明していきたい。といっても日本になじみの薄い事象の簡単な補足説明が主だが、一巻のあとがきにも書いたように、そうしたささいなピースがそろって初めて見えてくる絵もある。各篇末尾にはジャイルズ・デ・ラ・メアによる初出情報を付しておいた。

失踪　Missing

身もふたもなく言えば、猛暑のただなかで薄気味悪い初対面の同性に長時間粘着された話だ。ねっちょりと生理的拒否感を催す原文の口調が、日本語でも十全に再現できているよう願ってやまない。

親しい女性が死ぬと、形見の遺髪を装身具や時計の鎖に編みこむのは、ことにヴィクトリア時代に英国で流行した風習だった。だいたいは家族の女性か、恋人や婚約者の遺髪に限られる。この作品では「ところどころ金環で」押さえてあるので直毛ではなさそうだ。あとは何色の髪だったかが大いに気になるが……。

フォード車はアメリカからの直輸入でなく、おそらくイギリス・フォードという英国・アイルランドの現地法人による国内生産品だろう。一九一三年には英国内の売り上げナンバーワンを記録した車だが、文中のはしばしに読みとれるように、当時はまだ自家用車自体の敷居が高かった。

初出および初収録単行本は短篇集 *The Connoisseur and Other Stories* (1926)。

トランペット　The Trumpet

月夜の教会で、少年二人と天使の木像がくりひろげたささやかな駆け引き、と言ってしまっていいのかどうか。

デ・ラ・メアがフランス系ユグノー移民の末裔なのは一巻のあとがきに述べた通りだが、フランス系ユグノー移民が生業《なりわい》にしたのは金融業や、高級絹織物および関連産業が多かった。文中に出てきたロンドン・イーストエンドのスピタルフィールズにはユグノーの熟練職人が多く住まい、ちょうど日本の西陣のように精緻な高級絹織物の代名詞となった。

トランペットを構える天使は、「ヨハネ黙示録」第七章と第八章に登場し、最後の審判のために死者全員をラッパの音で復活させるという役割を持っている。キリスト教の墓や廟の飾りに定番の「ラッパを構えた天使」はそれを踏まえている。

ちなみに英国の国教である聖公会は、いちおうプロテスタント系キリスト教ということになっているがなにしろ間口が広く、高教会派《ハイ・チャーチ》というほぼカトリックと変わらない分派から、磔刑像や聖母子像まで偶像崇拝を一切認めない過激なプロテスタントまでの各分派がある。この時代はまだ宗教の縛りが生活全般を支配し、交友や冠婚葬祭は同じ分派内が基本だった。

また教区牧師以上の国教会聖職者は「一代限りの貴族」と法律で定められ、特権身分や収入を保証されていた。それだけに、相容れない分派やカトリックの信者と色恋のスキャンダルになろうものなら、へたをすればすべてを失う。特にアイルランド人に多かったカトリックは色眼鏡で見られることが多く、一八二九年に廃止された主にカトリックを公職から締めだす目的の「審査法」が社会意識から払拭されるにはかなりの時間を要した。

少年二人の会話にも、そうした宗教事情がいくぶん影を落としている。結末まで読み終わったところで、あらためて冒頭の引用をお読みいただきたい。まったく底意地の悪い引用もあったものだ。

初出は *Virginia Quarterly Review*, October 1936。初収録単行本は *The Wind Blows Over* (1936)。

豚　Pig

現代の読者からすれば、どこにも引っかかりがないお話で、当たり前すぎてつまらないとすら感じられるだろう。ただ、この短篇が発表されたのは七十年ほど前の「豚や牛などの家畜は人間の食用に神から与えられたもの」と真顔で言う欧米人が圧倒的多数だった時代だ。その先見性に驚いていただきたくて収録した。

デ・ラ・メアには他にも *Animal Stories*（1939）という、風刺もほのぼの系もある動物寓話作品集が存在し、子供から大人まで安心して読める。日本ではあまり紹介されていないが、動物ものは得意だったようだ。

ついでながら物語の隠れモチーフになったソーセージだが、どうやらアンディ開発の Sorbo はフランス風 Sorbeau の代用品という設定らしい。ただしどちらも架空の銘柄だ。Sorbeau という地名はいちおうフランスに実在するものの、特産品にソーセージがあるという話は寡聞にして知らない。

未刊行作（1955）。初収録単行本は *Short Stories 1927-1956*, edited by Giles de la Mare（2001）。

ミス・ミラー　Miss Miller

英国の中流以上に生まれた子には、赤ちゃんの時から養育係《ナース》がつくのが普通だった。親には社交などがあり、かかりきりで子育てしている暇がないからだ。当時の中流以上の社会通念として、子供はマナーが身につくまで人前に出せるものではなく、もっぱら子供部屋でナースと過ごした。だから子供からすればナースはいちばん身近な人で、「ナニー」と呼びながら核家族の母子なみに密着した関係を築いた。

それに比べれば、礼節を求める実の両親はいささか距離のある存在だ。子供を巡る一種の三角関係という表現もできるが、それだけにこじれると面倒で、親密ぶりに嫉妬した親にナニーをすげかえられた子が情緒不安定に陥ることも珍しくなかったし、子供とナニーの相性がよくない場合もある。中にはしつけにかこつけて、陰で子供をいじめる毒親的ナースもいた。

よくも悪くも子供時代のキーマンだけに、ファージョンの『年取ったばあやのお話かご』など、ナニーを題材にした英国児童文学がとにかく多いのは読者もご承知の通りだ。余談だが、英国にはいまだにナース養成専門学校があり、優秀な卒業生は世界中から引く手あまたと聞いている。

初出は *Story-teller*, August 1930。初収録単行本は *The Wind Blows Over*（1936）。

お好み三昧——風流小景　The Orgy: An Idyll
本書刊行の前年に、英女王エリザベス二世が崩御した。後継者チャールズ三世は王位継承のかたわら遺産相続手続き中と報道されている。王室財産の分散を防ぐために、めぼしい資産のほとんどをチャールズ三世が継ぐという。
なにも英王室に限らず、爵位つき領地などを持つ英貴族はそうやって資産を守ってきた。財産を分散させないかわりに一族のだれかが暮らしに困るようなことがあれば、金のある当主や一族の成功者が手をさしのべた。身内に寡婦や孤児が出れば屋敷に引き取って当然だし（衣食住は保証されるが、「冴えない居候」として肩身の狭い思いをする）、一緒に暮らせない事情があれば年金をつけて自活を支援すべきで、さもないと社会のモラルに反する人物として白い目で見られた。とはいえ、金を出し惜しみするのは金持ちの習性だ。この伯父は極北だが、類似例も決して珍しくはなかっただろう。

どうやらこの伯父はインド駐留軍勤めで資産を作ったらしい。やはりUブックスに収録されたサキの父もインドやミャンマーの軍務勤続でささやかな資産を蓄えた。彼らは「インド駐在族」と呼ばれて帰国後も独特の文化や生活様式を保持するきらいがあり、Uブックス『平和の玩具』巻末「親族たちが述べたサキ」で、その一端をごらんいただけるだろう。そういえばこの話の主人公フィリップも、いかにもサキの作品に登場しそうな若者だった。

初出は *Blackwood's Magazine*, June 1930（'The Orgy' と題して）、*Yale Review*, June 1930（'The Orgy' と題して）。初収録単行本は *On the Edge: Short Stories* (1930)。

アリスの代母さま　Alice's Godmother

キリスト教には新教・旧教とも代親制度がある。子供の洗礼式に立会い、以後の人生を守り導き、親が亡くなれば親がわりにもなる重い役目で、女性代親に日本の聖公会では教母、カトリックでは代母の訳語をあてている。英語では一律にGodmotherだ。

代親には節目ごとに子供に高価な贈り物をする義務がある。誕生・堅信礼・成人とだいたい十年ごとに何かしらを贈る感じだが、毎回それなりに資産価値ある貴金属や銀食器や骨董品、あるいは聖書などが定番だった。そして成人祝いにいちばん大きな贈り物をする。じきにアリスが成人するということは作中でさりげなく述べられており、そのために呼び出されたのは英国の読者なら察しがつくように書かれている（老女の誕生日は口実にすぎない）。だからこそ、終盤にアリスの母が「代母からの贈り物が何もなかった」と驚いているのはそれが重大な義務不履行であり、しかもわざわざ成人祝いに呼びつけておいて手ぶらで返すのはとんでもない非礼で、およそミス・チェイニーらしくなかったからだ。以前に贈った品々は十分以上に手厚く（テューダー時代の銀製品はおおむね資産価値が高い）、だからこそ「成人祝いに何もなし」の衝撃は大きかったのだろう。

アリスが冒頭で思い返しているように、確かに子供との面会は多いに越したことはないが、いざという時に保護者役を務める気構えを節目の贈り物できちんと表せば、さほど問題にされない。ミス・チェイニーには「いざという時の保護者」の気構えも、「大きな成人祝い」をする心づもりもちゃんとあったのだから、世間の通り相場では、マメで上出来な代母の部類だ。

やや長くて恐縮だが、以上の前提を踏まえてお読みになれば腑《ふ》に落ちる点も多いだろう。

ところで今回、教母を代母に換えて全面改訳した理由は三つある。

まず、文中描写から判断する限り、ミス・チェイニーもアリスもカトリックの可能性がある。「トランペット」の項で触れたように、どちらも同じ教派でないと当時の社会通念ではそもそも洗礼式自体が成り立たないし、カトリック一筋だったチャールズ一世をミス・チェイニーが絶賛し、下賜された祈禱書をアリスに贈っているのも看過できない。称賛の内容からいって宗旨をカトリックにそろえないほうが不自然と判断し、Godmother の訳語選択もカトリック寄りの代母にした。

第二の理由は、先行訳に見受けられる原文との差異だ。少々の匙《さじ》加減ならば邦訳にはよくあり、個々の訳者の裁量に任される。が、先行訳ではジャイルズの決定版はもちろん、どの版の原文にも存在しない段落がクライマックスにまるごとひとつ増え、本来とは逆の意味に訳されていた。だったら、元の原文に近い形も日本の読者にいちどお読みいただきたいと考えた次第だ。

個人的には、これから述べる第三の理由が改訳の動機としてはいちばん大きい。わたしは原文に描かれたミス・チェイニーの興味深い人となりを反映した翻訳をしたかった。そのためにはいわゆる「渋い老婆口調」は最もそぐわないし、「銀の鈴を降るような声」だったとわざわざ描写している著者の意図とも一致しない。歳月に負けたしわがれ声で、唯々諾々と背中を曲げて老けこむ人には描かれていないのだ。

若い人には、ある程度の年齢以上の高齢者はみな同じに見えがちなのは重々承知している。それでも人生の折り返し地点を過ぎてみて初めてわかることも、いくらかはある。老けこまないための条件とでも言おうか。少なくとも女性の場合には二つあって、抗い、はね返す強さを持つことがひとつ。もうひとつは自己の花盛りと言い切れる充実期との連続性を失わず、そこから上手に活力を引き出せることだろうか。絵の中のミス・チェイニーは、超高齢のミス・チェイニーの核となってまだ確かに生きているのだ。

詳しく書けば書くほど説教じみてくるので、あとは読者の皆様にお任せして、めいめいでお考えいただければ。

あえて補足するなら、ミス・チェイニーに自己の来し方への否定傾向や挫折感は読みとれない。ならば老婆口調ではなく、生まれ育った環境で身についた口調で通すほうが自然で、人となりにも合っている。そこに年齢と時代を加味した上で、戦前に実際に使われた「遊ばせ言葉」で話してもらった。

ひとくちに遊ばせ言葉といっても、階層ごとに複雑に細分化される。上流へ行けば行くほど使用人も遊ばせ言葉になり、主人の使う遊ばせとはおのずと区別があったことにも留意されたい。ちなみにミス・チェイニーにあてたのは十年ほど前に物故したさる老婦人の話しぶりで、最上流の生まれではないが宮中辺縁に位置し、皇族ともそれなりに友人づきあいをしたと聞いている。

初出・初収録単行本は *Broomsticks and Other Tales*（1925）。

姫君　Princess

舞台となったスコットランドのインヴァネスはブリテン島北端に近く、怪物で名高いネス湖のほとりの集落で、ロンドンからはおいそれと行き来できない距離にある。

この話に登場する老女（レディに老婆呼ばわりはあんまりだろう）もやはり抗う気概をそなえ、かつての花盛りの自分と連続性を保ちながらも、現在の姿とのギャップをシニカルに見すえる余裕を持ち合わせている。芝居がかった引用からすると、舞台女優をしていた時期があったのかもしれない。やはり遊ばせ言葉を話しているが、彼女の遊ばせは戦前の地方ブルジョワ層のやや砕けた言葉遣いだ。

一巻冒頭の「アーモンドの木」ですべてを覆いつくした雪は、この短篇集の結末で視界をふたたび月明かりの白銀に染める。雪に始まって雪に終わる清冽な哀しさが作風にふさわしい。

実を言うと、この短篇には二通りある。バージョン一はBBCのための書き下ろしで、一九三七年のラジオ放送後にアメリカのエドワード・オブライアン編の *The Best British Stories of 1939* や、英シンシア・アスキス編の *Second Ghost Book*（1952）にも収録された。その後に作家自身の手で訂正加筆されたバージョン二が一九五五年の短篇集に収められ、奇しくもそれがデ・ラ・メア最後の短篇集となった。本書の短篇はバージョン二だ。

初出は *Good Housekeeping*, October 1952。初収録単行本は *A Beginning and Other Stories*（1955）。

二〇二三年四月

本書は白水Uブックス・オリジナル企画です。エドワード・ゴーリーの挿絵はウォルター・デ・ラ・メアのドイツ語訳選集 *Die Orgie—eine Idylle. Phantastische Erzählungen*（Diogenes, Zürich, 1965）のために描かれたものです。

——編集部

著者紹介

ウォルター・デ・ラ・メア　Walter de la Mare

イギリスの小説家・詩人・児童文学作家。1873 年、ケント州チャールトンで 17 世紀にフランスから移住したユグノー教徒の家系に生まれる。セント・ポール大聖堂の聖歌隊学校で学内誌に詩や短篇を発表。同校を中退後はアメリカの石油会社のロンドン支社で働きながら創作に励んだ。第一詩集『幼年の歌』(1902)、長篇小説『ヘンリー・ブロッケン』(1904) で注目を集め、1908 年、職を辞して作家生活に入る。長篇『ムルガーのはるかな旅』(1910)、『死者の誘い』(1910)、『侏儒の回想録』(1921。ジェイムズ・テイト・ブラック文学賞受賞)、短篇集『謎』(1923)、『魔女の箒』(1925)、詩集『耳をすます者たち』(1912)、『孔雀のパイ』(1913) など多くの著作があり、子供の想像力や幻想の世界を繊細に描いた作品で独自の文学的地位を築いた。児童文学の分野では『子供のための物語集』(1947) でカーネギー賞を受賞。1956 年死去。日本独自の選集に『アーモンドの木』(白水 U ブックス)、『ウォルター・デ・ラ・メア作品集』全 3 巻 (東洋書林)、『恋のお守り』(ちくま文庫)、『デ・ラ・メア幻想短篇集』(国書刊行会) などがある。

訳者略歴

和爾桃子（わに ももこ）

慶應義塾大学中退、英米文学翻訳家。訳書にウォルター・デ・ラ・メア『アーモンドの木』、サキ『クローヴィス物語』『けだものと超けだもの』『平和の玩具』『四角い卵』(以上白水社)、ジョン・ディクスン・カー『夜歩く』『絞首台の謎』『髑髏城』『蠟人形館の殺人』『四つの凶器』、リアーン・モリアーティ『ささやかで大きな嘘』『死後開封のこと』(以上創元推理文庫)、『夜ふけに読みたい奇妙なイギリスのおとぎ話』(共編訳、平凡社) などがある。

編集＝藤原編集室

白水uブックス　248

トランペット

著　者　ウォルター・デ・ラ・メア
訳　者©和爾桃子
発行者　岩堀雅己
発行所　株式会社 白水社
東京都千代田区神田小川町 3-24
振替　00190-5-33228　〒 101-0052
電話（03）3291-7811（営業部）
（03）3291-7821（編集部）
www.hakusuisha.co.jp

2023年 6 月 10 日　印刷
2023年 7 月 5 日　発行
本文印刷　株式会社精興社
表紙印刷　クリエイティブ弥那
製　　本　誠製本株式会社
Printed in Japan

ISBN978-4-560-07248-6

乱丁・落丁本は送料小社負担にてお取り替えいたします。

白水uブックス

海外小説 永遠の本棚

エドワード・ゴーリー 挿絵

アーモンドの木

ウォルター・デ・ラ・メア著　和爾桃子訳

子供の目に映った世界、想像力と幻想の世界を繊細なタッチで描き、世界中の読者に愛されてきた英国の作家・詩人ウォルター・デ・ラ・メアの珠玉の短篇全七篇。

クローヴィス物語

サキ著　和爾桃子訳

辛辣なユーモアと意外性に満ちた〝短篇の名手〟サキの代表的作品集の初の完訳。全二十八篇。序文A・A・ミルン。

けだものと超けだもの

サキ著　和爾桃子訳

名作「開けっぱなしの窓」他、生彩ある会話と巧みなツイスト、軽妙な笑いの陰に毒を秘めた短篇の名手サキの傑作、全三十六篇。

平和の玩具

サキ著　和爾桃子訳

「平和の玩具」「セルノグラツの狼」他、サキの没後に編集された短篇集を完訳。全三十三篇。

四角い卵

サキ著　和爾桃子訳

短篇集『ロシアのレジナルド』『四角い卵』に、その後発掘された短篇を追加収録。新訳サキ短篇集第四弾。